中俄文学作品互译出版项目

俄罗斯文库

叶尔特舍夫一家

ЕЛТЫШЕВЫ

[俄罗斯] 罗曼·先钦 著

РОМАН СЕНЧИН

张俊翔 译

黑龍江大學出版社
HEILONGJIANG UNIVERSITY PRESS

图书在版编目（CIP）数据

叶尔特舍夫一家 /（俄罗斯）先钦著 ；张俊翔译
．-- 哈尔滨 ：黑龙江大学出版社，2014.9（2021.8 重印）
ISBN 978-7-81129-806-2

Ⅰ．①叶… Ⅱ．①先… ②张… Ⅲ．①散文集－俄罗斯－现代 Ⅳ．①I512.65

中国版本图书馆 CIP 数据核字（2014）第 215948 号

“中俄文学作品互译出版项目”（俄罗斯文库）由中国国家新闻出版广电总局和俄罗斯出版与大众传媒署组织，由中国文字著作权协会和俄罗斯翻译学院负责实施。

叶尔特舍夫一家
YE’ERTESHEFU YIJIA
[俄罗斯]罗曼·先钦　著　张俊翔　译

责任编辑　张春珠
出版发行　黑龙江大学出版社
地　　址　哈尔滨市南岗区学府三道街 36 号
印　　刷　三河市春园印刷有限公司
开　　本　880 毫米 ×1230 毫米　1/32
印　　张　9.25
字　　数　190 千
版　　次　2014 年 9 月第 1 版
印　　次　2022 年 1 月第 2 次印刷
书　　号　ISBN 978-7-81129-806-2
定　　价　48.00 元

本书如有印装错误请与本社联系更换。

目录

第一章

跟许多同龄人一样，尼古拉·米哈伊洛维奇·叶尔特舍夫一直认为应该老老实实地做人，履行自己的责任，因为这样就能慢慢地获得回报——提升警衔、分配住房、涨工资。工资涨了，再加上省吃俭用，就可以存钱先买冰箱，再买组合书柜、水晶酒具，最后买辆车。尼古拉·米哈伊洛维奇有段时间很喜欢 6 型的“日古利”，这是他梦寐以求的车型。

当然，有些目标是达到了。分到了一套两居室的单元房。房子是公家的，不过，拿钥匙的时候，无论尼古拉·米哈伊洛维奇还是他的妻子对此都没有在意，只顾着高兴了。房子挺宽敞的，他们觉得简直就是豪宅！两个儿子——九岁的阿尔乔姆和六岁的杰尼斯——在里面横冲直撞，乱扔玩具，这都不碍事，不会像以前那样被绊着。每个人都有地方……说到警衔，就没那么如意，但还是有提升——从中士到上尉，尼古拉·米哈伊洛维奇基本上是按部就班。工资也慢慢攒了一些，八七①年买了一辆小汽车，虽然不是6型，而是已经跑了四万公里的3型二手车，但也不错了……令人不快的是，车库用地很长时间都没批下来，车子停在院子里，车身底部逐渐都有些生锈了。不过，后来却买到了一个现成的车库——顶部是浇筑的，带炉子、地下室和检修坑。很棒的车库。“日古利”寿终正寝之后，他们把它当配件卖了，又添了些钱，买了一辆“莫斯科人－2141”。

是的，之前的日子过得虽不容易，但总体上也算顺遂。起初，“纪录”牌黑白电视机被“红宝石”彩色电视机代替，后来，“红宝石”又被“三星”取代。笨重的层板柜也消失了，取而代之的是高大、精致、容量很大的组合柜。大儿子阿尔乔姆中学毕业了——而且还不是当初尼古拉·米哈伊洛维奇（他不得已只能去工作，因为母亲无力养活四个孩子）读的那种八年制学校，打算报考师范学院的历史系；小儿子学习成绩不错，练拳击。妻子在市里的中心图书馆工作……

正如童话里的勇士一样，在需要选择未来的前行道路时，叶尔特舍夫却没有把握住。更准确地说，这并非一闪即逝的时机，而是繁难、忙乱而又充满转折的几年光阴。其实尼古拉·米哈伊洛维奇也并非就白白地错过了，他在观察、权衡、估量，不相信生活的进程会被完全打乱，并且有机会超越许多人。

后来，尼古拉·米哈伊洛维奇曾经攥紧拳头回忆别人如何建

---

① 此处为一九八七年，类似情况下同，不注。

议他辞职，重起炉灶做生意；改变命运的机会如何一个接一个地出现。可他却下不了决心。或许他做得对——给他提过建议的人当中，有五六个很快就死了。被杀了。还有几个被判了刑。但有些人却过起了旁人难以企及的生活——完全在另外一个水准之上。嗯，就像一个复杂的电脑游戏，要通关得花几年的时间……的确，当初叶尔特舍夫没答应跟他们一起干，也没答应承担通向成功的风险，如今他已不再拥有接近胜利者的权利了。要么只得向命运妥协，要么就迎头赶上他们——意思是说充当他们的竞争对手。诚然，九十年代初的那些机会已经不再有了，那时，从零开始，靠着嗓子和拳头，就着白兰地便能开创事业、做生意。再说年纪也……毕竟五十了。

久而久之就生出了愤懑，并且不断激化。被杂物、长大的儿子和发胖的老婆所吞噬的房间令他愤懑；嗡嗡作响的燃气灶令他愤懑——从板房搬进来的时候，这个炉灶让他们多么高兴啊；一成不变、致人愚化的工作令他愤懑——无论怎么努力收入依旧微薄；街上的豪华轿车和华丽橱窗、人行道上形形色色的人潮令他愤懑；最稀松平常的事情令他愤懑：每天晚上脱了衣服躺到床上，却知道没法即刻入睡；食物令他愤懑——总是那么平淡无味，但却只能塞进嘴里，用不再伶俐的牙齿嚼烂、咽下去；鞋带令他愤懑，楼道里满是豁口的水泥台阶也……“今后也就这样了，”他的脑袋里仿佛有一把铁锤在敲击着，“就这样了。”时不时会怯生生地冒出一种老年人的想法：“只要别更糟就行。”

可是，很多人羡慕尼古拉·米哈伊洛维奇。熬过了长时间的等待，经历了非同小可的争斗，他成功地获得了一向被认为只有靠走后门才能搞到的职位：醒酒所管理员。刚开始的时候，叶尔特舍夫每次值班都很开心——他每三天值一次班，总期待会有奇迹……不，不是奇迹，而是切切实实的人：喝得烂醉、衣兜里塞满钱的富豪。

按照醒酒所里流传的说法，这样的情形是有过的：管理员瞬间暴富。有一位就通过这种方式几个月之内攒钱买了一部“丰田”……

叶尔特舍夫并非完全不走运，只不过额外收入向来都很微薄，可怜得不值一提。值班时间基本上都耗在了无家可归的酒鬼身上，净干一些无聊而肮脏的琐事。到头来他不再指望“幸福时刻”了，只是满含委屈、勉为其难地去值班。尽管他不愿承认，但这种委屈是针对他自己的。

那次值班——后来才知道是最后一次——开始的时候没什么特别之处：二〇〇二年四月二十四日下午五点左右，睡足了觉、饱餐之后的叶尔特舍夫来到值班室。的确，他看上去苍老得厉害。

醒酒所位于闹市中心，不过在旁人眼里并不醒目——这是一栋灰色的小平房，上面嵌着落满灰尘的小窗户。凡是知道此楼为何处的人都想远远地绕开它，如果有人刚刚小酌了一杯，那就更是如此。只有警察、医生以及被收容者的家属才会径直走近，推开厚重的木门，暂时消失在阴暗、闷浊而略显恐怖的小天地里……

值班室的桌子旁边坐着帕霍明上尉——叶尔特舍夫应该接替他值夜班，还有一个二十五岁左右的小伙子。后者满脸愁容，好像被冻得够呛，一副无精打采的样子。

“你得明白，”帕霍明声调不高但却坚定有力地表示，“你可以从这里出去，但得先交罚款，哎？二百六十四卢布。你身上有一百二十卢布，还差……哎——哎，一百四十四卢布。取个整数，一百五十卢布。哎？”

这个弱智的“哎”字让尼古拉·米哈伊洛维奇感到愤怒，不过，他发觉自己也一样——在与这样的主顾说话过程中，时不时就会用类似的字眼，以便说得更明了。

“我说过很多次了啊，”小伙子咕哝道，“我没有……”

“找啊，”帕霍明打断了他。“借啊。总有亲戚朋友吧？我们可以带你去，哎？我们载你。”

小伙子耸了耸肩，没吭声。

“听——听着，”帕霍明开始不耐烦了，“你既没有身份证，又没有其他证明，知道吗？哎？我可以先关你三天三夜，先把你的身份弄清楚再说。如何？”

小伙子没吭声。

尼古拉·米哈伊洛维奇抬起手看了看表。离值班时间只剩二十分钟了，还得接案子。

“喂，维塔利，”他故作漫不经心的样子冲着帕霍明说，甚至有点儿乐呵呵的，“把他带进局子里关几天。干吗这么客气？登个记，就说他对着干，在这儿嚷嚷了一个晚上……”

帕霍明接过话头：

“对，让他去扫大街，最好是扫厕所。我来安排安排。哎？”说着他合上了发票簿。“起来，”他对着小伙子发令，“到市内务局去。夜里到那儿折腾去。明天法庭上再见。”

“啊，这，”小伙子被吓着了，“我其实……”

“还想干什么？”上尉来了兴致。“快，快。”

“我有个阿姨……可以去她那儿试试。不过她得把我杀了。”

“要杀谁？”叶尔特舍夫装模作样地警惕起来。

“呃，我啊。我进这儿来了……”

“这是对的。酒得少喝。可没人取消向醒酒所的服务支付费用这一项。哎？”帕霍明冲着站在铁笼子旁边抽烟的中士转过头去：“谢廖加①，带这位可敬的先生去一趟。阿姨住得远不远？”

“不，没多远。在汽车站那边……”

“那就好。找到一百五十卢布就把东西还你，该干什么干什么去。”

中士把小伙子带了出去。路上响起了“乌阿斯”牌汽车的发动声。

帕霍明疲惫地仰靠到椅背上，眯起了眼睛。

“噢——噢——噢……”

“收获如何？”叶尔特舍夫知道答案，只是出于礼貌地问了一句。

---

① 男人名“谢尔盖”的昵称。

“糟透了。又是穷鬼……困死了……还得等这个怪胎回来。”

叶尔特舍夫点了点头：

“我先接班吧。”

“好。”

两人下到了地下室，醒酒的场所主要是在这里。他们查了查各个隔间、厕所、更衣室，一切正常，于是就回到了上面的值班室。叶尔特舍夫在记录本上签了字。

“如何？来点儿战利品？”帕霍明略带惬意地提了一句，然后拉开桌子的抽屉。“‘莫斯科’、‘无常命运’、‘帝国’① 都有，哎，喝哪种？”

“随便……就‘命运’吧。”

上尉拿出一瓶酒，鉴定般转动了一下。

“嗯，看着还好。那家伙挺体面的，拎着个公文包。说是庆祝什么纪念日，没忍住喝多了。”

“倒上。”

尼古拉·米哈伊洛维奇不酗酒，更不纵饮无度，不过也不反对喝上二两。伏特加对他有好处——不会让他犯迷糊，反而好像是一层辛辣的保护膜，涤荡了内心。

帕霍明居然有下酒菜——包装完好的一段鲑鱼、一截熏肠、一小塑料袋圆饼、一块巧克力……这些东西都是一天以来被送到醒酒所来的人随身所带。

---

① 均为伏特加的商标名。

“来，为顺利干杯。”

“嗯——嗯，对，能够顺顺利利的就再好不过了。”

他们碰了碰塑料杯子。

差几分五点的时候来了两个中士和一个女医生——胖乎乎、阴沉沉的大婶，一张脸就跟男人似的。他们是跟叶尔特舍夫一起值下一个班的。

五点刚过，刚才那个小伙子拿着钱回来了，他收回自己的东西，取了发票就被放了。

“哎，完事了，”帕霍明长吁一口气，把酒瓶和吃食放进包里。“再见!”

尼古拉·米哈伊洛维奇在桌旁坐下，四下望了望，适应着屋子、椅子和环境。

值班室不大，有些暗，亮着几盏灯，但也无法让其充满光明并且显出活力……墙壁粗糙，涂成了淡淡的绿色，两扇装了护栏满是灰尘的窗户，仿佛两个黑洞。沿墙摆着没有靠背的凳子，入口左边是为狂躁者准备的窄小的笼子，正对着入口摆的是桌子，楼梯则几乎紧贴着尼古拉·米哈伊洛维奇的后背。喝醉了酒的人很快便会被沿着楼梯拖下去，而下面就会响起醉汉的一边呕吐一边骂娘的哭喊声。“哎哟，真够烦的，”叶尔特舍夫皱了皱眉。

女医生换上洗得发灰的白大褂，在他旁边坐下，打开保温瓶，往杯子里倒咖啡……她从来不用公家的器皿和电水壶，都从家里带来。“一口喷出来，喷啊!”尼古拉·米哈伊洛维奇幻想着她突然得了某种皮肤病。疱疹、炎症、脓疮……

他拉开抽屉——里面放着帕霍明留下的半瓶“无常命运”、小酒杯、巧克力，冲两个中士喊道：

“来，小伙子们，开工之前喝两口。希望能有收获……”

差不多到九点都很正常，甚至有些无聊。当然，交警和巡警也送了一些人来，不过都是零零星星送来的。醉汉都不年轻了，可又都是穷光蛋。他们瘫坐到桌子前面的椅子上，对着尼古拉·米哈伊洛维奇和医生含混不清地嘟囔，徒劳地证明自己基本上还是清醒的。

中士翻查他们的衣兜，从戴着表的人手腕上把表摘下来，叶尔特舍夫填写物品登记单、备案，医生做医疗诊断。

接着中士便把他们带到下面去。让他们脱掉外衣，发放毯子，把他们关进隔间；然后又回到值班室，抽烟、打哈欠。

十点过后开始变得更有趣了。不时有“乌阿斯”和“日古利”开过来，往值班室里带人，有的干脆就是被拽进来的。有两三个喝得烂醉如泥，而且身上还有钱。虽然不多，但也不错了。叶尔特舍夫一边登记，一边庆幸他们被逮时没有被盘剥。他把其中一人的三千三百二十卢布登记成了一千三百二十卢布，把另一个人的两千五百九十八卢布登记成了五百九十八卢布。他琢磨着如何跟自己人分享得来的四千卢布：他和医生各一千五，两个中士一人五百。

快十二点的时候一下子送来了六个。都是年轻人，都是一副张狂而又醉得不轻的样子，不仅如此，他们都因为被逮而表现得气急败坏。其中一个人的手非得反扣起来不可。

“在‘蝙蝠’那边逮的，”交警解释说。“今天那儿有演出，酒鬼多得很。”

“弄过来，弄过来，”尼古拉·米哈伊洛维奇点了点头，“这里可以给所有人找到落脚的地方……”

跟这帮小子免不了折腾一番。他们不承认酗酒，一会儿提出私了，一会儿又开始威胁、耍横；手被反扣起来的那个人说自己是记者。

“喂，记者，”通常保持沉默的医生都没忍住，“做十次下蹲。”

“什么？我是你用来做实验的兔子吗？”

“那咱们就按章办事。”医生拿起了笔。“姓、名、父称。”

“凭什么？”

“凭你看起来就像二级酒精中毒。证件拿来。”

自称记者的那位一边骂脏话，一边蹲下。他东晃西晃，朝一旁倒了下去。医生笑道：

“喏，还说正常呢。”

“我就是累了……”

好不容易才把这帮小子搞定，送到下面去了。他们身上的钱一共大约有五千卢布，但叶尔特舍夫不太敢从中抽走一部分——毕竟他们还没喝得烂醉。万一以后他们去讨公道，往警察局写告状的材料就麻烦了。

“哎呀，好热，”医生感叹了一句，从包里取出水瓶。“简直就是夏天了，还在供暖……”

“下周又要降温，”尼古拉·米哈伊洛维奇懒洋洋地回答。

他经常跟这个医生一起值班，不过有时一晚上也说不上十句话。坐在同一张桌子旁，各自为政，各干各的事。值完班把钱一分，各自回家……叶尔特舍夫一瞟到医生的大脸和胖手就觉得恶心，想想她的丈夫，真可怜。她的无名指上戴着一枚黄灿灿的婚戒，几乎跟肉长到了一起……他怎么能跟这么一个……可怜啊。

不过，他马上就想起了自己的老婆——也是胖胖的，脸上也是一副僵硬、阴沉的表情。“以前那么漂亮的一个姑娘……”什么时候的事了？……差不多三十年前。后来就越变越暗淡，没什么值得回味之处，没什么惊艳的感觉……都不知道，从什么时候开始那个让自己无法移开视线的小姑娘就不见了，身边冒出来一个习以为常、不可或缺但自己又毫无兴趣的家伙——老婆。

不断有人被送来。有脏兮兮的，也有干净的；有烂醉如泥的，也有看上去挺清醒的；有挑衅滋事的，也有悄然无声的。保险柜的小抽屉里塞满了从衣兜里掏出来的各式物件，基本上都是不值钱的没用玩意儿。有钱人根本没有——全是些零钱。尼古拉·米哈伊洛维奇坐在桌子旁边，守着自己的阵营，时不时地算算这个晚上已经有了多少进账，盼着能出现点儿意外之喜。他有时会踱到门边，不情愿地抽一根苦兮兮的“爪哇”牌香烟，咬几口凉了的家常土豆饼，没什么胃口。偶尔灌半杯伏特加，好让头脑保持清醒。不时地看表。

时间过得慢到令人倦怠，将近两点钟，它几乎已经停止不动。这个时候送来的人不多了，如果再有人被送来，基本上都是浑身酸臭、尿都撒在裤子里的流浪汉。逮不到其他人了。

医生拿出一本软封皮的小书，一边读，一边断续而舒服地打起鼾来；中士从保险箱上把军棋拿下来。嗯，每个人都有事做，他呢？尼古拉·米哈伊洛维奇·叶尔特舍夫能做什么？……

他没有特别的爱好，似乎全是为了责任而存在，而不是按照自己的心意。读完七年级他就学钳工去了，接着在车辆制造厂干了两年。当然，也跟哥们儿喝喝酒，跳跳舞；两个年纪跟他一样大的哥们儿参加了业余演出队，突然之间都轻而易举地考上了艺校。另外一个走的是共青团那条线，还有一个练摔跤，成了运动健将，参加过各种比赛。叶尔特舍夫则正常上班、休假，十九岁参了军，退伍以后被分配去警察局，他答应了。快五十岁时当上了大尉。如果走运，还能当上少校，那也得等到退休前了……生活轨迹就是如此。

诚然，那几个演员、运动员、共青团干部都从视野中消失了，不见踪影，谁也没成著名人物。不过，他们或许过了一段有趣而光鲜的生活。

叶尔特舍夫也有过机会，有过。可是他却错过了，拒绝了，考虑的时间太长了。的确，也有家庭拖累，有两个儿子呢。得为他们操心，不敢上套。可等到他们长大了……大儿子哪儿都没考上，变得一无是处。都二十五了，还跟小孩似的；小的那个……简直就是悲剧：跟别人打架，用拳头砸了一个小子的额头，把人搞成了花脸小丑。结果那人成了残疾，小儿子被判刑五年。

尼古拉·米哈伊洛维奇知道，邻居和熟人都在背后戳他的脊梁骨——自己就是警察，儿子还被判了刑，有时候在单位都能觉察到嘲讽的目光，不过他也忍了，竭力不去留意，不往心里去，否则估计也能把别人的脑门砸破。

年轻的时候他并不属于身强力壮的类型，或许是因为他们家比较穷，吃得不好。等到了三十五岁左右才强大起来，挖掘出了内心的刚强；感觉自己就像一块巨石，滚动的过程中如果碰到任何东西都能压得扁平。同事们在体育馆苦练器械的时候都感到吃惊："你厉害啊，尼古拉·米哈雷奇①！你年轻的时候练过杠铃吧?"他则用笑话搪塞："练过无规则摔跤。"

快到四点时下面开始叫喊。最初是嚷着要上厕所，中士带几个人去了。后来又要喝水，要打电话回家，要出去。主要是那帮从"蝙蝠"夜总会带进来的人在闹。

叫喊声变成了一边摇门一边有节奏的高呼："水！水！……回——家！回——家！"叶尔特舍夫忍不住了：

"去安慰安慰他们。"

他和两个中士一起走了下去。

"谁刚才想回家的?"尼古拉·米哈伊洛维奇站在走廊中间问。

---

① 男人父称"米哈伊洛维奇"的口语叫法。

“我！我！”隔间里的几个人都马上答应。

“好啊！约诺夫，把他们带出来。”

约诺夫中士用钥匙拨弄大铁环，把门打开，几个人跃跃欲试地冲到走廊上，然后就被塞进了一个大概只有四平方米的小屋子里，里面有一组暖气片，天棚下方还有管道（估计以前是间烘干房）。这是清洁工存放拖把、水桶和漂白粉袋子的地方，不过，有时候也会把最狂暴的家伙——很可能要被关押十五天的那些人——塞到里面去。然而，不知是因为自己陷入了不快的沉思，还是由于表示不满的家伙如此之多，叶尔特舍夫今天狠命地往小屋里塞人，把所有要求释放的十四个人都关了进去。

“在里面想清楚，”他一边说，一边“嘭”的一声关上了门，回到值班室，摘下帽子，用手绢擦了擦额头上渗出的汗珠。

“哦唷，真热，”医生注意到他的动作。“该去趟乡间小屋①了，给樱桃和李子松松土，可别烂了。”

叶尔特舍夫没好气儿地哼了一声，坐到桌旁。他没有乡间小屋，好几次都想弄块地，但想来想去，算了又算——这样一来还得买木料做栅栏，建座小房子，弄一些黑钙土，最终还是放弃了这个想法。可是现在又后悔了，太后悔了——现在可没有地块可以白捡了，一公亩动辄数千美金……

差不多有半个小时下面都没什么动静（酒后呻吟和嘶哑的詈骂不算），接着他们便开始摇晃小屋的门：

① 俄罗斯一部分城市家庭在城郊拥有的居所，大多建在乡间，带院子，可以种植蔬果、花草。

“喘不过气了！开门，变——态！”

撞击声越来越大，叶尔特舍夫又忍不住了：

“约诺夫，从门缝喷胡椒粉进去。今天完全不对劲儿嘛。”

中士下去了。叫喊声停顿了片刻——被关在小屋子里的人大概以为马上就会把他们放出来，接着又再次爆发，强度加大了数倍，变成了声嘶力竭的干咳和咆哮。当咆哮被完全非人的声音取代过后，医生没法再继续看书了：

“下面怎么回事？”

“别理他们，”尼古拉·米哈伊洛维奇皱了皱眉头，“估计能学会怎么做人……”

又过了十来分钟，在医生的坚持下，门被打开了。

从小屋子里涌出一股令人窒息的热辣气浪，医生被呛得咳嗽了起来。此前表达过不满的家伙一个个地重叠在地上，不停地痉挛。

第二章

最近瓦莲京娜·维克托罗夫娜经常想到过去。回忆不期而至，就像疾病突发，让人憋屈，顿失气力。不得不放下手中的事情，坐下来，花几分钟时间抵御病魔来袭——想想过去，重新回味生活的点滴：这里倘若能够纠正就好了，那里如果可以改改就好了……所思所想会让她猛地一激灵，就像打针时的反应一样。活了半个世纪，女人的美好时光差不多都过去了，前面只剩下变老。

还是小姑娘的时候，她把垂暮时光想象得非常幸福，那是一种期盼已久的休息。她见过持重端庄的老头子和老太太，体面、睿智，充实地度过了大半生，现在可以颐享晚年了。邮递员每个月给他们送一次退休金，老头子不慌不忙地戴上眼镜，认真而严肃地签收。成年子女带着孙辈探望他们，老人向孩子传授一些只有了解人生全部秘密的人才可能传授的东西。他们哪儿也不急着去，他们以特殊的方式感受阳光、欣赏树叶之美，以特殊的方式呼吸空气……

不过，要么这一切全是瓦莲京娜·维克托罗夫娜儿时的幻想，要么如今的年迈时光变成了另外一种情形，她没有感觉到即将到来的安宁。相反，生活要她贡献越来越多的力量，要她奔忙，要她解决永不休止的难题，要她承受一场又一场的灾难。而这一次面临的简直是灭顶之灾——很快就得搬家。还不知道往哪里搬。

……今天的下班之路特别沉重。双腿迈不开步子，周围的一切——行人、信号灯、汽车、房屋——仿佛都怀有敌意，随时准备扑上来，把她压倒，或者恶狠狠地发出尖叫声，把那张报纸朝她的眼前塞过来……她已经在这个城市里生活了三十二年，早就已经视其为故乡了，可它也充满了敌意，不再亲近，反而显得格格不入。

走了几十米，瓦莲京娜·维克托罗夫娜感觉身体发虚，她知道再走就得跌倒，于是赶紧找长椅坐了下来，牢牢地抓住木条，紧闭双眼，想要躲开在眼前乱晃的红色斑点……可能是血压的问题……坐着要好些，但立马又被记忆之网拖了进去，牢牢困住。

她想起六五年到这里读书。学什么还没拿定主意，只有一个目的：离开他们那个阴暗的小村庄。可是，对于这个此前来过两次的城市，她很快便不再喜欢了：几乎全是灰尘扑扑的平房，也很暗沉（旧墙框、栅栏、木廊），里面挤满了跟她一样的旧式集体农庄庄员。他们都是一副行色匆匆的样子，笨手笨脚地互相推搡；卡车轰鸣，围墙外面在挖土坑。

瓦莲京娜·维克托罗夫娜进了师范学校学习，想当一名俄语老师。她被安排到了简易宿舍，跟另外三个姑娘一个房间。她觉着很不方便，老是不习惯跟别人相处。

不过，她在师范学校总共只待了一个半月。十月份从边疆区中心来了一个招生组，想为图书管理技校挑选学生。瓦莲京娜·维克托罗夫娜第一个就去了——不是因为对图书管理感兴趣，而是觉得那里更有意思。她通过了考试。

如今回过头来看，她坚决认为当时犯下了人生中的第一个大错。还不如留在师范学校，读到毕业，然后回家在以前自己读书的学校教书……要是有人在她十五岁的时候告诉她就好了……

边疆区中心让她颇感惊讶。这里的确是个城市，有街道、街心花园、有轨电车、大型剧院。瓦莲京娜·维克托罗夫娜连想都没想过能搬到那里居住，住进几十幢带半圆形窗户的七层砖房里的一套。或许，应该想一想，试一试。

有当地小伙子想要追求她，但她都断然拒绝了，甚至连舞都不跟别人跳，因为她被女伴们讲的“上了床就甩掉”的事情吓住了，而那些女伴的名字她早已忘记。

假期回家途中，她会路过自己短期学习过的师范学校所在的小城。她发现此地正在变成一个真正的城市——从土坑当中立起了四层的楼房，虽然不高，但设施齐备；街道铺上了沥青，能见到草坪和水泥电线杆了。城郊的车辆制造厂投产了，以前的农民变成了工人。

瓦莲京娜·维克托罗夫娜逐渐喜欢上了小城，技校毕业时，她恰有机会到刚刚建成的中心图书馆工作，她便答应了。图书馆的书架是崭新的，书籍也是最新的，还有一间宽敞的阅览室。

瓦莲京娜·维克托罗夫娜在中心图书馆工作至今。一次，她在从图书馆回宿舍的途中碰到了警察局的年轻中士，他俩交往了半年，她便嫁给了他。她一直坚信，五十五岁的时候，自己会从图书馆光荣退休。

可没想到不得不提前离职，去向未知。她根本无法面对同事和读者仇视的目光，他们全都知道她丈夫的事情……

“刑事案，”她的脑海里一直闪现这个词，“刑事案。”审理儿子的案件期间，他们花费了好多精力和金钱，才过了两年，尼古拉又犯事儿了。如果说上一回别人基本上都同情她——毕竟小伙子之间难免打架，再说她儿子又没用刀捅对方，只不过挥了拳头，那这一次可就恰恰相反了。

尼古拉该怎么办？那些人中有的胡闹滋事，有的拒不醒酒，所以他把他们关了禁闭。可是万万没想到会缺氧，会弄成这样！难道他能预料这样的结果？五个人肺水肿，不得不送进了重症监护室，好不容易才抢救过来。或许可以不把事情闹大，道个歉，私下谈妥便是了。可市里的报纸为此刊发了文章，这下子就一发不可收拾了。

众所周知，记者对警察局恨之入骨，而伤者当中恰有一个记者同行，事情马上就闹大了……

瓦莲京娜·维克托罗夫娜倒是可以跟侦查员讲很多情况，她似乎能够通过解释说服他们，自己的丈夫没罪，可惜没人问她。就连尼古拉也不准她提起这件事，否则他立即大发雷霆。但是，怎么可能不提起此事、不谈论此事呢？现在所有的一切都是因此事而起。难道聊以自慰的是躲过了牢狱之灾，只判了四年缓刑？

可是，无论如何生活被毁了。当务之急是从废墟中爬出来，想办法恢复、重建。

其实，一切原本有可能是另外一番天地，假如她留在边疆区中心，嫁给一个文雅、细致的小伙子——虽然他们的文雅和细致曾令她不安，被她视为虚伪。要是那样，或许现在她应该生活在拥有百万人口的城市里，也不排除已经当上了巨大而敞亮的图书馆的负责人；或者她不用上班，只用顾好家，照料身为某厂厂长的丈夫；孩子们也都已经大学毕业了……不，最好是当初回乡下去教小孩子，有一座地基稳固的小房子、一个菜园、几头奶牛……

她很久没回老家了，虽然觉得在乡下过日子才是唯一正确的生活方式。可回去干吗呢？父母去世后，房子被卖掉了，钱被几个早就定居城市的孩子分了。老家没什么亲戚，只剩下母亲的姐姐塔尼娅①姨妈。可能她也不在了——年纪早已八十有余……早该妥妥帖帖地回去一趟，走一走，看一看，可现如今……唉，上帝啊……

他们住的四层楼房是城里第一批建起来的多层住宅，在瓦莲京娜·维克托罗夫娜看来，如今这房子简陋而破败，已经被折腾得够呛。大概是自我保护意识在起作用，因为不久之后这套房子就不再属于她和她的家庭了，他们不能继续在此居住。

到了院子里，她又坐了下来喘口气，这种状态就像刚爬上了

---

① 女人名“塔季扬娜”的小名。

高高的山坡。她朝四周望望，对面还有一栋四层的楼房——玻璃有些模糊，阳台被旧家具、木板和破纸箱塞得满满的。院子里有一块供儿童玩耍的地方，那儿有沙地、破旧的木架子、咯吱作响但勉强还能摇晃的秋千、满是灰尘的冰球门框；两株杨树之间拉起的绳子上晾着灰白的旧衣物……这幅画面显然无甚乐趣可言，就连九月金黄的树叶也无法成为其特别的装饰，这里曾经有过多少往事啊……两个儿子都在这里长大……

她探了探身子，吃力地站起来。得回去，得做饭。还有，得谈谈啊。今天尼古拉应该跟市内务局长韦列索夫见面；今天应该就能明了：他们家是不是必须彻底消失，或者还有撑下去的机会。

她自己用钥匙打开门，走进去。大房间里的电视机正在絮叨，卫生间传来淋浴的窸窣声。不过，尽管充斥着日常的声响，但气氛却令人不安而悲伤。“就像家有死尸，”瓦莲京娜·维克托罗夫娜想起了这句俗话，马上骂了自己一句，惊恐而哀怨地补充道：“万万不能，万万不能。”

她想打声招呼，跟往常一样表示自己回来了，但没有出声，只是默默地脱掉鞋子，把大衣挂到了衣架上。

尼古拉蜷在沙发里。电视屏幕上几个半裸的苗条姑娘跳来跳去，用细弱的小嗓子争先恐后地唱着：

解除我的家庭拘禁，

解除我的拘禁！

对丈夫的同情瞬间变成了不满甚至愤怒。瓦莲京娜·维克托罗夫娜冷若冰霜地问了一句：

“如何啊？”

“什么？”尼古拉有些胆怯地看了她一眼，从茶几上拿起遥控器，把电视声音调小了一些。

“跟韦列索夫谈了？”

“谈了。”

瓦莲京娜·维克托罗夫娜明白了，不会有什么令她高兴的回答，但还是又问了一句：

“怎么样？”

“怎么样……不怎么样……完蛋了。”尼古拉哼哧着在沙发上动了动。“一个月内搬离住所……韦列索夫自己也如坐针毡——接二连三的检查，监察局长是新换的，边疆区任命的……”

他还在接着讲，平淡而内疚的语气就像一个男人在解释昨天去哪儿鬼混了。但瓦莲京娜·维克托罗夫娜已经没在听了，脑海里一直重复着那句话：“一个月内搬离……”意思就是得带着所有的杂物、盆盆罐罐、倒霉的电视机（她夺过遥控器，把它给关掉了）、嘎吱作响的大沙发和早已经没人看的书一起搬出去，搬到大街上去。

“那，”她打断了丈夫的话，“现在怎么办？”

“我知道怎么办?!怎么办!我对不住你们，我从酒鬼身上搜刮的钱财不够，买不起房子。”

瓦莲京娜·维克托罗夫娜坐到沙发上，弹簧收缩，发出“吱吱”的呻吟。她丈夫反倒跳了起来，在房间里不大的空地上焦急地踱来踱去：

“我干了三十年!所有这些路都让我这个巡警给踩平了!可……现在……却让我滚!”

“行了，”面对咆哮，瓦莲京娜·维克托罗夫娜强忍住恐惧，打断了他；最近几个月以来，丈夫这样吼叫已经不止一两次了。得找条出路才是。“行了，得拿个主意。”

“拿什么主意?!脑袋瓜钻圈套呗……”

“住嘴!”

儿子走了出来。光着湿漉漉的身子，腰间系着浴巾。他蹙起额头看了父母一眼，趿着鞋往自己房间走去。

“阿尔乔姆，”瓦莲京娜·维克托罗夫娜喊了一声，“过来。”

“干吗?”他停住脚步，但没有转身。

“过来，我说!”

他走了过去。又高又壮、胸口毛茸茸的小伙子，眼睛却如孩童一般——皱着眉的孩子的眼睛……

“这样吧，尼古拉，”瓦莲京娜·维克托罗夫娜感到一股前所未有的决心。“尼古拉，坐下。我们来拿个主意……开个家庭会议。”

儿子哼了一声。

“快点儿！你也赶紧坐下来！我们家眼瞅着就要被赶到大街上去了，还在这儿哼哼……呃……”她竭力保持平静。“那你们有什么主意？第一，可以租房……”

“两居室的房子一个月五千，”儿子插嘴。

“你怎么知道?”瓦莲京娜·维克托罗夫娜的工资是四千七百卢布。

“哦，我打听过。”

“那房子可能……”

“可能什么?”丈夫出声了。“就算租下来住几年……我跟你倒没多少日子了，他们呢?”他冲着儿子点了点头，“杰尼斯快回来了。”

瓦莲京娜·维克托罗夫娜想说的是，早该考虑到这一点了——这套房子是公家的，不是他们自己的，这种事情迟早都得发生。不过她没说出口，免得再次激起咆哮……就在这时，她的脑袋灵光一现，想出了一招儿。

“那，要不到乡下去？离这儿四十公里。”

“去那儿，”尼古拉蹙起额头，“你老家?”

他自己是本地的，城里人，不过早就跟亲戚失去了联系，他小时候住过的木头房子七十年代就已经拆了。

“还能去哪儿？那里的姨妈可能还活着……她有间农舍。”

听到“农舍”这个词，阿尔乔姆又差点儿哼出了声。瓦莲京娜·维克托罗夫娜注意到了他的反应：

“怎么?！还能去哪儿？你倒是去干活儿啊，读书啊……二十五岁的大男人，还是这副模样……”

“可你还在上班呢，”丈夫打断了她的话。“难不成每天早晨从那里过来？”

“我不干了。不想再看到他们……我也不是铁打的，能受得了这一切……我觉得自己都成杀人犯了。”

尼古拉哼哧了一声，把脸转了过去。

大伙儿沉默了一阵。儿子冻得蜷缩起来，但似乎也明白，现在去穿衣服有风险，会因为自己无所谓的态度被臭骂一顿，所以只能忍着。

“喂，”瓦莲京娜·维克托罗夫娜最先吭声，“怎么样……明天我调休一天，去看看。也可能……也可能那儿什么都没了，是吧？”她看了看丈夫和儿子。“还是得想办法……是吧？”他们都没吱声，瓦莲京娜·维克托罗夫娜没法再忍了，从嗓子眼儿里挤出了一声：“我们究竟该往哪儿躲啊！”

大家同意她的提议。丈夫是因为别无出路，儿子好像无所谓。

瓦莲京娜·维克托罗夫娜换上长罩衫，去厨房做晚饭。她从冰箱冷冻室里取出一块猪肉，又往黑麦里掺了些水，从小篮子里拣出一颗洋葱……动作麻利，这是重复做了几十年的结果。不过，只要瞥到任何一样东西，她的手就会耷拉下来。橱柜、早已不用了的手动榨汁机、蛋糕模子——每件物品似乎都在叫喊，都在幽怨而执着地疾呼：“带上我！别扔！用得上我！”她的脑袋想象着很快就要到来的、无法逃避的那一天，必须得分类、打包、搬家具，把它们运往某个地方……瓦莲京娜·维克托罗夫娜竭力忍住不把刀子扔掉，瘫坐到凳子上闭起双眼，无能为力。

尼古拉走进来，小站了片刻，用左右脚替换站着——这并非他的惯常动作，接着提了一句：

“那……要不我去买瓶酒……浑身都不自在……得缓缓劲儿。”

瓦莲京娜·维克托罗夫娜点了点头：

“去吧。买瓶好点儿的。”她也想喝几口。

第三章

村子叫穆拉诺沃，因附近一条叫作穆兰卡的小河而得名。以前这里是个镇，小土坡上曾经有座教堂。六十年代的时候教堂被拆了，在原地建起了一个看起来像仓库的俱乐部。

穆拉诺沃村的大路通向远处的季格里茨科耶村。这条路铺过沥青，不过早已被农用机械压破了，也没再修补过。开“利哈乔夫”汽车经过的司机一边骂骂咧咧，一边徒劳地想要绕开坑坑洼洼的地方。瓦莲京娜皱起眉头，想象着在洗碗机里碰来撞去的碗碟。

塔季扬娜姨妈的屋子在村子最中间：往右隔着三个院子有个邮局，再隔一个院子有三家商店，其中只有一家还营业，另外两家早就关门歇业了。姨妈的屋子左边是学校的两层小楼，这是村里最老的建筑了。而几乎正对着的是俱乐部和水塔。

最近一个月尼古拉·米哈伊洛维奇到这里来过几次，搬些东西过来，办理居住手续，稍微整修一下要住的屋子——好像有些习惯了，现在这就是他们的房子。不过，姨妈这间农舍每次都会让他觉得可怕。怕在里面过冬，怕夏天有太多的事要干，只有那样来年冬天才能有个相对舒服的居住环境。

尼古拉·米哈伊洛维奇是坐公共汽车来这儿的——那辆“莫斯科人”正巧有毛病。他尽量不跟村里的人交谈，与女主人也不太说话。她的个头小小的，身体干瘪，基本上都坐在灶旁的椅子上——对于这栋小房子而言，这个被木柴熏得黑黑的炉灶显得过于庞大了。她的眼睛黯淡无光，布满了皱纹，就那么盯着地面……起初，当尼古拉·米哈伊洛维奇在院子里找到虽然有些潮湿腐烂，但还能抵挡一阵的木柴时，还去问过塔季扬娜姨妈，可不可以拿去用。她沉沉地挥了挥枯枝一般的手臂，叹口气说：“拿去吧。我也用不着……”后来叶尔特舍夫就不问了，基本上当她不存在。

尼古拉·米哈伊洛维奇把地板和天花板的缝隙都用布条塞了起来，做好防寒准备，他还把一张散了架的桌子从屋里搬了出去（腾出来的地方可以摆放从城里的住处搬过来的架子），他不相信，也不愿相信，现在他们全家得住在这里，住在这个墙框歪斜的房子里，或许，他和妻子以后就得从这里被抬到墓地去。

他们雇了一辆“利哈乔夫”，车厢被各种曾经塞在两居室里的东西装得满满当当，不需要的都扔进了垃圾箱，司机催着上路。

最后一次环顾因为被清空而显得更亮堂了的屋子，妻子大哭，就像参加葬礼一样，甚至都站不稳了；尼古拉·米哈伊洛维奇扶住她，快速而蛮横地把她拉了出去，在院子里把钥匙交给了市内务局负责后勤的头儿，然后又把瓦莲京娜塞进驾驶室，冲着儿子喊了一句：村子里见——阿尔乔姆得坐公共汽车过去。他朝门洞望了一眼，钻进车子，“啪”地带上门，冲着自己而不是司机吆喝了一句：

“好了，走！”

刚开始跟妻子从车厢里往外搬东西，就飘起了毛毛雨。细细的，但似乎不会很快停下来，这可是十月份的雨。

“这雨可真会挑时间，”尼古拉·米哈伊洛维奇骂了一句，赶紧把买了还不太久的昂贵玻璃柜扛进屋，小心翼翼地，可又像是在往垃圾场搬的感觉。

司机没有帮忙，一边抽烟，一边听收录机（“小手在哪里?”驾驶室里传来歌声，“咱们的小手在哪里？……”），时不时出来活动活动腿脚，朝车厢里张望一番，然后懊恼地撇撇嘴——东西减少的速度太慢了。

姨妈站在台阶上，发愁地看他们搬东西，她想参与进去，可甚至没法挪到院门口……

尽管是工作日的中午时分，但路上仍然空空如也，不过，尼古拉·米哈伊洛维奇总觉得在所有的窗户后面和院子里面都有好事的家伙正在观察他们……瞧，有一个没忍住，迈出家门，朝他走过来。

“好！”一个又高又瘦的男人说道。他的胡须耷拉着，几乎已经成了络腮胡，脑袋上戴着皱巴巴的黑红色冬帽。“欢迎搬过来。”

“谢谢。”叶尔特舍夫没工夫闲聊，他从车厢里拽出一袋衣物，往屋里搬。

屋子很快就被塞满了；尼古拉·米哈伊洛维奇冲进夏天用的厨房，“只能往这里堆了。”

“喂，”邻居候在汽车旁边，“要帮忙吗？我看……”

“好啊，帮一把吧。”叶尔特舍夫得搬冰箱。

这个男人其实很虚弱，没怎么搬，反而一直在喘气、叫唤，还不停地嘀咕：

“哦——哦，凳子！我的差不多也是这种……架子不错……七个灯头的吊灯哦……”

尼古拉·米哈伊洛维奇觉得自己是在家居用品拍卖会上……

不过，好歹进度加快了，一点半阿尔乔姆赶过来，车厢差不多都空了。他搬了一两件就完了。

“嗯，完了，”司机轻松地吁了一口气，好像他比谁都干得多；他把车厢门合上，碰得门闩咣当响，然后满怀期望地看了尼古拉·米哈伊洛维奇一眼。

“哦，对，”后者反应过来，掏出钱夹，抽出两百卢布。“拿着。”搬家费已经跟公司结过了，但得感谢一下司机本人——没找茬，没打岔，而且没出什么意外地把东西送到了。

“谢了。”司机又长吁一口气，蹭到方向盘后面，关上车门前祝福了一句：“祝你们顺利！”

叶尔特舍夫点了点头。点火开关“啪”地响了一声，分电器一启动，发动机就转了起来。排气管冒出一股淡青色的烟柱。“利哈乔夫”开动，缓慢但又无可挽回地割裂了他们与过去的最后一根连线，妻子又号啕大哭起来。

“行了啊，你!”尼古拉·米哈伊洛维奇有些愠怒。“够烦的了!”他觉得自己有股想推搡她的冲动，“又开始号了。”

他忍住没动，眼睛直直地盯着逐渐变小的咖啡色方形车厢；道路拐进了山坳，车厢消失了。不过，叶尔特舍夫一家三口——丈夫、妻子和儿子——却还久久地站在敞开的黑色屋门前面，望着“利哈乔夫”奔驰而去的城市的方向。

“怎么?”那个本地人问了一声，“这是在庆祝搬家吗?……我叫尤尔卡①。我记得你，瓦莲京娜。我记得你以前来过。”

瓦莲京娜·维克托罗夫娜扭过头看了看他，不过没认出来。那人好像有些不高兴：

“我是尤尔卡，姓卡尔波夫。我有个叔叔叫萨尼亚，也姓卡尔波夫。你跟他同过班……”

“哦，哦，”瓦莲京娜·维克托罗夫娜点了点头，但面无表情，在想别的。

“怎么样，庆祝一下?”

“必须庆祝啊，”叶尔特舍夫浑身一激灵，这才回过神来，他掏出五十卢布。“够了?吃的我们有。”

尤尔卡接过钱，翻来覆去地看了看，似乎在确认是不是真的。他点了点头，几乎在马路上跑了起来。

“商店好像在那边啊，”尼古拉·米哈伊洛维奇有些吃惊，不过立即就把注意力转移到了另外一件事情上，他冲着儿子喊：

---

① 男人名“尤里”的昵称。

“把门关上。”

他瞅着阿尔乔姆推动有些下坠并且咯吱作响的门板，略带苦涩地戏谑了一句：

“你得学着点儿!”

他们坐在厨房的大木桌旁边等着尤尔卡。妻子把早晨在旧房子里做好的土豆炖肉热了热。塔季扬娜姨妈坐在椅子里摇晃，小声地嘟囔着什么，好像在责骂她自己把旁人放进了家门，现在却不得不屈身于一角。

屋子里有一股发霉的灰土和药物的味道，混合着衰老的气息。凹凸不平的墙面仿佛眼看着便要一块块地脱落下来，而顶棚梁很可能马上就承受不住了，会断裂开来。整个房子将变成一座由干石灰、破大梁和烧焦了一样的黑色木头残块儿堆成的小山。尼古拉·米哈伊洛维奇发疯地想要冲出去，一逃了事，躲到一个安全的地方；同时，他又希望卷起袖子，建造一座宽敞的新楼房，二楼单独留出一个房间给自己，用来休息……

包着保护棉的门“咯吱”一声开了，尤尔卡先探进脑袋，然后走了进来。脸上挂着笑容，手里握着一个瓶子，不知何故却没有标签。

“久等了?”他把瓶子放到灶台边，脱下帽子，在膝盖上拍了拍，厨房里水珠飞溅。“来，庆贺乔迁……”

“你这是……”塔季扬娜姨妈吃惊地轻声嘀咕起来，但没把话说完，接着又摇晃起来。

尼古拉·米哈伊洛维奇像平常下班回家那样短促而有力地吁了一声，冲着妻子吩咐道：

“快，孩子他妈，上菜。”说着他自己把小靴子一般的敞口酒杯摆成了一排。

尤尔卡坐下来，毫不客气地用牙齿从酒瓶上扯下塑料塞子（这种塞子尼古拉·米哈伊洛维奇已经几年没见过了），开始倒酒。

“忙活了半天，”他开了口，“可以休息休息了，呵呵……绝对可以……”

酒杯里飘出浓烈的酒味儿；叶尔特舍夫疑惑地观察着尤尔卡的动作——酒瓶上没有标签，刺激的气味他也不喜欢。不过他暂时没吭声……阿尔乔姆在桌子旁坐下，一边打哈欠，一边嫌弃地到处瞅了瞅。

瓦莲京娜·维克托罗夫娜往桌子中间摆了一个装着土豆的深盘子。

“哦——哦！”尤尔卡来了兴致。“热乎乎的呢。喏，开动。”说着他抓起了酒杯。

“姨，”瓦莲京娜·维克托罗夫娜喊了一声，“吞不吞一点儿？”

“吞，”叶尔特舍夫暗自讥笑了一声。“这么快就开始说农村话了。”

尤尔卡催促道：

“喏，喝不喝啊？”

碰杯碰得比较勉强，没什么兴致。尼古拉·米哈伊洛维奇小心翼翼地泯了一点儿。嘴巴就像被灼烧了一般，味道呛人，酒味背后还有一股说不清是煤油还是酒精溶液的味道。

“你……你弄的这是什么东西啊？这没法喝。”

妻子和儿子都惊恐地放下了杯子。尤尔卡“哎哟”一声，急匆匆地吃了一口菜。他像被击中了一样晃了晃脑袋，然后一脸惊异地耸耸肩膀：

“怎么啦？好端端的一瓶酒啊。刚从橡皮管里接出来的，这东西……喝光，别害怕。”说着他又给自己倒了一杯。

叶尔特舍夫大吃一惊。整整一天的愤怒几乎全要发泄到这个客人身上了。真想一把抓住他的领子，把他给扔出去。

“干吗不去商店买啊？”他克制住自己，面子上还算平静地问道：“我给的钱好像够了……”

“商店？咳，我们这儿的商店一年前就不卖白酒了。只有啤酒。”

“为什么不卖？”

“有个什么许可证没拿到……反正什么证来着。”尤尔卡举起酒杯。“来啊，喝，我说了，这酒没问题。”

阿尔乔姆突然把酒都灌了下去。他低沉地哼了一声，往嘴里塞了一块冒着热气的土豆，看了父母一眼，带着一丝挑衅地说：

“不会死的，大概。”

“大概……”尼古拉·米哈伊洛维奇捏了捏掌中的酒杯。“大概……去他妈的。”

第四章

小时候，大概才五岁的时候阿尔乔姆就已经明白，他跟其他人不一样。当然，人与人之间总有差异，但不会太大。不过，他与别人的差别却很大。这对他产生了影响。读幼儿园和读小学、中学的时候都有影响，尤其是五年级到七年级，那段时间理应积极、好动，随时都想打架，捍卫所谓的“自我”。可阿尔乔姆却喜欢安静——他去幼儿园总是哭哭啼啼的，经常坐在小桌子旁边捏橡皮泥，在角落里开玩具小汽车；上学的时候，课间老是躲着风驰电掣的同学。他一度痴迷于看书，尤其是描写旅行见闻和研究遥远国度的书籍。不过，没有一本书他是从头到尾读完的，都是翻一翻，扫到一些句子、日期、名字，看看插图。

父母看他太好静，有时会打趣地说：“是个哲学家，无时无刻不在思考。”可阿尔乔姆并没有特别地去思考、观察和记忆什么东西。每一个崭新的日子于他而言都无甚乐趣，在床上躺着的时候他就会想，一天当中会发生什么，会有什么变化；而刚一起床，他又躺倒，不想再起来。用被子遮住脑袋，只留一条喘气的小缝，就那么躺着，半梦半醒之间，一片静谧……妈妈冲进来拽他：“你还躺着呢?！闹钟响了啊！”一旁的弟弟也跳过来帮腔：

“起来，季亚玛①！该上学了！”

如果阿尔乔姆是个病怏怏的矮个子，倒更合理。他自己也会更明白——为什么是这副德行。可他长得十分健壮，就像是练体育的（体育是他最不喜欢的课），可实际上却是一副……有一次，阿尔乔姆听到一个让他怔住的词，这个词不是对他说的，但从那时起，他经常重复这个词，把它用在自己身上：“没有完成的。”让人委屈但却十分准确的一个词……

差不多十四岁的时候，他真的开始担心了——自己对什么都不感兴趣，也没有任何爱好。他试过参加兴趣小组——航模、拳击（教练说他条件不错，不过反应很慢）、国际象棋、集邮，但很快就都放弃了。没意思。十六岁时人家送了阿尔乔姆一把吉他和一本自学教材。他来了兴致，开始研究和弦，尝试着弹奏流行歌曲的旋律，他的进展比较缓慢，而在不经意间拿起吉他的弟弟却把当时很流行的“电影”乐队那首《叫作太阳的星球》演奏得有模有样。

虽说杰尼斯比阿尔乔姆要小两岁，但却逐渐超过了他，几乎在所有方面。杰尼斯最先学会骑两轮自行车，最先开始抽烟，最先跟姑娘亲嘴，而当时阿尔乔姆才刚刚感觉到有这种需求。

就算是两年的部队生活也没能改变他。他在服兵役（他要去服役，父母表现得出奇的平静，甚至好像还挺高兴的）这件事情上还是走运的——留在了本地，集训结束后就被派去雷达站了，

---

① 男人名“阿尔乔姆”的昵称。

从那里他就可以看到家乡。阿尔乔姆经常会有短期休假的机会，一个月就可以见到父母、杰尼斯和朋友们两三次。

阿尔乔姆回家的那个秋天，弟弟又应征入伍了。他被编进了陆战队，服役地点很远，休假的时候也不回家。父母忧心忡忡，每天都盼着能有信来，时刻关注可怕的新闻节目——当时正好第二次车臣战争爆发……杰尼斯没上战场，但却变成了一副久经沙场的样子，退伍过后很长时间都穿军装，受过伤的鼻子发出的呼哧声显得很凶。他一心想打仗，打算要么去外国的军队服役，要么就去特种部队。父母虽然依旧替他操心，劝他做事收敛一些，但显然也为他感到骄傲——已经长成了一个真正的男子汉。可才过了半年，他就因为在一次打斗当中用拳头猛击别人而被判了五年的刑期……

从逮捕到开庭的那段时间令人非常不堪，当时阿尔乔姆感觉自己也快要发疯了，就跟那个被弟弟打碎了额骨的小子一样。不过，与此同时，阿尔乔姆在内心深处却对所发生的一切感到高兴，仿佛自己巧妙地赢得了胜利，不是对弟弟的胜利，而是对某位睿智的能人。后者一直力推杰尼斯，赋予他力量和胆识，可是，突然之间他发现自己错了——以后在生活当中走运的就是阿尔乔姆了，杰尼斯出了岔子，跌倒了，而且未必能够爬起来。

阿尔乔姆外出的时间更多了，大大方方地跟其他小伙子熟络起来，因为弟弟的事情，这帮小子也很敬重阿尔乔姆；他跟他们去夜总会、喝酒，有时也参与斗殴。母亲看到他脸上的瘀青或者嘴唇上的疮痂时，就会哭着追问：“你这是去哪儿了啊?！你啊?!”

这个“你啊”最让阿尔乔姆觉得受伤——他从中听到了自己最讨厌的那个词：“没有完成的。”

他一直都在找工作——从二十岁开始，他的重要任务就是去应聘。街上旧书摊的销售员、建筑工地的零工、市场的搬运工、文化宫的安装师傅……有时别人把他招了进去，手续也都办妥了，但过了两三个星期或者一个来月，人家就会表示对他不满意，再过一个星期就会让他写“因个人原因”提出离职的申请。而阿尔乔姆也被折腾得够呛，所以乐于写这个申请，而后轻松地长出一口气，去会计那里结账。回到家，他装出一副沮丧的样子，可怜兮兮地表示自己被解雇了，他也不知道为什么。说完便闪进自己的房间，躺倒在床上，把脸转向墙。这个时候他才觉得好受一些，就像通常大病初愈时的感觉一样。

一两个星期之内，父母不会碰他，甚至对他又丢了工作也表示同情（对于几十年如一日在同一个地方工作的他们而言，这确实是悲剧）。然而，过了一段时间父亲就开始皱眉头了，母亲把装着食物的盘子重重地摆到他的面前，好像是在说：“给你，吃白食的家伙。”阿尔乔姆穿梭于招聘单位之间，无力地向人事部门解释，他会干什么，为何在之前的工作岗位上干的时间都不长。他许诺守纪律、不旷工、不偷懒。可过了一个月、一个半月或者两个月，他又恢复了自由。

他对这座城市不太熟悉，可又有什么好熟悉的呢？他在市中心出生、长大，也就局限于市中心。于他而言，城市就是单调的四五层楼的建筑、五十年代的威严感、“胜利”电影院、列宁雕像周围的花园、市场、汽车站……周遭便是绵延不绝的私人土地——东倒西歪的小房子，旁边是窄小的菜园。这一片区域阿尔乔姆来得不多，他感觉“中心”与“农村”之间存在着某种敌意。七十年代还发生过大规模的斗殴，参加者不光有小年轻，还有成年人，有几个甚至因伤住进了医院。

在城市北面一个叫大山的地方——尽管它只不过是一处小山坡，八十年代末期出现了一个由灰白色九层建筑组成的小区。小区有商业中心、电影院、学校、商场。居民们从山坡上下来的时候不多，基本上只在休息日的时候（他们中的大部分人都在位于大山以东的车辆制造厂工作）。有些一直住在市中心的人根本就没到过这个小区，阿尔乔姆就是其中一员。没有朋友在那里住，没有什么有意思的地方，而且大型的高楼让他感到恐惧，似乎他很容易就会在那儿迷路、走失。

城市周围是起伏多丘、永远泛黄的草原。站在其中的一个制高点可以清楚地看到犹如盒子一般的建筑、火柴盒一样的天线和碗状的雷达——阿尔乔姆在那里服役了一年半……城市南部边缘有一条河，水流细碎、湍急、冰凉。在里面玩水的只是对自己的健康状况很自信的人，还有就是醉汉，后者常有溺亡。这条河从几乎与城市连为一体的萨彦山上流下来，逆流而上的摩托小艇行进艰难，从一旁看，它们几乎就是停滞不前。不敢相信，一百年前，旧教派的教徒们怎么能够载着离群索居的必需品驾船而上？他们遁隐泰加林，不再回来……

除了家乡，阿尔乔姆哪儿都没去过。有时，心情极度烦闷，他就去车站看火车。他知道，往左开的那些车过两三天就会到达伊尔库茨克、赤塔、哈巴罗夫斯克、符拉迪沃斯托克，而往右开的车则迟早会抵达秋明、斯维尔德洛夫斯克、莫斯科。尽管阿尔乔姆知道这些，但他也没法在想象当中勾画出任何东西来。莫斯科和彼得堡还能通过在电视节目里看到的宫殿和广场形成大致的印象，其他地方就是地图上的小圆点了。

他觉得自己正在与熟悉的地方融为一体，成为长椅、电线杆或者街心花园里面的树木那样的东西。人们从旁边经过，谁也不会留意他、发现他，他也不留意任何的人和物，对任何事情都不感到惊讶。外壳坚硬，被烟尘包裹，已然僵化……如果他继续这么过下去，看到同样的东西，那么他永远都不会拥有真正意义上的朋友和姑娘，没有人能够改变他，改变一些非常重要的东西，能够拽着他逆流而上或者跨水而过。

或许正因如此，当父母决定搬家时，阿尔乔姆没有表示反对。有时他的确很害怕，甚至会宣称不会离开自己的房间到任何地方去，不会收拾东西——这就像被宣判了死刑的人在为自己掘墓一样。不过，他体内某个细微而重要的部分却在证明：这次搬家、这个灾难对他来说是好事。

对于那个即将成为他们家乡的农村，阿尔乔姆印象模糊。小时候跟父母去过。完全记不清楚了，只觉得很宽敞，有很多地方可以玩耍，天空广阔，还有翠绿温润的草地，可以在其中愉快地翻滚。感觉农村永远都是夏天，二十五岁还相信这一点当然有些荒唐，不过内心深处总会不自觉地这么想。坐在摇摇晃晃的公共汽车上他感觉有些发热，他在最后一排，直盯着地板——他不愿看人，免得给别人机会看他。他反正不愿意弄清楚正在发生什么事。随着距离一公里一公里地向前推进，他离故乡越来越远，他觉得正在沿着一个陡坡往下滚，眼看就要掉落到黑色的坑穴里面去了。而在他产生这种可怕感觉的同时，在记忆的背后而非记忆之中又升腾起了光亮、鲜绿、柔和、广袤的感觉……有一种微小但却格外坚定的希望和信心：沿着这条凹凸不平、豁口散布的道路滚到坑穴底部之后，他很可能会找到一种新的生活——即便复杂、沉重，但却是真正的生活。类似于未成年的难熬时期终将结束，成人期即将开始。甚至就连此前永远都在场的父母如今也不会再出现了。那里只有一座小房子，装了很多窗户，阳光穿过它们射进去，院子宽敞，气息宜人，还有一条非常适合傍晚垂钓的小河。最重要的是那些尚不明了的人们的外形轮廓，他们在他的新生活中必不可少。

阿尔乔姆刚到几分钟，就明白了为什么父亲不喊他一起过来整修房舍，为家具腾出空间。是的，这里曾经就是一个洞穴，还有一个暗无天日的洞底，黑得如同这个屋子的横梁。

搬完家的第二天，他醒来过后觉得有一种宿醉的不适感，尽管也就喝了三两酒。阿尔乔姆决定立刻去车站，坐上公共汽车回城。在那里找个地方躲起来，求朋友收留自己住一阵，在此期间想办法安顿下来……找宿舍住，或者……车库总有吧，还带炉子！……这里算什么啊？

那个夜晚他睡在折叠床上——他的床没法搬进屋子，父母则睡在旁边的沙发床上。挨得很近，连过道都空不出来……环境冷清，缺乏生机。阿尔乔姆一掀开被子，立刻就冻僵了，他颤抖着赶紧再裹起来，找了一个相对舒服的姿势，以便折叠床的铁杆正好能在肋骨中间，不至于硌得慌。听着父母的鼾声，他满怀孩子般的无助和委屈想道："我这是干什么啊？……让他们解决就行了。是他们这样安排的……"

天气挺暖和，入冬前的回暖。他们忙着把家什拖来拖去，要么就在数不清的盒子、袋子和包裹中间寻找某件小东西。塔季扬娜姨妈坐在炉子旁，怀疑而顺从地观察着并不熟识的亲戚，好像他们是在翻找她的东西。

不断地碰到麻烦——在楼房里过日子几乎觉察不到的事情到了这里就会演变成严重甚至无法解决的难题……最主要的问题就是水。

水得从给水龙头接回来。给水龙头就在一旁——马路对面，但水压不大，水流非常小，接满一桶水得花差不多七分钟。天冷的时候，这可不是一件舒服的事……水拎回家后倒进二十升的水箱，再从里面舀水洗漱、清洁碗碟。脏水倒进洗脸池下面一个十二升的大桶，再把它提到菜园后面的荨麻丛倒掉……刚开始的时候他们不懂得节约，一天之内得把装脏水的桶拎出去三四次。

洗碗有一整套程序。开始在一个大的金属盆里用开水洗，然后洗盆子——它的四壁会挂上一层油。接着再倒热水（即便用电水壶也没法一下子烧开很多水）。第二次的热水得换两遍，因为它很快就变得油腻不堪了，“仙女”① 也无济于事，尤其是煮过牛肉之后……

连续几天阿尔乔姆都没法在新地方上大号。当初应征入伍的时候也有过这种情况……就连撒泡尿，也是等到忍无可忍的时候才去一趟那个跟狗舍差不多的茅房。地上的坑几乎已经被填满了，父亲打算弄个新的，不过土地已经上冻了，所以决定等到春天再说。他半开玩笑地表示：“我们得用铁钎把‘钟乳石’弄掉。”接着便发起愁来：“洗澡间可怎么办啊……”

洗澡的地方在夏天用的厨房和鸡圈中间，是一个袖珍的棚子，没有换衣服的地方，地板已经腐烂，浴床垮了，铁皮炉子被烧穿了。在这里洗澡简直不太可能；事实上，不可想象的是，在这样的条件下塔季扬娜姨妈居然能够生存下来，而且还能保持人样。她那么虚弱，连挪步都困难，但也没有浑身是灰，柜子里装着干净的内衣，面包筐里有松软的面包，地下室有过冬的蔬菜。

开始的几天阿尔乔姆最远也没走出过菜园子，除了去取水。栅栏外面充满了敌意，很危险，尽管他见到的人并不多——偶尔有些拎着布袋子去商店的老头子和老太婆、匆匆路过的男人、骑着叮当作响的自行车穿过的少年。几乎没什么汽车，而熟悉的长途客车发出的响动声则让他难过——过去的时光顿时便会浮现，

① 洗洁精的商标名。

它们就在不久之前，但肯定已经永远地失去了……司机马上转一圈，把车停进车库，回家，爬上五楼，冲个淋浴，吃点儿东西，瘫倒在电视机前面的沙发上……现在他们有两台电视——老太婆有台黑白的“纪录”牌电视机，他们带过来一台“三星”，但也没用……不想看，也没机会看。所有东西都堆在一起，连坐的地方都没有。

阿尔乔姆就想一个人待着。夏天用的厨房挺凉快，他就长时间地耗在那里，装出在收拾自己东西的样子：磁带、唱片、各种纸张、书、早就坏掉的相机盒子、音乐播放器。所有这些东西现在都不需要了，成了多余的物件。早知如此，在收拾城里的房间时就该把它们扔掉。

可惜，能够稍微让如今的生活变得轻松一些的东西却不够——没有合适的鞋子可以穿上跑到院子里去；没有日常穿的衣服，可以不用担心弄脏；没有好的斧头、钉子、毛巾、电筒……

刚一安顿下来，母亲就进城去了。她喊阿尔乔姆一起去，但他没答应——第一个早晨他很想逃离这里，可如今却害怕见到熟悉但再也不属于他的街道……那次进城，母亲彻底辞掉了工作，买了肉、香肠、腊肠、伏特加。回来的时候，她表现出一副无所顾忌的高兴样子，仿佛摆脱了某些东西，解开了心结。当晚她喝得几乎没法挪到沙发床上去。

白天，村子里空荡荡的，几乎见不到人，很是清静；不过，临近黄昏，俱乐部和商店周围就会热闹起来，能听到笑声、姑娘的尖叫声、摩托车的发动机声。

“全都凑一块儿了，”老太太往窗帘外面望了望，嘟囔道。“现在还算安静些了，夏天的时候……到天亮都不会消停，没完没了，让人发疯……估计是天冷了，不敢折腾了……”

阿尔乔姆也对外面的吵闹声感到不舒服，不过原因不一样——他是想到那里去……既然都把他带到这个洞穴里来了，那周遭索性什么都没有最好。可近旁毕竟还有火热的生活，还有年轻人。

有一次他没忍住，把满下巴的胡子刮得干干净净，从箱子里翻出了出门穿的牛仔裤和套头衫。

“你要去哪儿？”父亲警觉地皱起了眉头。

“就在附近……逛逛。”

“哼……”

阿尔乔姆耸起肩膀护着脑袋，等着父亲说出“不行，不准出去逛，这儿的人只知道灌酒”之类的话。不过，母亲打断了父亲这一声“哼”：

“不过得当心点儿。别太晚回来。”

阿尔乔姆点了点头，旋即就冲了出去。他穿过门厅跑进院子，在院子门口稍微停了一下，摸了摸口袋里的钱，算算究竟有多少。大概有一百五十卢布，至少够买门票了。站一会儿，听听音乐，看看人……

俱乐部高大宽敞的台阶上有好多小伙子。他们抽着烟，手里的塑料杯和装着小吃的袋子发出“沙沙”的响声。他们彼此聊着天，聊到会心处就哈哈大笑，笑声互相传染。然而，他们一见到阿尔乔姆走过来就不出声了，愣愣地瞅着他。阿尔乔姆想起了那些有关牛仔的电影——每当酒吧里出现陌生人，他们就那么愣在那里……他走近这群人，随时准备接受一击。

“你好，”一个结实而强壮的小伙子伸出手来，他脸上长满了雀斑，也可能是粉刺。

“晚上好。”阿尔乔姆微微一笑，“今天有舞会？”

“嗯，”那家伙点了点头，“有。”

另外一个家伙看上去瘦小，但显然是这帮人的头儿，他突然用一种开脱的口吻解释说：

“瓦夏大叔又喝醉了，放不了电影。所以开舞会。”

“这样哦，”阿尔乔姆同情地回应了一句，上了两级台阶。马上有人递给他一盒“首席”牌香烟，其中有一根支棱在烟盒外面：

“要吗？”

他把烟扯出来，说了声“谢谢”，就着递过来的打火机点燃了……他一般不抽，只是有时喝了酒会点上一根，但他明白，这个时候要跟大伙儿套近乎就必须抽。

“喂，你是叫阿尔乔姆吧？”壮小伙问道。

“是的……我就住那边，塔尼娅姨婆家……”

“嗯，我们知道……那个，有没有三十卢布？想喝酒，钱不够了。”

阿尔乔姆一直在等这个问题，听到后感觉挺高兴的。与他们的熟识程度在进一步加深。他从口袋里掏出一张纸币——五十卢布。

小伙子们躁动起来，壮小伙把阿尔乔姆的钱交给一个头戴迷彩帽的高个子：

“鲍顿，跑一趟!”

接下来他们开始介绍自己。壮小伙叫格列贝奇，瘦小的家伙叫尼亚玛，还有一个小眼睛叫措伊。

“韦拉……雷迪斯……维察……”他们继续喊出各种绰号，阿尔乔姆都不好意思直接报自己的名字。他想起在城里的时候弟弟和朋友们通常都喊他“季亚玛”，所以也说了这个绰号。

“哦，尼亚玛，”格列贝奇咳了一声，“跟你的名字基本上是一样的。”

小伙子们早有预谋般哈哈大笑起来。

买来的酒跟阿尔乔姆搬过来第一天喝的那种味道差不多——散发着一股化学药品和烧焦了的橡胶味道。他喝了一口，然后把小杯子递给了尼亚玛。后者喝光了杯子里剩下的所有酒，还用嘴巴吮吸了几下，就跟在吃糖似的。

天气有些凉。小伙子们穿着薄薄的套头衫和风衣也不觉得冷，好像打算一整晚都站在台阶上互相开玩笑、你推我搡。门后传来音乐声，温柔而动听，在这样的音乐伴奏下搂着一个姑娘，与她在狭小的空地上跳跳舞，脸颊靠近她的发梢，该是多么惬意啊……阿尔乔姆没忍住：

“哥们儿，咱们是不是也进去?”

格列贝奇皱了皱眉：

“去那儿干吗？全是女的。”

“哦，跳舞啊……”

“啊哈，”措伊猜到了，“你想找个妹子。走，我告诉你找谁……我们太清楚了。不过，选择余地还是有的。”

“把瓦莉卡①给他，”格列贝奇说了一句。

小伙们又哈哈大笑起来。

“对，对，就是瓦莉卡！温柔妞儿……”

阿尔乔姆被一个劲儿地推着后背走进了俱乐部。

门后就是一个相当宽敞的大厅。墙面上分散地闪烁着装饰新年枞树用的小灯泡，左边有一台立式音响，里面传出歌声：

天空把夜晚滑落到掌心，
没人追得上我们，没人追得上我们！

大厅中间有几个姑娘在跳舞，彼此相对，扭动着腰身，还有十几个在凳子上坐着。

“喏，就是那个，”格列贝奇用声音压住音乐，解释说，“黄头发、白短袖，看到没有？瓦莉卡·佳波娃。其他人先别碰。我们都已经分配好了……”

阿尔乔姆定睛找到壮小伙说的那个姑娘。她个头不高，身材

① 女人名“瓦莲京娜”的昵称。

还不错，头发随着灯光的闪烁忽金忽白。她一边跳舞，一边微笑着朝墙壁看，那里似乎有什么神奇之物……阿尔乔姆挺喜欢她的。

“呃，那个，”格列贝奇又开始纠缠。“要不再给点儿？再去买瓶酒来喝。”

阿尔乔姆掏出钱，给了壮小伙十卢布，便朝着跳舞的姑娘们走去。他竭力只看格列贝奇指给他的那位。脑子里一边想着该怎么开口，一边回忆舞步。他基本上不会跳舞。

第五章

十一月开始的几天，真正的寒潮袭来，气温降到了零下二十多度。严寒在没有被瑞雪保护的大地上扎下了根。天昏地暗，日子愁闷得难以忍受，人们满怀希望地望着天空，期盼很快就能飘起雪花。可是，天上只有灰灰的阴云，太阳从它下面隐约地透出淡红的光芒，并不耀眼。

九号的时候刮起了不大却冷飕飕的风，它甚至能够穿透到暖气烧得很足的房子里面去。所有活物都躲了起来，冻得够呛，翘首期盼能够熬过这股顽固的冷空气。受了两天苦之后，气温有了小幅的上升，然后便下起了密密的厚雪。

雪下了一天一夜，然后停歇了一阵，又接着下起来，把房屋变成了雪堆，折断了树木的细枝，把腐朽的栅栏打压得七零八落，压弯了没铺石棉瓦的屋顶上的木梁。

人们骂骂咧咧地与积雪做斗争，去商店和村办的时候总是陷在雪里，就跟在沼泽地里前行一样。大家不停地讨论这场前所未有的大雪带来的后果，担心水管被冻裂，害怕通往城里的道路被堵住。“没有电大伙儿都得饿死在这儿！……”不过大家还是比较开心、活跃。冬天终于来了。

大雪让瓦莲京娜·维克托罗夫娜拖延了找工作的事情，似乎正是这场雪妨碍了他们开始新的生活，它得赶紧停下来才好。只要通往学校、俱乐部、村办的道路都重新露出来，瓦莲京娜·维克托罗夫娜就能去找人交涉，把工作证明交上去，所有的一切都会重新安稳下来，不再有什么可担心的。

夏末和秋天她过来安排搬家的事情的时候，特意没去了解在这里找工作的情况。担心万一开始询问、打听、央求，而得到的又都是拒绝，那要把家搬过来就比较可怕了。如果不问……不问至少还留有希望。

一开始根本顾不上找工作，为了保全家里的物品不被严寒侵蚀，为了把所有东西都塞进原本就拥挤不堪的小屋并且还不把它变成堆满破烂的仓库，人都快疯了。

后来又去了趟城里，了结那里的工作，跟同事告别。他们似乎对瓦莲京娜·维克托罗夫娜辞职都挺高兴，至少没劝她留下……从城里回来后，她又拖延了一段时间，没有去当地的相关部门。她总是说服自己，比起找工作来，还有更多急需处理的事。接着就下雪了。

十四号上午，她终于下定决心，换上自己最好的行头——雪青色的裙子、纯毛的外套、出门才穿的大衣、貂皮帽子。她尽量不让自己看起来显得俗气，还描了眼线、涂了唇膏……丈夫坐在矮凳上抽烟，冲着正在烧柴火的炉膛吐烟圈。塔季扬娜姨妈裹得严严实实，缩在桌子和橱柜之间属于她的角落里。儿子躺在老太婆的床上翻书，这张床就放在厨房里。

“行，我去了，”瓦莲京娜·维克托罗夫娜说。

丈夫抬起沉重而泛红的眼睛（昨天晚饭时酒喝得有点儿多），点了点头：

“哦，去吧……我——得铲雪。”

姨妈和儿子完全没有反应。“凭什么，难道我比别人更应该去?!”瓦莲京娜·维克托罗夫娜顿生怒气，快步出了门，免得再回到屋里跟其他人一样闲坐下来……她很想回去坐下，因为预感到此行不会有什么结果，再说她也没什么力气。所有的力气都耗在了不安和着急上面——此前尼古拉辗转于各个法庭，接下来又是搬家……至于杰尼斯，最好别去想，否则根本没法……九月份她给他写过信，告知他们的变化，也给了他新的通信地址。离探视还有两个多月……

她首先去了村办，村子里最重要的人物——村长在那里。

长条形的房子跟仓库差不多，一条走廊在中间，两边是各个办公室。会计室、农务室、邮局、村警室、养老金办公室、扎霍尔莫沃农委会分部……村长办公室在走廊尽头，好像是要藏起来似的。不过，回应瓦莲京娜·维克托罗夫娜敲门声的却是一个精力相当充沛的嗓音：

“谁啊？”

她探进脑袋笑了笑，问了句：

“可以进去吗？”说完便走了进去。

油漆斑驳的办公桌后面坐着一个四十五岁上下的男人。看上去挺体面的，甚至还穿着西服。他面前摆着一份报纸。

“您好。”瓦莲京娜·维克托罗夫娜瞟了一眼椅子，但没敢坐下。“我来找您……我叫叶尔特舍娃·瓦莲京娜……”

“嗯，嗯，”村长打断了她的话，“前不久搬来的。”

“已经登过记了。都挺好的……我就是想向您打听打听……”

“坐。”

“谢谢。”瓦莲京娜·维克托罗夫娜坐了下来。“我想打听一下工作的事。”

“呃——呃……”村长的充沛精力瞬间消失殆尽，甚至连眼睑都变得沉重起来，眼睛也眯缝了。“您是什么意思呢？”他还是希望避免不愉快的交谈。

“您能不能给我推荐一个工作？我是学图书管理的，当了差不多三十年的图书管理员，其中有五年是主任。”

“呃——呃……我们确实有个图书馆。您没去过？……不过法因娜在那里工作，好像干得还不错。组织小孩子们搞兴趣小组。”

“她的专业对口吗？”

“不清楚。不是我给她安排的——这些事情由文化部门管。学校的事情由人民教育部门管。”

“那在您的管辖之内有没有什么……”瓦莲京娜·维克托罗夫娜有点儿结巴，于是，她决定把话说得更有文化一些：“有没有空缺的职位？”不过，她已经感到一股细微的凉气从后脊梁升了起来。但她不肯相信人家不给她工作，觉得不应该是这样的。

村长耸了耸肩膀，目光转向别处，呆住了，做出一副在考虑的样子。瓦莲京娜·维克托罗夫娜等待着。村长深深地叹了口气，抖出一根香烟，划燃火柴把它点上。他吸了一口，眼睛盯着旁边，又呆住了。

“那？”瓦莲京娜·维克托罗夫娜没忍住。“有没有呢？哪儿需要女工或者清洁工吗？”

“我这里没什么空缺。什么都没有……”

“男人干的活呢？”赶在产生失望情绪之前，瓦莲京娜·维克托罗夫娜打断了村长的话，飞快地问道。“我有个儿子，二十五岁……丈夫五十了。嗯，他……他在警察局干了三十年，大尉。”

“什么都没有，”村长侧过头来，瞪了瓦莲京娜·维克托罗夫娜一眼。“我这里的本地人都没有工作。男人也一样，所有人都一样。饲养员、机械工、挤奶员、拖拉机手，所有人都一样……去年农场还在，现在已经没了。什么都没有。”

“那……在这儿怎么生活啊？”瓦莲京娜·维克托罗夫娜一字一顿地慢慢问道。

“鬼知道……有的靠养老金，有的拿疾病补贴、儿童补贴、壮劳力缺损补贴……有的靠那些去城里和区里工作的亲戚帮忙……哎哟……”村长小心地把抽到一半的烟灭掉，以免折断。“搞不明白。我干这个已经四年多了，还是一直都很吃惊。我自己是从叶尼塞斯克来的……被安排到这里来，算是走运的了。来干什么呢，鬼才知道。假设这里还有集体农庄，那兴许还能干点儿事情，可这……季格里茨科耶还不错，保持得挺好，不过他们是独立的。我们这儿属于联营社。中心在扎霍尔莫沃，技术设备都在那儿……”

“我知道这些事，”瓦莲京娜·维克托罗夫娜打断了他的话，“我是本地人，还记得集体农庄如何合并成国营农庄的，也记得当时大伙儿都不满意……当然，我在城里生活了很长时间……老了，人家就不要了……”瓦莲京娜·维克托罗夫娜想哭，可村长的抱怨却止住了她的眼泪。

“最后三十头牛去年也被赶到扎霍尔莫沃去了。据说以前有一百多人在农场干活，可现在只剩下两个看门的了……以前有个小厂，缝制袋子，被火烧了。以前土地多好啊，还种过小麦……什么都没了……我就像根木头桩子似的戳在这里想不通。”

瓦莲京娜·维克托罗夫娜起身走出了办公室。

她在路上环顾了一圈，两旁都是小房子，窗户上积满了雪，就像没人住一样。但烟囱里又有轻烟升起来，也就是说有人住，有人做饭，有人操心吃穿，他们一定会对未来——哪怕只有一个星期——怀有信心。可她呢？她的家庭呢？存了点儿钱，如果省着用，一个月大概能撑得过去，然后呢？……得让尼古拉去办退休手续。他凭工作年限可以领退休金……她自己多少也该有点儿……离法定退休年龄五十五岁还有两年。还有见鬼的两年。他们的日子该怎么过啊？

她想拐到图书馆去看看，不过还是没去。有什么用呢？法因娜在那儿，按村长的话说，她是个不错的工作人员，组织了兴趣小组……于是她就去了学校。

两层的石头建筑，上上个世纪就建起来了。里面相当舒服——大大的半圆形窗户、浅色的墙壁，到处都挂着孩子们的画。飘着一股浓浓的荞麦粥的味道。

“您找谁？”一个穿蓝褂子的老太太从凳子上站起身来，怀疑地眯缝起了眼睛。

“我……找校长。”

“什么事？”

瓦莲京娜·维克托罗夫娜撇了撇嘴：

“私人的事。想认识一下。”

“哦？……您是从哪里来的？”

“这跟您有关系吗？”

“怎么没关系？我的职责就是维持秩序。万一出了事，”老太太一边说，一边挪过来挡住走廊，“万一出了事，谁负责？”

“我……我就是想认识一下校长！呃……”瓦莲京娜·维克托罗夫娜忍住想要大吼的冲动，让自己保持镇定。“您知道吗，很多年前我就是从这个学校毕业的，然后又在区中心的图书学校读过书，住在城里很长时间，现在回来了，想跟校长认识一下。我叫瓦莲京娜，娘家姓坎道罗娃。我的父母在这一带挺有名的。姨妈塔尼娅·马塔索娃现在还住在这儿，就在旁边，几步路。”

不过，这张家谱还是没能改变老太太的态度：

“那又如何？现在正在上课，不准在学校里闲逛。校长也在上课。课间铃声响了，我就放你进去。”

“好吧……”

瓦莲京娜·维克托罗夫娜感到一股强烈的倦意，甚至连对这个穿着褂子的老太太的愤慨都被它冲散了。她坐到孩子们的矮板凳上。老太太站了片刻，也坐了下来。

“您不是本地的?”瓦莲京娜·维克托罗夫娜问，对于坎道罗夫这个四十多年前差不多半个村子都用过的姓氏，任何一个本地人都应该有所反应。

“我吗？我是图瓦人。”老太太长吁了一口气。“九三年搬过来的，一晃将近十年了……以前也是在农村，梅热格伊，没听说过?”

“没有。”

图瓦曾经是各个领域的专家都想去的地方（工资更高，职位升得更快，有各种优惠，排队分房子也更快)，它的位置更南，在萨彦山的另外一边。不过，八十年代末期，就跟苏联的许多共和国一样，图瓦也爆发了民族冲突：乌克兰人、格鲁吉亚人、俄罗斯人——反正所有非本地民族都逐渐离开了那里。住在草原村落的人几乎是抛下财物落荒而逃，他们害怕被砍头，被活活烧死……大部分人都在叶尔特舍夫一家居住的城市安顿了下来。差不多是在九三年的时候，这些人奔波于各种机构，寻找工作。有些女人也来找过瓦莲京娜·维克托罗夫娜，用祈求的眼神看着她：“您要我吗？我管理过区图书馆……我在学校图书馆工作了二十年……”

“我们在那儿过得挺好的，”老太太说，“很踏实。旁边就是松树林，不像这里的都干瘪瘪的，那儿的很茁壮。卷边乳菇也随处可见。我们一桶一桶地腌蘑菇。先铺一层卷边乳菇，再铺一层松乳菇，接着铺一层毛头乳菇，然后又是一层卷边乳菇……还有蓝靛果、越橘，兔子也多得是。我家老头子放上套索，总能逮到小兔子。我做给家里的狗吃……图瓦当地人并不多，大家都很温和、勤快……留在那边的房子多好啊！落叶松木造的，能住两百年……板棚、储物间、澡堂……全用木头建造。尽管旁边就是松树，但松木都专门从萨彦山上运过去，免得山上的腐烂了。那场混乱一开始，我们就被牵连了。刚开始的时候，他们半夜骑着马乱闯，把容易顺走的东西都弄走了，后来就开始抢、杀。最后大家不得不穿着衣服睡觉……”

老太婆讲啊，讲啊，也不管有没有人听她的。伴着这个令人伤感的单调声音，瓦莲京娜·维克托罗夫娜思忖着自己的生活，竭力回想以往有没有什么时候是她真正感到踏实，并且无须为将来操心的……当然，这么多年过下来，确实有那样的时刻，可是现在都想不起来了。确切地说，想不起来的是那种踏实的感觉。

“……我们决定搬家。全村一起决定的，差不多有一百来户。车子少，能带走的东西不多。大伙儿都想卖掉。可卖给谁啊？往哪儿卖啊？大家都要搬……我儿子一家跟我住，女儿早就住到他们的省会去了，住在卡济尔。现在住在舒申斯科耶……最初我们就去了她那儿，从那儿再想办法到这里来的。儿子找了一座废弃的房子，从农委会那里买了下来，稍微修整了一下……也住习惯了。后来盖了新房子。现在还好，当初哦，哎哟，太难了……刚一来我们就被偷了，摩托车被骑跑了，直接从院子里弄走的，到头来都没找到。儿子哭哦……老头子埋在那边呢，在梅热格伊，八八年就死了，没见到我们经历的这些苦。哦——哦唷……他的坟地现在怎么样了我也不晓得。可是每天晚上都梦到以前的村子。松树林、山、所有一切……这里完全是另外一个样子……”

瓦莲京娜·维克托罗夫娜在自己听到的所有话当中只注意到了两个词：“车子”和“被偷”……车子的事得跟尼古拉说说——他想不想把它修好？车库怎么办？把车子和车库都卖了？还是另做处理？得做决定。还有丢东西的事情……姨妈说过几次了：东西丢得特别厉害。他们暂时还没被光顾，不过，要是把车开过来，倒是真的很有可能……

老太太看看挂在墙上的钟，叹了口气，站起来，摁下按钮，响起了一阵沉闷的铃声，跟敲击铝制品发出的声音差不多。

“到二楼，”她对瓦莲京娜·维克托罗夫娜说，“左手第一间。校长叫奥莉加·彼得罗夫娜。”

奥莉加·彼得罗夫娜是一个高大而显年轻的女人，挺有派头的。

她客气地接待了瓦莲京娜·维克托罗夫娜，面带笑容，露出嵌在门牙上的金属套。落座之后她还询问了要不要喝茶。

瓦莲京娜·维克托罗夫娜表达了谢意，但客气地拒绝了。她称赞学校舒适、温暖、亮堂，表示自己是本地人，但以前住在城里。接着她鼓足勇气，问了问他们这里有没有空职，还补充说她在图书馆工作了三十年，当了五年主任，非常了解俄罗斯文学……

奥莉加·彼得罗夫娜的表情变得漠然起来，微笑不见了，取而代之的是凄苦的神色，嘴角向下撇着，腮帮耷拉出了两个小袋子。

“很遗憾，我无能为力，”她表示。“我们缺化学老师，可您又不是学化学的……我反正对那些链条一样的公式一窍不通……没有位置，所有编制都是满的。换作三年以前，倒可能……当时我们几乎什么人都没有，我不得不既教历史，又教地理，还得上劳动课。现在大家都明白了，找不到更好的工作，尽管这里只有两千卢布的工资，但总比没有强吧……有位女老师是扎霍尔莫沃的，教物理，她每天都得跑来跑去，单程可就有二十公里啊。可她还是这么继续折腾……”

铃声又响了。校长急匆匆地跳了起来：

“对不起，我得去上课了。七年级。简直太可怕了，每次都跟打仗似的。”

瓦莲京娜·维克托罗夫娜点了点头，朝门口走去。校长走在后面，痛心疾首地念叨：

“根本管不住，在他们身上什么都不管用。我跟他们说，你们现在是在为自己未来的生活打基础，今后没人会照顾你们的……无济于事！全当耳边风，女孩比男孩更差劲。经常是到八九年级才开窍，可是已经晚了……我们是九年制的学校，改制差不多有七年了。偶尔会有学生想接受完全的中等教育①，他们要

---

① 俄罗斯的中等教育分为十一年制的完全中等教育和九年制的不完全中等教育。

么去城里投奔亲戚，要么就去扎霍尔莫沃。有两三个在我们这儿拿到了证书——靠的是所谓的函授。区里的考官过来。考的题简直就跟考莫大一样。不过还好，学生没有给我们丢脸，都通过了。说实话，这里的学生如今已经没钱参加考试了……至于工作，我不知道可以提什么建议。我们这里没什么希望。当然，如果万一有情况，那我肯定……”

回到家她已经精疲力竭，仿佛被榨干了似的，又像被人用棍棒痛打了一顿。就想躺倒在沙发床上，一直躺下去。

可是家里来了一位女客。此人打扮得漂漂亮亮的，四十岁上下，浅褐色的头发，长着一张能让别人产生好感的脸。瓦莲京娜·维克托罗夫娜即便处于现在这种状态当中，也能感到对她的好感，或者说愿意对她产生好感。或许，不是对这个人的好感，而是对她散发出来的一种可靠气息的好感。

客人坐在桌子旁边，桌上摆着茶具。她对面坐着尼古拉。儿子不在厨房里，姨妈跟平常一样坐在她的椅子上摇晃，她直盯着客人，不知道是怀着敌意还是饶有兴致。

“哦，瓦利娅①回来了！”丈夫颇为高兴地说，“得跟她商量商量……”

客人迅速而敏锐地打量了一下瓦莲京娜·维克托罗夫娜，一秒之内便观察妥当，做出了评价，还面露笑容地欠起身来。

---

① 女人名“瓦莲京娜”的小名。

"您——好，瓦莲京娜！"她伸过手来。

瓦莲京娜·维克托罗夫娜生硬地握了握——她不太习惯通过握手表达问候，然后回到门边，把靴子上的雪敲了下去，开始脱大衣。

"她是我们的邻居，"尼古拉说。"叶连娜……呃——呃？"

"可以不喊父称①。"

"叶连娜·哈林娜。她跟丈夫在旁边那条街住……"

"我们有五个孩子，"客人接过话茬。"大的十五岁了，小的安纽塔才三岁半。"

"一直都说出生率在下降。"瓦莲京娜·维克托罗夫娜按下电水壶的开关。"您有五个，尤里有六个。我听说还有哪家……那你们是本地的吗？"

"不，不，哪儿能啊！我们是从布拉茨克搬过来的。很多亲戚还在那边。"

"明白了。全都是外边来的。村长、学校的管理员……"

客人点头表示同意：

"很多外边来的。我能想象你们现在的状态，我们自己也是这么……好歹你们还有老太太在这儿。"她朝塔尼娅姨妈的方向微微一笑。"我们在这儿可是连一个熟人都没有，手一挥就来了。我和丈夫的根都在乌拉尔，父母亲都是那里的，当初举着团员证冲过去建设水电站。现在大家都在从布拉茨克往外搬。那里

---

① 在俄语里，使用名字加父称的称呼方式表示对被称呼人的尊重。

太……根本没有文明可言，什么都没有。”

水壶里的水开了，发出“咝咝”的声音。瓦莲京娜·维克托罗夫娜吃力地站起身来。

“喝茶吗？”

“我已经喝很多了。再倒点儿吧。您家的尼古拉很会泡茶……”

“阿尔乔姆去哪里了？”瓦莲京娜·维克托罗夫娜问丈夫。

“出去了，说去走走。”

“我来是想……”等瓦莲京娜·维克托罗夫娜重新坐下，叶连娜便打开了话匣子。“当然是想跟你们认识一下，也想帮你们的忙。我很清楚，几乎完全从头开始会有多么困难……我刚刚跟您丈夫聊了一会儿……你们肯定打算大兴土木，否则你们这么多人怎么在这里住……”她扫了一眼又窄又矮的厨房。“只能刚开始过渡一段时间吧。所以说呢……我们在扎霍尔莫沃有个朋友是锯木厂的经理。木板、方木、板皮——所有东西都可以按成本价给你们。要找水泥他也有渠道。水泥现在真是贵得要死！不过我们有关系……刚才尼古拉说你们连油锯都没有。在乡下怎么可能不用油锯啊？我们可以让一台自己的给你们，我们有两台。第二台应该在二月份那个货柜运过来的时候就能到，按友情价给你们，好吧？还有饲料……你们肯定要养猪吧，要么就是养牛。在这儿自己没有牲畜可是活不下去。饲料我们也可以帮忙。这东西不好搞，不过我们把关系都理顺了。如果所有东西都按市场价购买，我真不知道当初如何才能站得稳脚跟……”

瓦莲京娜·维克托罗夫娜没力气听客人说话，一天下来，不算这位客人，跟她唠叨的人已经够多了，真是辛苦的一天。不过，有陌生人突然找上门来并且愿意提供帮助，这倒让她感到欣慰，好歹注意到他们了。她的心里涌上一股暖意，前方闪现出一线亮光。没关系，把最初几个月熬过去，就能安顿下来，肯定能……她伸出手，用手掌盖住丈夫搭在小桌子上的拳头，用力握了握。

第六章

冬天过得很艰苦。有时都觉得撑不下去了，大家会在这个墓穴似的小屋子里互相撕咬，一命呜呼——拥挤导致争吵，激化了愤懑的情绪。但是，无论如何总算熬过去了。塔季扬娜姨妈起到了作用。

她不到七点就醒了，开始窸窣地忙活。慢慢穿好衣服，花很长时间细心地洗漱，虽然很小心，但还是会把脸盆下面的下水道弄出响声来。她点起炉子，烧开水（不用电水壶），喝茶，同样花很长时间细心地嚼面包，这个时候她似乎在为接下来的一整天积聚力量；的确，一天当中她几乎不吃也不喝……接下来就去喂鸡，再从挂在墙壁上的日历上面撕下一张，戴上眼镜，看日历纸的背面写了些什么。然后做早饭。

她这种缓慢、持续、每天早晨都重复的存在状态让叶尔特舍夫一家也得从床上爬起来、洗漱、做点儿事情，应付平淡的一天，让他们离春天的解放更近一步。

他们费尽心思，用满桌可口的食物庆祝了新年。新年过后，天空中开始显出了太阳，寒气也没那么让人窒息了……阿尔乔姆跑到院子外面去逛的次数越来越多，晚上回来得更迟了，不过基本上都是清醒的，父母见他还行，便不追问他去哪里了，跟谁在一起。没有喝醉，没有瘀青，还挺快活的，也就作罢。看来是找到了一伙朋友，跟他们玩得不错。这样的判断姑且不论是否正确，倒也算一种结论吧。

从二月份起，尼古拉·米哈伊洛维奇开始收到按照他的工作年限发放的退休金七百三十卢布。显然太少了，简直是侮辱人，不过，无论如何也聊胜于无吧。用来买米、通心粉、肉、茶、糖也够了。塔季扬娜姨妈储存的土豆和咸菜很充足——甚至不敢相信，她这么一个颤颤巍巍的老太太切了一大桶白菜，腌了几十瓶黄瓜和西红柿，把土豆、胡萝卜、白萝卜和甜菜弄到地窖里去了，还糖渍了越橘，熬好了果酱。据她说没人帮她，只不过春天的时候别人帮她把菜园子犁了一遍。

三月初，雪刚开始化，叶尔特舍夫就忙活小汽车的事情去了。被妻子逼的，整个冬天她都在提醒他得做决定，要么修理，要么卖掉。有的时候尼古拉·米哈伊洛维奇听她的话会听到怒火中烧，很想顶回去，可是他明白，其实她是对的。

他到了市里，在车站广场抽了会儿烟，适应熙来攘往的人群。冬天他总共来过两次——办理退休金手续，开证明的时候硬着头皮跟以前的同事见了面。

这次同样不是什么愉快的事：又得求情、许诺，还得看人家的脸色……

小问题叶尔特舍夫都是自己解决。第一辆车特别容易修——3型的那辆，很简单，很清楚。可这辆“莫斯科人－2141”就太费劲了。他被短暂而花哨的时髦所诱惑，被表面的舒适和现代化的设计所吸引，一时头脑发热便买了回来，但很快就加入到咒骂这个型号的大军当中。一会儿这里坏了，一会儿那里出问题了，就连专业机械师也感到头疼——怎么如此难缠而蹊跷——搞不明白，弄不清楚……叶尔特舍夫买了“莫斯科人”之后的三年当中，似乎所有东西都坏过。最后一次是发动机……

他在售货亭买了一枚电话币，给内务局的机械师熟人打了个电话。后者有时帮别人修理汽车。

机械师在家，恰好没值班，家里也没事，就答应来看看“传染病”又怎么了。他把所有车子都叫作“传染病”，其实也对——他人生中的大部分时间都在挽救所有这些有毛病的“日古利”、“乌阿斯”、“羚羊”……

尼古拉·米哈伊洛维奇绕过熟悉的城市里自己内心很珍惜的区域——以过客的身份出现在那里实在是难过，朝车库走去。

他们市里的车库构成了一些特别的区块，车主联合会分得的土地一般在城郊。周围逐渐又盖起了居民楼，没赶上在附近购买车库的住户又在郊外的其他位置拿到了土地。

尼古拉·米哈伊洛维奇所在的车主联合会离市中心相对不远，挺老的联合会，份子钱交得不少，但主席工作认真：把辖地用金属栅栏围了起来，在唯一的进出口设立了岗亭。叶尔特舍夫在这里拥有车库的十年间，总共只听说过两三回盗窃事件，也不是车子被偷了，只是一些小东西：电池被拆走了，某些通常放在车库里的配件被拽跑了。去车库的路上尼古拉·米哈伊洛维奇就想，一会儿到那里会发现大门被损，“莫斯科人”……奇怪的是，他一点儿都不担心，甚至真的想让汽车被偷走，车库被毁。这样就不用绞尽脑汁去想怎么修理，从哪里弄钱来修理了（口袋里的一千卢布当天差不多够了，可这不是最后一次修啊，而这一千卢布可是当天最后的一千了）……他把车子开回乡下，得赶紧盖个车库（又从哪里弄钱呢）。没有车库，车子过不了几年就锈透了——就是如此，车身下部已经有些生锈了……当然，把车库处理掉也挺可惜的，这是在城里的最后牵挂，可是也没办法，没有别的出路。至少为了钱也得把它卖掉。如果被窃贼洗劫了再卖，肯定不会那么可惜，那样就属于趁机脱手。

刚开始的时候，在重重的拦道杆旁边值班的保安带着疑惑打量了尼古拉·米哈伊洛维奇一番，认出来之后就笑了，打着手势请他过去。这一举动打消了叶尔特舍夫奇怪的愿望：不，这里还挺安全的。

左右两边出现了一排排的水泥盒子，同样十分安全、牢固，就跟地堡似的……尼古拉·米哈伊洛维奇自己从来没有建过车库，但却很懂行（买了车之后，有很多年都没有车库，他一直打算盖一个）。

起初先挖一个窄而深的地槽。大多数人都会用混凝土浇筑，有些人则会铺四十厘米宽的木板，最好是阔叶树的板材，这样就形成了一个地窖。有的人还会在此基础上弄一个检修坑。然后再拼接外壳板，往里面灌入砌墙用的砂浆。调制砂浆得买水泥，拖运沙土和碎石，把所有这些东西装进吊桶里，仔细搅拌，在桶里准备好之后再注入外壳板。它会几厘米几厘米地慢慢变高……当然，有关系的人即便是在苏联时期也能弄到混凝土搅拌机，能雇到工人建造车库，但大多数人都得自己上阵，折腾好几个月。

最重要的是顶棚。有些人用原木，有些人则用钢梁，盖上油毡纸，填满黏土或者再用混凝土浇筑。有条件的人就熬沥青，还有一些人会用石棉瓦。反正每个人都尽量按照自己的办法把顶棚的密封性弄得好一些。顶棚漏水（有可能一年后就漏水了，也有可能五年后）是车库主人最头痛的事情。况且漏得不一定都很明显，远非都是从缝隙往下滴，最讨厌的就是潮气起初浸入顶棚，然后蔓延到墙壁，再把架子上的零配件以及车子本身都腐蚀到锈迹斑斑，最后又延伸到地下室……

工程最后是浇筑混凝土地面，装门，从地下室往外撑出一根通风管，砌炉子，布电线，请电工给车库接通电路。

是的，叶尔特舍夫没有盖过这样的车库，没有任何与之相关的事情和麻烦。他无非就是几年前把破损的包铁皮的门板换成了全金属的（尽管冬天不保暖，但开关轻巧，经久耐用），并没有花太多的气力在车库内部的整修上面。可是，现如今，当他绕着被冻结实的“莫斯科人”踱步，望着堆满了各式物件的架子——这些东西大多派不上用场，呼吸着冷灰和水泥的味道时，他觉得自己几乎就跟回到了家一样。然而，这个家很快就得永远放弃了……为什么会这样？……必须这样，无计可施，只能把车库卖掉，在乡下重新盖房子。得买木料、砖、水泥。他们没法再忍受一个冬天了。

尼古拉·米哈伊洛维奇打开车门，坐到方向盘后面，蜷缩起身子。车里挺冷的……是的，车子被冻住了……为了取暖，他抽起了烟……能给儿子留下什么？阿尔乔姆还好，他肯定会一直跟着他们生活。未必什么时候能变得成熟起来。可杰尼斯……杰尼斯回来了能去哪儿？如果这儿有个车库，还能跟他说："喏，这是留给你的财产，不好意思，只有这个。不过好歹也算是个东西……"

这些自相矛盾、乱七八糟的想法让叶尔特舍夫恨不得大声咆哮，猛捶方向盘。他觉得自己就像一头庞大而强壮的野兽，掉进了陷阱却爬不出来。横冲直撞，想尽办法也无济于事。

"喂，有人吗？"从大门的方向传来一声叫喊。

尼古拉·米哈伊洛维奇浑身一颤，显然是因为太突然了。他把烟头摁在烟灰缸里，从车上走了出来。

"好！"机械师已经走了过来。他穿着深蓝色的警用短大衣，头上戴着运动帽，肩上挎着一个旧旧的大包，叶尔特舍夫知道，包里装着扳手、测试器以及其他的专业工具。

"好，好，谢廖扎①。"

"喂，你这儿又怎么了？"

"就是……"

尼古拉·米哈伊洛维奇忙活起来，打开车库里的灯，支起引擎盖，带着为自己开脱的腔调解释说，最开始就是发颤，然后发

---

① 男人名"谢尔盖"的小名。

动机就总卡住。已经查过了，不是专家查的，就是他，谢尔盖，什么都懂的能手……叶尔特舍夫想起了自己还在上班的时候，这个谢尔盖是怎么巴结他的。嗯，可能也算不上故意巴结，但类似于“你这儿又怎么了”的问题从来没有问过。帮忙看一看不就行了……

第七章

春天的步伐很慢，很费劲。有时春意渐浓，鲜活的春色似乎已经在大地上绽放了；可有时它又会在新一轮的寒潮中变得孱弱，甚至消失殆尽。

在城市里几乎察觉不到春天和冬天的博弈，只有一些重要的节点会被凸显出来：房顶上的积雪开始滴水了，雪化了，青草冒出来了，嫩芽绽开了，树木蒙上了一层尘雾般的淡绿。在乡下这一点却显而易见，任何一个细微之处都很重要，很必要。瓦莲京娜·维克托罗夫娜似乎从来没有这么急切地期盼过春天，即便是在小时候。

在这里住了半年，她没结交女性的朋友，她丈夫也没认识朋友。只有尤尔卡经常过来，坐在门槛上抽烟，描述夏天这里多么舒服。他踌躇满志地介入了尼古拉的建设计划："对，我们搞个大房子！我来帮忙，米哈雷奇，你说话啊！快——快……"不过，走之前他通常都会借三十卢布。有时候尼古拉会给他，这时尤尔卡就心花怒放，提出"再坐一会儿，抽根烟"；如果没答应给他钱，他就会撇起嘴巴，好像有人把他骗了，没为他的演讲支付应有的报酬……

尤尔卡有六个孩子——四个男孩和两个女孩，从四岁到十三岁。他自己在农场关张之后就没有工作了，妻子在商店里扫地。“靠什么过日子啊？”瓦莲京娜·维克托罗夫娜常常觉得疑惑，总想把账算明白：他妻子一个月最多能挣一千五，加上给孩子的补贴（一个月七百卢布），可能亲戚会接济一下，也可能不会；或许尤尔卡做点儿零工，不过这也未必。他能挣到的钱估计跟秋天卖土豆给二道贩子的钱差不多。就算每个月有三千卢布（不，哪儿有三千啊，不到这个数），能够全家的吃穿吗？

她看到过几次尤尔卡的孩子。大女儿——十三岁的莉达看上去跟自己的年纪相符，身段利落；可第二个孩子——十一岁的帕夫利克从个头和身型来看都像只有八九岁的样子；其他几个也矮小瘦弱，表情木讷……“这些孩子能有什么出息？”

瓦莲京娜·维克托罗夫娜几乎没碰见过自己离开这里去师范学校读书之前认识的那些人。不过也不足为怪——差不多已经过去四十年了。但她还是有些失落：似乎他们所有人都因为染上某种可怕的瘟疫或者霍乱过世了，而如果有活下来的人，也已经久病不愈或者刚刚被顽疾缠上了身，变得萎靡不振、冷漠寡淡，失去了活力。瓦莲京娜·维克托罗夫娜刚开始跟他们描述自己的苦衷，抱怨到老了还得从头来过，他们就只是机械地点头，愁闷地叹气，双眼从她的眼睛旁边擦过去，望向空荡荡的远方。彼此的道别也是如此苍白，就跟问候时一样，然后便沿着道路继续挪步。

与瓦莲京娜·维克托罗夫娜走得稍微近一些的人只有列娜①·哈林娜——隆冬时节拜访过他们并且提出要帮忙的那个女人，尽管她家也急需帮助——他们还在等迟迟未到的货柜。瓦莲京娜·维克托罗夫娜跟丈夫商量了一下，买下了哈林娜家还没运到的第二台油锯。花了两千五百卢布（恰好凑到了这个数目）——比商店里的价格便宜了差不多一千五百卢布。

“马上就到了，”叶连娜一边把钱收进口袋，一边保证。“很快……送货出了点儿问题，不过已经收到通知了，车皮在路上。锯子非常棒——‘泰加林’牌的！”

汽车如愿以偿地修好了，尽管这也花了一些钱。四月初车子被开到了乡下。车库还没下决心卖——要卖掉城里的不动产，还是感觉有些可怕。所以一直拖延着做出最后的决定。

尼古拉开始挑选盖房子的地块。确实，想要选定并非易事——尽管塔尼娅姨妈的宅院有十七公亩，但院子很小，周围都是建筑：劈柴棚、煤棚、洗澡间、顶上连着干草房的牲口棚、夏天用的厨房。后面还有茅房、夏天用的露天鸡圈。所有的东西都挤在一起。当然，之所以挨得近，也是为了寒冬时节可以迅速从屋里跑到洗澡间或者煤棚。可是，房子和车库能塞到哪里呢？“莫斯科人”倒是开过来了，可它几乎占满了整个院子。

尼古拉当着姨妈的面表示，看来不得不把劈柴棚和牲口棚拆了。他询问姨妈的意见，她抬起细细的手臂一挥：

---

① 女人名“叶连娜”的小名。

“拆吧，拆吧。我又无所谓……我反正是混日子……鸡崽儿可咋办啊——大冬天也没地方躲……”

“我们盖个新的牲口棚，”尼古拉的脸色陡然一沉，不过还是笑着回答。

姨妈无望地叹了口气。

瓦莲京娜·维克托罗夫娜发现，此后丈夫就不再有任何改建东西的兴趣了。他久久地坐在院子里的一块朽木上，狠劲地抽烟，几乎是一根接着一根。愁眉苦脸地望着暗沉、歪斜的房子和摇摇欲坠的各种棚子。从他的眼光当中能够看出的是：“怎么办？我又不是这里的主人。我能做什么主啊？”

有一次，尤尔卡领了个男的来，此人个头不高，穿着考究，戴着皮帽子，腋下夹着公文包。瓦莲京娜·维克托罗夫娜透过窗户瞥到他们走进院子的那一瞬间便被吓住了，心里被刺了一下，担心马上就会告知关于杰尼斯的坏消息。要么逃跑了，要么就是更不好的事情……她赶紧往院子里冲，不过立刻又停了下来，理了理头发，拽了拽衣服，这才慢慢地走出去。接着又停下了脚步，决定等他们先进来。

陌生人并没有进来，她还是推开门看了出去……丈夫正在听那人讲话，他声调不高，但很精神。尤尔卡在旁边踱着步子，时而看看尼古拉，时而瞅瞅自己领来的那个人。

“怎么了？”瓦莲京娜·维克托罗夫娜问道，竭力保持平静。

“那个……”尼古拉慌乱地撇撇嘴，“他有个提议跟我们说……”

“您好！”见到瓦莲京娜·维克托罗夫娜，那人挺高兴。他深深地点了点头，都跟鞠躬差不多了，然后又转向尼古拉：“对本地人来说这更好——酒精质量不错，可以食用的……”

“什么啊？”瓦莲京娜·维克托罗夫娜打断了他们，又开始紧张起来，不过这一回情况不同。“要么进屋去说？”

那个男人表示同意：

“好，那更好。”

“别，还是别了，”尤尔卡表示反对，“那个，老太太在里面，又要开始嘟囔了。”

“呃……我的意思就是……”现在，这人更多的是在冲着瓦莲京娜·维克托罗夫娜讲话，“您可能知道，在我们扎霍尔莫沃有一个酒精制造厂，酒精厂……可以想办法把酒精卖给居民。酒精是可食用的，能造伏特加……”

“我们尝过了，”尼古拉又撇了撇嘴，“嘴巴里到现在还有一股烧焦了的橡胶味道。”

“什么？”那个男人一时慌了神。“那——那，这个，”他咧着嘴想保持微笑，“你们喝的是偷来的。这里有些人倒卖偷来的酒精。我跟他们已经把账算清楚了。”

“哦唷，”尤尔卡沮丧地表示认同。

“我们现在正在建设全区的销售网，完全按照规则来……商店又没拿到销售十二度以上酒精饮料的许可，也就是说人们还得继续喝那些乱七八糟的玩意儿。跟犯人没两样——喝绿药水……”

“那您想干吗？”瓦莲京娜·维克托罗夫娜听够了这些不着边际的话，狐疑地扫了一眼面带笑意的丈夫。

“他想让我们卖酒精，”丈夫说。

“基本上就是这个意思，”穿着体面的男人表示同意，并且加快了念叨那些令人信服的顺口溜的速度，他说话的这副模样跟那些专门站在时髦商店大厅里的推销人员差不多。“全是统一安排，由上面协调。我可以根据需要送三十升一桶的食用酒精过来，由你们分装……我给你们提供酒精比重计。桶里的货质量很好，所以不需要烧开。出厂价是每五百毫升三十卢布，你们可以按照自己的估算把售价提高一些——提高十卢布、十五卢布。事实证明，现在四十五卢布的价格是可以让人们接受的，有人会买……”

让瓦莲京娜·维克托罗夫娜感到吃惊的，并非是这个男人的提议本身——现在大家都在想办法挣钱，而是尼古拉居然没有打断他的话，把他赶出院子。相反，丈夫不再面带笑容，开始一门心思地听他讲，并且在头脑里盘算起来……她不得不自己出面制止：

“听……您听我说！您大概不知道自己找的是什么人。以为跟住在破屋子里的人就能随便瞎说，他们什么都相信。我丈夫在警察局里干了三十年，现在光荣退休了……我是图书管理员……

您也好意思！……科利亚[①]，把他弄走啊！”

“等等，等等，”男人讨好地抬起手，“我可没给你们推销什么违法的东西。恰恰相反。你们知道，大家都在被乌七八糟的东西毒害。而我们的是工厂蒸馏出来的食用酒精。显然是大好事啊……”

“行了，先生，确实是，”尼古拉终于开口了。“那我们就再说吧……再会？”

男人耸了耸肩膀：

“真是遗憾。我之所以来找你们，就是因为大家对你们评价不错。我还寄希望于你们能想得通呢！那好吧，再会。”说着他便朝院门口走去。

尤尔卡叹了口气，跟着他往外走，又追了上去，在他耳边嘀咕了一句，音量正好能让瓦莲京娜·维克托罗夫娜听到：

“我带您再去找一家。他们绝对会答应。”

“远吗？”

“不远，就在那边……”

他们走后，叶尔特舍夫夫妇很长时间一直愤愤不平——瓦莲京娜·维克托罗夫娜比较直接，尼古拉·米哈伊洛维奇表现得则更含蓄。在他们的愤懑当中能听出可惜——可惜自己没法跟大多数人一样倒卖酒精，这生意其实有利可图，可以帮他们摆脱突然而至的贫困状态。

---

① 男人名“尼古拉”的小名。

过了几天，阿尔乔姆带回来了一个令人意外的消息。吃早饭的时候他一直不自在，一会儿拿起叉子，一会儿又放下，那副郁闷不安的样子让他自己胃口全无，最后他说了一句：

“我，大概要结婚了。”

“啊？……”

“都这样了……得结婚。”

“什么?!”尽管瓦莲京娜·维克托罗夫娜不相信自己的耳朵，表现出了一副惊慌失措的样子，但她好像对此有所准备。其实不仅有所准备，而且还挺高兴的，脑海里浮现出了一套完整的方案：遇到一个姑娘，市里的，她经常到乡下的奶奶家来，他俩先结婚，然后搬去她家，儿子开窍，找个工作，也许还能考上大学。一切就都理顺了。

“……申请都交了……”

“那跟谁结啊？”尼古拉乐了，忧心忡忡地乐了。

“嗯……嗯，在这儿认识了一个姑娘。冬天就认识了……”

“你就是跟她经常出去啊？”

“嗯，是。”

“呵呵，有意思！……要结婚了……”

“那她是什么人啊？”瓦莲京娜·维克托罗夫娜竭力保持平静地问道。“是本地的？”

“嗯，是。”

“说说，你倒是说说。是谁啊？怎么这么突然？”

“嗯，叫瓦莲京娜，”阿尔乔姆看了母亲一眼，“也叫这个名字。跟父母住……住在那边，池塘后面……二十七岁。”

“意思是比你大？”

“嗯，大得不多……”

“那她父母是什么人？家里情况呢？……你倒是说啊！”尼古拉开始沉不住气了；瓦莲京娜·维克托罗夫娜在桌子底下踹了他一下。“得了，你别踢我！”

“她母亲我不知道，”阿尔乔姆继续嘟囔。“父亲在俱乐部里拉过手风琴……以前……他叫格奥尔吉……父称不知道……忘了……他们姓佳波夫。”

“你说的是拉手风琴那个戈什卡①的女儿？”塔季扬娜姨妈明白过来。

“嗯，大概是吧……”

“哦——哦，可真会挑。”

“怎么呢？”瓦莲京娜·维克托罗夫娜冲着老太太掉过头去。“怎么呢，姨？”

“那——那个，我都不好意思说……”

“得了，”阿尔乔姆打断她，“什么胡说八道的都有……”

“住嘴！”尼古拉用拳头捶到桌子上。“这种话不是随便说的——结婚。你们想干什么我不管，父母必须了解清楚，明白吗？为什么你至今都没把她带回来给我们看看？也没让我们跟她父母见个面？晃悠了五个月，现在就要结婚了。”

---

① “戈什卡”和下文出现的“戈沙”都是男人名“格奥尔吉”的小名。

“嗯，就是认识了……”

“你别总是‘嗯——嗯——嗯’的！真有意思，突然就来这么一下子。现在学会折腾父母了！算你厉害。”

瓦莲京娜·维克托罗夫娜想缓和一下气氛：

“等等，别吼啊。咱们得弄明白，问清楚……”

“还有什么好问的?！现在问也太迟了。你们没看到啊，他要结婚。他又不管我们现在根本就没钱，都快喝西北风了。不管，偏要在这个时候宣布……”

尼古拉从桌子旁边站起身来，抓起香烟盒往外走。“嘭”的一声关上了门。

阿尔乔姆坐在那里，把脑袋缩进肩膀，窘迫地东张西望……瓦莲京娜·维克托罗夫娜想找点儿话说，可都不对劲；她脑子里能想到的话全都会使局面变得更难堪，更严峻。

第八章

四月中下旬，土地渐渐恢复了生机。父母着急种土豆、整修菜园，不过，塔季扬娜老太太却说太早了，还会降温，甚至会下雪。

母亲不相信，跟女邻居们聊了聊，她们都表示，“五月十来号差不多才可以。黄瓜、西红柿还得更迟——六月份……你怎么回事，忘了?”母亲不知所措地耸耸肩：“城里似乎要早些……”“嘿，城里！城里完全是另外一码子事。”

这些日子阿尔乔姆总是尽量避免出现在父母眼前……他宣布很快就要结婚的消息过后，第二天母亲和父亲就去见了佳波夫一家。原来，母亲认识瓦莲京娜的父母——他们更年长一些。不过，几十年没有来往，以前的相识并未成为交好的理由。他们站在门口聊了一会儿，确认瓦莲京娜已经怀孕，大概两个月，家长们只能摇摇头，无奈地瞅瞅阿尔乔姆和他的未婚妻。

戈沙大叔喜欢喝点儿酒，他结巴地表示应该坐一坐，庆祝一下，但没人听他的。换句话说，大家都装作没听到。

“几号去登记?”尼古拉·米哈伊洛维奇问。

阿尔乔姆瞟了一眼瓦利娅，自己不敢回答。

“五月十二号，”她说。

“五月份结婚?！长没长脑袋啊?”瓦莲京娜·维克托罗夫娜双手一拍。

未来的儿媳妇身体猛地抖了一下：

“怎么啦?”

“五月结婚——一辈子受苦。”

“得了吧……”

“什么叫‘得了吧……’？就那么着急嫁人啊？……”瓦莲京娜·维克托罗夫娜有些气急败坏。“该先去做个鉴定，看看到底是谁的……”

他们没吵起来真该算是个奇迹。

阿尔乔姆拖着步子走在父母后面，他在想，搬到乡下来的第一个早晨，他就觉得应该想个办法逃到哪个地方去。这些日子，事情越来越不妙了……可究竟逃到何处去？哪来的钱呢？就连坐车到城里的钱都没有……但他是多么想回到自己的房间，一个人躺在床上啊！这张床现在已经被拆了，放在夏天用的厨房里积灰……

一个人……不，现如今不可能一个人了。中招了。尽管挺担心的，但自己还是想试试，现在真中了。

他清楚地记得与瓦利娅最初的几次见面以及跟她跳的第一支舞……装饰新年枞树用的小灯泡代替了舞池的灯光效果，光影之间她看上去非常年轻可爱。阿尔乔姆邀请她跳舞，最初她很吃惊，而在这份惊讶当中已经包含了同意，并且准备好了接受更多的东西……当时，这让阿尔乔姆很高兴。后来，当他们在寒冷的小巷子里拥抱在一起亲吻时，他颇感幸福。

瓦莲京娜住在村子边上的一栋有两户人家的双拼房子里，离几年前被烧毁的缝纫厂所在地很近，离中心区域却相当远。但自从跳过舞、接过吻之后，阿尔乔姆几乎每天都到她家那边去，在窗户外面转悠，冷得缩成一团，不停地收放被冻僵的脚指头。他不敢喊瓦利娅出来，不过，有时她发现他在外面就会出来。他们站在小花园破旧的栅栏旁边费劲地聊天，彼此适应，阿尔乔姆也不觉得冷了。相反，充满了热量。

他们也在俱乐部见面（村里没有其他地方可去）。在旁人面前，瓦利娅对待阿尔乔姆的态度就跟对待普通的追求者差不多——允许他牵手，带着暖暖的笑意看着他，几乎随时准备与他共舞。博尔特、维察、格列贝奇这些人就冲着阿尔乔姆挤眉弄眼、撇嘴、颇有意味地微笑。

大伙儿在台阶上的时候，趁瓦利娅不在，格列贝奇问道：

“喂，如何啊，她的小身板儿？”

阿尔乔姆已经习惯瓦利娅了，或许已经爱上她了。所以这样的话让他感觉不舒服。

“什么意思？”

“呃，睡过了没有啊？”注意到阿尔乔姆的表情有些难看，格列贝奇换了一副腔调：“没什么，挺好的姑娘。就是有点儿弱不禁风的样子，那什么……算了，季亚玛，咱们喝点儿。”

皱巴巴的一次性塑料杯子里倒满了酒，小伙子们开始讨论跳完舞干什么："要不到池塘边上弄堆篝火，坐一会儿?""好啊，不过得搞点儿土豆。""对，烤土豆吃!"阿尔乔姆稍微平静了一些……跟他们站了一会儿，喝了点儿酒，悄悄回到了俱乐部。

他在暗中观察瓦利娅。她坐在凳子上，跟女伴们说话。别人问她，她笑了，摇摇头，几缕金色的卷发晃来晃去，开始作答——看她的表情，应该是在辩解。"难不成是在说我?"阿尔乔姆心里一紧，他仿佛听到她把他们之间的秘密都给说了出来。"可是有什么秘密呢?"他突然意识到，"也没什么啊。"

播放的音乐不错，是略显嘶哑的女声演唱的英文歌曲。没人跳舞——乡下人不怎么喜欢节奏缓慢的乐曲，小伙子和姑娘们在舞会上不怎么搭话，好像彼此都没看见似的。不过，俱乐部关门以后，他们就一对儿一对儿地分散到各处去了。

这个星期六同样如此。阿尔乔姆和瓦利娅也是一起走的，往她家的方向走。天气很凉，脚下的雪被太阳融化了，现在又冻成了冰，踩上去咯吱地响；房门后面传来狗吠声，没过一会儿，等它发现人们只是经过，也就不再叫了。

"瓦利娅，"阿尔乔姆没忍住，拉住她，让她把脸转向自己，"我想跟你一起……我想要你。"

她严肃地微微一笑。

"等等。"

"等什么?"

"走。"

阿尔乔姆又想让她停下，抱住她，亲她，但她的话暗示了更多的东西。于是他就跟着她走。

到了院子门口，她说：

“在这里等等，我看看……”

“看什么?”阿尔乔姆本想鼓足勇气兴奋地追问，不过还是没问，老实地靠到栅栏上，望着黑黢黢的房屋、泛着白光的池塘以及为数不多的亮着黄光和蓝光的方窗。四周静谧无声，死气沉沉，仿佛全世界现在都是如此——寒凉、安静、冷清、忧郁……要不是想着很快可能就会跟姑娘亲热，阿尔乔姆肯定已经蹲下身子干吼两声了，然后侧卧着闭上眼睛，在梦中想象着夏日城市的某个小花园，慢慢地冻僵。

院子深处的屋门发出了细微的动静，紧接着结成冰的积雪咯吱咯吱地响了起来，瓦利娅冲着家里的狗轻轻地喊道：

“喂，到亭子里去！快，快！钱柜……”然后又小声地喊了一句：“阿尔乔姆，来。”

他走了进去，想看清瓦利娅在哪儿，亭子跟狗又在哪儿……

“到洗澡间去，”瓦利娅轻声地命令道，“门在这儿。”

院子里响起了窸窸窣窣的声音，瓦利娅的身后传来链子的叮当声和狗的咆哮。

“我说了，别吵！……”

更衣室里挺暖和的，有一股香波、白桦叶和潮湿木头的味道……阿尔乔姆异常兴奋，甚至连站直都很困难；他在黑暗当中摸索到长凳，坐了下来……

瓦利娅冲进来，扣上了门锁。

“不要开灯，”她悄悄地说道，生怕被屋里的人听到。“有蜡烛……等一下。先脱衣服……”

从那次开始，这个更衣室就成了他们亲热的唯一地点。里面通常都挺冷的（洗澡间一个星期生一次火），所以连衣服都不脱。阿尔乔姆把牛仔裤解开，瓦利娅则把裙子拽到胸口……不过，即便是更衣室比较暖和甚至舒适的时候，阿尔乔姆也没看到过姑娘的裸体——她不开灯，一切都是在一小截蜡烛的昏黄光亮之下进行的。

双方父母的接触虽然在某种程度上确认了他俩未婚夫妻的关系，但并没改变约会的情形。除了更衣室，没有地方可供他们见面做爱：瓦利娅家的三个房间都没有门，一共住着四口人，除了她自己，还有父母以及八十来岁的老太太。瓦利娅的几个姐姐会把孩子送回来过夏天，她们也经常来，这个时候瓦利娅就只得在露台上睡觉。带她到自己家去，阿尔乔姆连想都没想过。当然，他考虑过把夏天用的厨房改造成屋子，拿来当自己的卧室，不过他清楚，这也就是想想罢了：他自己不会整修东西，不会造房子，也不会改建，而父亲在得知他很快要结婚之后就变得阴沉了，对阿尔乔姆基本上视而不见，仿佛阿尔乔姆把他给出卖了似的……

一次，匆匆忙忙、提心吊胆地亲热过后，他俩并排坐在长凳上，阿尔乔姆问了一个问题……这件事发生在他父母去佳波夫家拜访后的第五天……

“瓦利娅，你跟不少小伙子有过啊？”

不知什么原因，他相信这个问题不会惹到她，而他也已经没法不提这个问题——同伴们在耳边的嘀咕和塔季扬娜老太太的暗示让他感到了压力。

“是，不少，”她平静地回答。“怎么啦，很多人跟你说过？”

“嗯……差不多吧……那，你知道……”阿尔乔姆结巴起来，想找到合适的表达。“就是想问问……马上快结婚了……以后你还会找人吗？还是有什么想法？……跟你在一起之前我没跟别人……是，那些闹着玩儿的不算，再说也没……”

“你也可以认为我都是闹着玩儿的，”瓦利娅打断了他的话。“闹着玩儿的。在城里可能不会有人发现，在这里可是立马就传开了……四面八方的人都会知道。大家都很无聊，所以喜欢搬弄别人的是非。”她从洗衣机上拿过一块布，擦了擦大腿根部；阿尔乔姆皱起眉头，挪开了目光。“怎么可能不搞？……我喜欢性，我想要家庭、孩子。那些闹着玩儿的……不，”她的声音变得强硬起来，“其实不是闹着玩儿，我瞎说。跟每个人我都是打算要过一辈子的。可是……反正有的把我甩了，有的坐牢了，有的被杀了。我们这里经常有人被杀。尤其是夏天的时候。我有两个都被杀了……很多人都走了。女的也走，有的人嫁出去了，有些还嫁得不错。不过我老是不走运。没地方可去，也试过……我姐她们都在城里安了家，可也不帮我……嗯，她们有丈夫、孩子，住得也挤……啊……呃……”瓦利娅把那块布扔了回去，冲着阿尔乔姆笑了笑。“怎么说，是穿衣服还是再来一回？……”

阿尔乔姆带着嫌恶的冲动一声不吭地爬到她身上。未婚妻仰着躺在窄窄的长凳上，抬起腿来。

第九章

复活节过了，离办婚事还有一个多星期，尼古拉·米哈伊洛维奇强忍住情绪，在心里压灭了对儿子的怒火和愤慨。怎么办呢？现如今什么也改变不了——总不能不准他们结婚吧？好歹也是成年人了。可靠什么生活呢？……最重要的是，住哪里？尼古拉·米哈伊洛维奇决定加快盖房子的速度。

资金吃紧，所以他们决定把车库卖掉。问了价格就更丧气了——平均不超过三万卢布。

市里正好在建两个地下车库，显然是带供暖设施的。跟以前相比，给车主联合会批土地更容易了，而且铁皮车库的价格也降了——这是那些只在天气暖和的时候才开车的人建的。

“怎么办，卖不卖？”有一次从城里回来后，叶尔特舍夫问妻子和儿子。“人家出两万七千卢布，自己承担手续费。”

“哎——哎——哎，”妻子长吁一声，“怎么办呢？又不能把它拖到这儿来……卖了吧，能买些方木和水泥。”

“好吧，好吧，”尼古拉·米哈伊洛维奇对各种计划已经很是厌倦，水泥、方木、砖头这些词他甚至连做梦都会梦见。“那就卖吧。我差不多都谈好了。”

“卖倒是容易，”姨妈嘶哑地表示，“要再买就……”

“姨妈，能让我们自己决定吗？……”

“等等，”尼古拉·米哈伊洛维奇打断了妻子的话，转向老太太：“您想说什么？嗯?”他眯缝起眼睛，真当回事儿似的等着她提出好的建议，或许，在他的内心深处确实有所期待。

可姨妈只是慢腾腾地挥了挥骨节粗大的干瘪手臂，两眼盯住了窗外。芜杂的院子里，去年种的荨麻支棱着枝条。

“你呢?”叶尔特舍夫转向儿子。

“我？……呃，我不知道。”

“你能知道什么?! 哼……算了。那就卖掉，然后开始建房子。行吧?”

妻子和阿尔乔姆点了点头。

老太太走出去在干草垛旁边的长凳上坐了一会儿。尼古拉·米哈伊洛维奇尽量不去注意她充满谴责和悲悯的目光，他在拆除最左边那个牲口棚，很早之前估计那里养过猪……

盖牲口棚的时候采用的是填装的办法，叶尔特舍夫刚把板子掀开，墙里面就冒出了用锯末和黏土压制的干枯块状物、腐烂的羽毛和干草。它们摔到地上，四下散落，升腾起令人窒息的尘土。“都是用乱七八糟的垃圾搭建的，”尼古拉·米哈伊洛维奇皱了皱眉头，脑海里不由地浮现出了一幢宽大的十字形木房子，白铁屋顶被太阳照得暖洋洋的……我们不用石棉瓦铺顶，现在铁的质量挺好，可以用在瓦片下面。

儿子帮忙打下手，不过，就跟他这辈子做过的所有事情一样，干得不利索，不让人省心。要么给钉子戳了，要么手指被扎破了，要么大呼小叫……或者就是板子放得不对。

“这个还有用呢，你就把它当烂木头放?!”尼古拉·米哈伊洛维奇气不打一处来。“把钉子拔出来，哪怕把它拧弯也好啊。”

盖房子的事确实很吸引叶尔特舍夫，他的心里亮堂多了。他甚至有些着迷，以前不太干体力活，很久没有这种感觉了。

然而，拆除牲口棚的进度很慢，几天过去，热情几乎被失望所取代——就算把盖房子的地块给清理出来了（还得把劈柴棚和煤棚拆掉，确切地说，把它们移到另外一处去），接下来还得开挖地下室，浇筑地基……是的，看来，即便所有材料都很充足，一个夏天也不可能把房子盖起来……请人帮忙？请谁呢？难道请尤尔卡……算了，人倒是能找到，可哪儿有钱付给他们啊？就算钱不是问题，又有谁肯帮忙呢？

尼古拉·米哈伊洛维奇开始在脑子里盘点村里的男人。半年之中他观察了不少人，把他们分成了两类。大部分人就那么混日子，蜗居在简陋的小屋子里，永远都是一副半醉半醒的样子，就跟孱弱的老头子一样，要么坐在院子门边的凳子上度日，要么天气暖和起来就坐到池塘边去，工厂着火以后剩下的可怕残骸就悬在池塘上面。小部分人住的房子虽说年代久远，但却很结实。这些人的院子都被高大严密的围墙围着，院子里都有不太出声但又极其凶恶的狗——它们不会无缘无故地叫唤，可一旦有人探进身子，立即就会冲将出来……

那些少数人总在自家的院子里忙活，喂猪、牛、兔子，从别处弄来一袋一袋的饲料，在路上走得飞快，永远都是急匆匆的。这些人似乎不会为了钱到别人家的院子里去干活，可能顶多会帮着把圆木架到房顶上去，而那些无所事事的家伙肯定会乐于掺和，但他们干的事更像是在捣乱……

破旧的木板和细小的木条马上锯了当柴火，比较结实的就放到一边备用，比如说，用来做外壳板。哈林娜的油锯还没送来，他们的货柜总也到不了。不过也没办法，而且她丈夫哈林当上了护林员（至少他自己是这么说的），答应帮他们弄木桩、粗木料和圆木：他管的那片林子正好赶上了防范火灾的整治工作。“我们加工了很多上好的松树。”尼古拉·米哈伊洛维奇付给哈林五百卢布当预付款——要建地窖必须得有圆木，他打算最近这个月就弄地窖。

五月九日①是全家一起过的。大家都不作声，只顾吃喝。气氛有些紧张。尽管尼古拉·米哈伊洛维奇也想挤出笑脸来，拍着儿子的肩说一句，“嗨，没事，哥们儿，都会好起来的”，但他怎么也做不出来。

这一天阳光明媚，已经有点儿炙烤的感觉了，不过还是让人想出去干活。牲口棚已经不见了——只有一片垃圾以及石头一样的猪粪。劈柴棚没了顶，但继续拆除却遇到了阻力——姨妈低调

① 俄罗斯的卫国战争胜利纪念日。

而固执地坚持得先盖好新的劈柴棚和煤棚：“一下起雨来，到哪儿去弄干的柴火？”

尼古拉·米哈伊洛维奇心里是赞成她的意见的，但脑袋里却想尽快把旧的拆掉，把房子盖起来。而且也没有建造新的劈柴棚和煤棚的材料——又不能用黏土捏一个……

“得在旁边弄一个，”围坐在桌前庆祝节日的时候，老太太又开始念叨了。“太远我可不行——我腿脚不好……”

“您干吗要去取柴火？”瓦莲京娜有些生气。“有科利亚，还有季亚玛呢。”

“呃——呃，”老太太不抱希望也不相信地叹了一口气。

尼古拉·米哈伊洛维奇更不开心了，他倒满酒：

“来，节日快乐……”

塔季扬娜姨妈的情绪也传染了他，让他对所有的细枝末节都起了疑心。有时，儿子的婚事就像几只巨大的爪子，重重地搔挠他的脑袋，这场婚事来得突然、仓促而错谬。

好不容易才跟亲家谈妥了婚宴的地点——佳波夫家的院子。院子宽敞、平整，把桌子搬出来，所有人都坐得下（不知何故，亲家认为客人会很多）。第二天早晨得去城里买吃的，购物清单都已经拟好了，写满了两张练习本的纸……

尼古拉·米哈伊洛维奇很快就把车库卖了，办手续花了差不多一个半小时，现在，镜子下面的小柜子里放着两万七千卢布。明天就会花掉一部分。这个年头，难道这点儿钱还算大数目吗？叶尔特舍夫了解到一立方米的方木得花一千五百卢布。要盖房子起码需要十五根，每根大约一立方米，一千五百卢布乘以十五根……两万两千五百……那还是用圆木吧，便宜一些，尽管……还得向别人打听打听……

令人最不愉快的是，至今还没有确定，阿尔乔姆和他妻子住在哪里。这个问题双方都绕开没提，担心引起争执。

隔着叶尔特舍夫家两个院子远的地方有一栋废弃的小房子。尼古拉·米哈伊洛维奇过去查看过，希望能稍微整修一下，可以让他们住一段时间。然而，希望很快就破灭了——房框的一角已经完全腐烂了，屋子倾斜，勉强撑在其他的烂木头上面。

五月十二日早晨，尼古拉·米哈伊洛维奇带着儿子和儿媳去了扎霍尔莫沃。他们在那里登了记。陪着一起去的还有瓦莲京娜的一个姐姐，此人已经不年轻了，松松垮垮的胖妇人，下巴上的汗毛挺重的。一路上叶尔特舍夫不时地会瞅到她，感觉不舒服，但又好奇："上帝赐给我们的是些什么样的亲戚啊。"当然，他没有表露出来——毕竟是喜事。况且大自然非常令人赏心悦目。天空显出了春天特有的高远、澄澈，树木都蒙上了一层新绿的叶子。靠近村子的草地上，牛群胃口大开地咀嚼着刚刚冒出来的嫩草，几个月来，它们只能吃到干草和配制饲料。菜园里拖拉机在轰鸣，翻耕湿润的土地……

佳波夫家的院子大门敞开，已经在等着他们了。大概有十五六个人。尼古拉·米哈伊洛维奇的妻子跟亲家母站在一起，两人的脸上都堆满了笑容，不过，她们的眼睛里却都含着惶恐和担忧。瓦莲京娜的父亲看上去大概从“五一节”开始就没清醒过，他正在努力地收拢扯开来的手风琴箱……叶尔特舍夫在人群中看到了尤尔卡，穿得比较体面，胡子也刮过，他跟妻子一道，她个头矮小、瘦弱，就好像根本没有生过六个孩子……令人意想不到的是，哈林夫妇也在。其他人尼古拉·米哈伊洛维奇全都不认识，或者只是在路上见过。大概主要是新娘的亲戚和朋友吧。

一行人刚从车里出来，佳波夫就拉起手风琴，用醉意十足的豪迈嗓音开始唱：

瞧，有人从山上下来，

或许就是我的心上人！……

很快他就停下来了——歌声妨碍了祝贺、拥抱、大呼小叫等庆祝喜事时的惯常忙碌。

大家在摆满了食物和酒水的桌子旁边坐下。新人表情严肃，甚至有些忧郁，尤其是阿尔乔姆——他垂着眼睛，不愿直视父母的目光。可是客人们却欢快无比，有的人匆匆说完祝酒词便开始夸张地皱起眉头说：

“你们的香肠是苦的！”

其他人马上就扯着嗓子傻里傻气地应和：

“苦啊！苦啊！”

阿尔乔姆和瓦莲京娜站起身来亲吻①，似乎挺害羞、挺勉强，就跟陌生人似的……

现在有机会好好瞅瞅儿媳妇的父母和姐姐们了。尼古拉·米哈伊洛维奇发现了他们家所有人相似外表的主要特征。瓦莲京娜的父亲眼袋很重，肿肿的。起初叶尔特舍夫以为这是因为他喝酒，现在才发现是家族式的遗传。这对于男人来说倒没什么，可却会把女人给毁了。瓦莲京娜的两个姐姐都胖乎乎的，矮小而敦实，随母亲。瓦莲京娜自己暂时还挺苗条的，不过这很可能也就维持到生第一胎。女儿们从母亲那里遗传的还有鼻子——宽大，稍稍有点翘。年轻的时候挺可爱的，但到了四十来岁……“哦唷，真是血亲哦，”叶尔特舍夫不停地默念着，而他自己的妻子和儿子现在看着似乎都跟贵族差不多了。

佳波夫每每喝完一杯酒都想弹琴。可他一边骂骂咧咧，一边把琴碰倒在地，自己也差点儿要摔倒。接着，他从椅子上站起来，摇摇晃晃地朝着尼古拉·米哈伊洛维奇走去，就像一根在风中摇摆的枝条。

“来，亲家，”他搂住尼古拉·米哈伊洛维奇的肩膀，“今后咱们一起过好日子？哎哟，我把最小的女儿嫁出去了，随她去吧。干一杯？”

“干什么干啊？”妻子制止了他，“躺会儿去。”

“哦——哦——哦！最后一个女儿呢！……瞧，”佳波夫一把

---

① 按照俄罗斯的风俗，客人在婚礼上大喊“苦啊，苦啊”，是在向新人起哄，希望看到他们接吻。

推开妻子，冲着叶尔特舍夫说。“我要跟她过到死，还有她妈。她在我这儿过了二十多年啊。现在倒好，完了……”

妻子推搡着丈夫：

“别瞎说八道了！看我不……”

尼古拉·米哈伊洛维奇把能看到的酒杯都斟满了，努力打起精神：

“来，格奥尔吉·斯捷潘诺维奇，为一切美好干杯！希望孩子们全都顺遂！”

“哦——哦！这话说得对，非常对！”佳波夫忘记了碰杯，把杯中的酒全倒进了嘴里。

通常叶尔特舍夫喝酒都醉得很慢。今天几乎就没有醉意，只是心里堵得慌。随着酒一杯一杯下肚，宴席变得令人越来越不舒服，吃客都是无关紧要的路人。尤尔卡的狼狈吃相也让叶尔特舍夫生厌，此人对周围的人不管不顾，也不跟人提酒，自顾自地倒满伏特加，猛喝一气……“馋死了。”不时有客人会称赞天气，这也让他生气。

“天气可真舒服啊！是个好兆头：上帝给这桩喜事恩赐了这么好的阳光！”

“是——是！天气棒极了，没得说！……”

尼古拉·米哈伊洛维奇从外套口袋里掏出香烟，朝院子门口走去。被一块宽木板挡住的亭子里传来了低声的狗吠。“得养条狗，”他突然闪出一个念头，“夜里可没人看车子。别什么时候被偷了……”

桌子旁又开始大声叫喊：

“苦啊！苦啊！”

阿尔乔姆和瓦莲京娜懒得再站起来，也没拥抱，只是嘴唇碰嘴唇地亲了一下。客人们鼓起掌来，酒杯的碰撞声响了起来……“嗯，嗯，新人在哪儿过初夜啊？……”

“尼古拉·米哈伊洛维奇，”旁边居然是哈林娜的丈夫，又高又瘦，完全不像农村汉子，他太适合戴副眼镜了。（“对，他本来就是城里来的，”叶尔特舍夫想起来了。）“给根烟抽？”

叶尔特舍夫递给他一根。

“打火机……”

“真是一贫如洗啊，”他想起了中士值班时常说的一句话。

“油锯怎么样了？”他问。

“货柜怎么都过不来！”哈林愤愤地回应，早就准备好了似的。“每天都打电话，吵架。别给弄丢了就行。”

“我都打算挖地窖了。得把这对年轻人安顿下来啊……得盖房子。”

“对——对，没错。难不成您打算用手挖？我可以跟开挖掘机的师傅谈妥。我有一个朋友在扎霍尔莫沃开那种带铲斗的‘白俄罗斯’牌挖掘机。怎么样？半个小时就能搞定。”

“这得多少钱？”

哈林有些焦躁地耸了耸肩：

“我没法说。得谈……我估计两百块差不多了。”

第十章

婚宴过后，家里的大小事情依然不顺。这样的情况早就出现了：最开始是小儿子入狱，后来丈夫牵扯上了刑事案件被解职，接着房子被收回去了，而现在——现在又轮到阿尔乔姆了，他一直都由父母养着，养了那么久了，似乎还是一个无助的小孩子。可他突然之间就走了。脱离了家庭。在最不适宜的时候。

他和妻子住在佳波夫家的搭建房里。在那里过冬很冷，不过从五月份到十一月份还是完全可以的。而且他们还找来一个旧取暖器，“旋风”牌的，咕噜咕噜直响，从用格栅拦起来的风口里吹出一小股热气。

结婚后阿尔乔姆很少回父母这边，即便来，好像也就是为了要钱……

五月十八号，拖拉机开来犁了菜园。付了五十卢布外加一瓶“帝国”牌伏特加……原来，地块多沙，而且被消耗得很厉害。姨妈年年种土豆，但却没力气给土地施肥——秋天多少能收获一点儿，也就这样了。

不得不去空置的牛棚装几袋腐殖土。（他们找到一个不错的牛棚，有成堆的又黑又肥的沃土，上面连杂草都没长。）打算播种的时候在土槽里撒一些——不管怎样，也算是补肥吧。

一个路过的男人停下脚步，犀利地问：

“拿去给菜园子用?”

尼古拉在袋子上方伸直了腰，做好吵架的准备。

“怎么啦，不行啊?”

“行是行，不过盐分太重了，只会把土弄得更糟。”接着那人就告诉他去哪里才能搞到好一些的腐殖土和厩肥。

于是他们又把袋子倒空，往那人说的地方去。

“还是有好人，”瓦莲京娜·维克托罗夫娜悄悄地表示，“真是谢谢他了……”

第二天就种了土豆。阿尔乔姆来了，帮着挖土槽，瓦莲京娜·维克托罗夫娜则往里面播撒长了根须的皱巴巴的块茎……尼古拉在另外一块地里挖土槽，自己撒土豆，然后再撒一些粪土。有时他会看看儿子干得如何，就很生气：

“你长没长眼睛啊？干吗搞得歪歪扭扭的？土槽要开得整齐点儿，别慌里慌张的……”

姨妈坐在院子里挑选从地窖拿出来的土豆，把大个儿的挑出来吃。八月份之前都得靠它。

种完土豆，叶尔特舍夫又为妻子搭了个小小的温床种黄瓜，里面分出了几畦，然后继续盖房子。

他清理了一个十米乘十米的地块，标好了建地窖的位置，挖出了三锹深的土。其实，这种泥土适于种植，于是尼古拉·米哈伊洛维奇把土都弄到菜园子去了。下面就是沙。

挖起来倒很容易，但他却惦记着哈林答应的挖掘机：的确，这活它半小时就能干完……

他去找了一趟哈林，提醒一下。

“对，我问过，”哈林点点头，“他答应星期六来。得预付一些钱……买柴油。”

“多少？”

哈林回头看了看站在身后的妻子。

“嗯——嗯……一百。”

“你们的柴油可不便宜哦，”叶尔特舍夫淡淡一笑，不过别无他法，也就给了钱。“我等着啊。”

“好——好，星期六。”

“还有圆木……有没有啊？”

哈林似乎有些生气：

“当然有！我记着呢，正在协调这件事……”

尼古拉·米哈伊洛维奇就等星期六了。他又进了趟城，在市场上买了五袋水泥，每袋八十五卢布，还买了钉子、铲子、手锯、电钻、食品以及做果酱用的糖。

……到了星期六挖掘机却没来。天已经快黑了，叶尔特舍夫干等了一天，又累又气，就往哈林家冲去。

院门是叶连娜开的，跟平常一样，殷勤地微笑着。

“出什么事了，尼古拉·米哈伊洛维奇？”

“你丈夫在家吗？”

“没在，出去了。”

“去哪里了?”

叶连娜收起了笑容：

“关您什么事?”

“关我什么事——大事。”

叶尔特舍夫气得发抖。

“他答应我今天弄辆挖掘机来。当着你的面答应的。”

“啊，对——对，好像是……”

“那怎么说？挖掘机呢?”

哈林娜吃惊地撇了撇嘴唇：

“您干吗问我啊？还这副腔调。”

“听着……”尼古拉·米哈伊洛维奇蹙了蹙额头，使劲瞪了她一眼，“听着，我不太明白你们想干什么。二月份答应给我弄油锯，三月份答应搞圆木。现在呢——又是挖掘机。在你们眼里我是什么？冤大头？只管掏钱?!”

“您可别瞎说啊，”哈林娜也变得怒气冲冲，“我家孩子还在院子里呢。”

“马上我就不只是说说了。我是警察，明白吗？跟我开玩笑可得小心点儿。我可不懂玩笑话。”

哈林第二天中午把挖掘机弄来了。他故意不跟叶尔特舍夫说话；诸如“挖哪里”、“挖多深”的问题都是司机问的。此人基本上就是个弱智，好不容易才把“白俄罗斯”挖掘机折腾进了院子

（尼古拉·米哈伊洛维奇把“莫斯科人”停到路上比较远的地方去了，以防万一），又用铲斗在叶尔特舍夫此前已经弄好的土坑里折腾了很长时间，那根烧坏了的排气管歪斜在一边，冒着浓烟……最终，铲斗好像在土里找到了薄弱的地方，开始挖了……司机把泥土洒得到处都是，叶尔特舍夫不得不提醒了好几次，应该往哪里放。那人信誓旦旦地点了点头，可接下来还是一会儿把土倒到右边，一会儿又倒到左边……土坑本身也不匀整，靠近司机的那一边差不多成了斜坡。

等到土坑基本上有三米深了，尼古拉·米哈伊洛维奇双手交叉放在胸前，说了一句：行了。等到这句话，司机马上开始倒退，最终还用轮子撞到了院门的柱子。

“你干什么啊?!”叶尔特舍夫大吼一声。“蠢货!”

司机把“白俄罗斯”开到了路上，差点儿没把它弄翻，然后逃也似的朝着扎霍尔莫沃飞驰而去，一刻不停。

“算算账?”哈林走了过来。

尼古拉·米哈伊洛维奇一边冷笑着说了声“终于开口了”，一边拿出一百卢布。

“还有一百呢?”

“我给过你一百了。”

“我知道。可那两百是给司机的，还有一百给我。”

“凭什么啊?”

“什么凭什么?”哈林表示惊诧。“我去了扎霍尔莫沃三趟，跟他们协商……”

叶尔特舍夫不慌不忙地抽起了烟，竭力控制自己的情绪。他看了一眼哈林：

“把你的司机喊回来。我问问，你答应给他多少。”

“这是我的事。”

“好啊！不过你记住：再想要我可不成。”他从哈林手里抽出纸币，塞进口袋里。“把圆木和油锯送来了，就有钱拿。明白了？”

“呃……这我就不晓得该怎么办了。”

“你不晓得什么？”

“我该怎么办……这种情况该怎么办。”哈林的声音变得阴沉起来。“去我家里威胁我老婆……尼古拉·米哈伊洛维奇，局子里的规矩在这里可不灵。这儿是乡下，没那些规矩。”

要是在以前，这些话足以让叶尔特舍夫挥起拳头；他上班的时候确实这么干过。现在不得不忍。不过拳头痒痒的，真的是痒痒的，就像被蚊子咬了。他甚至用指甲挠了挠，然后一字一顿、清清楚楚地说：

“我等着送圆木和油锯的车来，我都付过钱了。拿到这些东西，咱们再谈，拿不到——你就只能怪自己了。”

他把“莫斯科人”开回了院子，开始折腾大门。哈林站在那儿看着叶尔特舍夫修理被撞过的柱子，把被卡住的破门柱扶正，往铁卡钉里塞了块木头……他一边看，一边若有所思。

大概有两个星期尼古拉·米哈伊洛维奇都觉得哈林很快就会兑现诺言——毕竟把关系搞僵了对谁都没有好处，而且现在真的需要圆木。土坑就跟被挖开的墓穴一样，黑黑的，比较吓人。

叶尔特舍夫用旧木板和圆木桩把它围了起来，以免有人不小心掉下去。他觉得自己就像是一个破坏分子，尤其是当他撞上塔季扬娜姨妈的眼光时——瞧瞧，你一来就把院子折腾成了这样……

一阵风刮过，又下起了雨。雨停了，大坑周围的泥土上冒出了淡绿的圆点——那儿开始长植物了。

他最终没有忍住，去了扎霍尔莫沃的锯木场。

那里的人对他比较冷淡，刚开始似乎都没明白他想要什么。

“有圆木吗?”叶尔特舍夫问。

“当然有。堆得跟小山似的……”

“什么价格？我大概需要二十根。急用。”

“圆木……”工人们相互看了看。“不过我们都拿它们加工木板。”

“我要买圆木，地窖用。”

“哦，这得去问领导……”

“领导在哪儿?”

“就在附近吧……”

尼古拉·米哈伊洛维奇找了很长时间，终于找到了锯木场的领导，此人也好久都没明白他要什么东西。

“我们有很多种木板，”他坚持列举，“板皮、方木……”

“我要圆木。”

“圆木我们不卖……旁边就是林子啊。”

“那又如何呢?”叶尔特舍夫神经质地哼了一声，“难道去砍松树?”

“嗯，跟人谈啊，比如找林区主任……卖整木我们不划算。木板我们可以卖，板皮、方木，还有当柴火的切头……”

傍晚，精疲力竭、脑袋空空如也的尼古拉·米哈伊洛维奇坐在菜园子里。林区主任他还是没找到，圆木也没弄到。他碰到了尤尔卡，第一次主动喊了后者来喝酒。

到屋子里拿下酒菜的时候，他告诉妻子说跟邻居在外面坐会儿，尤尔卡去买酒了。

这次的酒没有那么难喝，比较疲惫的时候喝着甚至还觉得挺好的。几杯酒下肚，感觉轻松了一些，不过心情也没变好。又失望又愤恨的情绪反而增强了。

“一晃在这里就住半年多了，”叶尔特舍夫一边望着越来越深的夜色当中现出蓝色的松树树冠，一边说道，“可怎么都没法习惯。没法习惯这里的人，尽管我也跟别人交往得不多。刚开始觉得郁闷，现在反而挺高兴的——这样我也不会常常被他们忽悠了……你说说，”他转过头对着尤尔卡，“哈林夫妻俩干什么这么无耻地骗我……”他忍了一下，收回了骂人话，“干吗骗我?最初是跟我推销油锯，我估计压根儿就没这东西。为了它我付了两千五百卢布。接着就是圆木。他答应得可好了……哼，说他是护林员，一个月内就能搞定……”

“谁是护林员?”尤尔卡打断了他的话。“哈林吗?”

“是啊，三月初的时候他就跟我说过，他刚找到的工作。答应给我弄圆木，钱也拿了……”

“他根本就不是什么护林员，米哈雷奇！闲在家里。可能有人答应过他，不过最终没要他。”

叶尔特舍夫不敢相信：

“他跟我说过很多次……真的不是护林员？”

“真不是，我很清楚。”尤尔卡飞快地碰了一下酒杯，“干一杯？”酒刚下肚，他都没吃口菜，就接着说道：“我也能理解他为什么这样……要不他靠什么活啊？还有五个孩子。我吧，是本地的，全村一半人都是我亲戚，多多少少都会帮忙。可他们，外面来的……就靠给孩子的补助过日子。成天吃土豆。估计也没办法……这里大多数人都这样……你觉得我愿意这样过啊？我也不是猪啊，也难为情。早晨一醒，想想能干什么呢？干什么呢？三十九岁了，好像什么都会，什么都能，可有什么用……唉，我的意思，乡下人的手艺我都会。什么活儿都干过。哪儿都干过。米哈雷奇，知道吗，我为什么失业了？不是因为旷工或者那什么，”他用食指弹了弹喉咙①，“是因为干活的地方关了。”

“嗯，找这个借口倒是容易。我以前在醒酒所工作的时候，听过很多这样的说法。可是，这种情况下还是可以好好活着的啊。”

“怎么活？”尤尔卡有些激愤。“你如果知道，倒是给指条路啊。我们又没有貂皮可以倒卖。蘑菇、越橘得上交，土豆卖给贩

① 俄罗斯人习惯用这个手势表示“喝酒”的意思。

子。可这些都不值钱。就这么回事儿吧……你说说，我怎么养孩子？……我们这儿有个人，好像叫穆鲁修克，当时他机缘巧合决定养鹅。买了两百来只鹅崽儿，还有很多袋配制饲料。等到养大了，他开始把它们赶到池塘里去。整个水塘白白的一片……嗯，第一年还好，不过还是有十来只被偷了，或者就是……记不太清楚了，宰了或者上交了。鹅崽儿长大了，哦，都以为我们这里也有农场主了……可到了第二年他的鹅突然全都死了。后来在菜园子里给烧了。烧着烧着就把棚子点燃了。可能当时喝得有点儿醉了吧。火势从棚子蔓延到了车库，汽车停在那里……总之，所有的东西都被烧了……在洗澡间住了差不多两年，他家的洗澡间隔得比较远，在池塘边上，是唯一保存下来的东西。他喝得昏天黑地，老婆跑了，后来他就瘫痪了，有一次突然有人发现他好像被饿死了……我不知道他被弄到哪里去了……我们这儿就有过这么一个农场主……而且，”尤尔卡又给小酒杯倒满了酒，“而且，刚开始的时候到哪里去弄钱？养鹅或者做其他事情的钱从何而来？能搞到百八十卢布就算不错了。”

“你大概就会把这些钱都喝光吧？”叶尔特舍夫补充了一句。

尤尔卡的眼里闪现出一丝委屈。

“是，我是喝酒，可我多半都不用买。从来不从家里拿任何东西出去……你这么说简直……”他的身子在木板堆上晃了晃，尼古拉·米哈伊洛维奇以为尤尔卡要走了，但他并无此意，而是抓起杯子一饮而尽。

叶尔特舍夫也喝光了，抽起烟来。两人都沉默了相当长的一段时间。

“得了，尤尔卡，我没什么恶意，有恶意，但也不是针对你的……”尼古拉·米哈伊洛维奇的头脑有点儿乱，说话时舌头不太听使唤。“你倒说说看，对这个哈林怎么办才好？怎么把钱要回来？他欠我三千卢布。买油锯和圆木的钱。”

“哦——哦，真不少……你干吗要提前给他？”

“我信了他的话。”

尤尔卡嘿嘿地笑了，突然之间，叶尔特舍夫也觉得好笑，他这么一个看着挺老练的大男人，居然就这么一次又一次地被骗了。

“没办法，”他带着恶狠狠又乐呵呵的口吻说，“看来得动真格的了。还以为找到个好欺负的呢……不——不，跟我来这一套可不成。”说完这句他便觉得很高兴，因为是当着尤尔卡的面说的：“让他去传话吧。”

“嗯，该把钱要回来。”尤尔卡表示赞同，“这是大事。不过，说不定他们还能兑现承诺呢……他们有油锯，材料有时也会运过来。他们还在院子里大兴土木呢。”

第十一章

蜜月过得根本不甜蜜……

一天中的大部分时间阿尔乔姆都是在狭窄的、只有一扇浑浊小窗的搭建房里度过的。他躺在床上，听着院子里的脚步声和说话声。走出去参与别人的生活他觉得不方便，也不舒服……瓦利娅喊吃饭的时候，阿尔乔姆就起身出去。他悄悄地坐到自己的位置上，竭力不往周围张望，给他什么就吃什么。

佳波夫家里吃的东西种类并不丰富。土豆——基本上都是煮的，用荞麦或者大米熬的粥，带厚皮的脂油，有时会有浇汁的炖肉，白面包不少，还有腌黄瓜和酸白菜。几乎每顿饭桌上都会有几片腌制的西瓜，在阿尔乔姆看来，味道极其难吃……

家里有一个年纪跟塔季扬娜姨妈差不多的老太婆，或许还要更老一些。她也不怎么说话，总是坐在屋角的椅子上，用一双忧郁、悲悯而无光的眼睛望着周遭的一切，双眸仿佛蒙着一层白翳。她是什么人，阿尔乔姆一直没弄清楚——瓦利娅的父母喊她母亲，可瓦利娅、她的两个姐姐以及她们的孩子仿佛就没注意过她……

晚上，阿尔乔姆一个人的时候，格奥尔吉·斯捷潘诺维奇会拐进搭建房来，挑剔地朝屋子四周看看，问道：

“喂，这儿如何啊？住习惯了？”

阿尔乔姆点点头。

“那就好！来……不想喝两口？”

“还好。”其实阿尔乔姆并不反对。“没钱。”

格奥尔吉·斯捷潘诺维奇通常就会同情地叹口气，装模作样地再说点儿别的，然后就走掉了。有时他则会从旧外套的口袋里掏出一瓶酒来：

“我这儿有。”

他们要么在这里喝，要么就在后院，坐在木头桩子上，还得提防母鸡来啄食下酒菜。他们的下酒菜是面包和大葱。

刚开始喝的时候，佳波夫喜欢讲过去的事：

“我是全村唯一会拉手风琴的人。以前也是……一有事就来找我：‘拉一曲，亲爱的！’演奏前都会跟我喝一杯，完了还会让我饱餐一顿……年轻的时候，哦唷，可真好！……会唱好多歌——抒情的、逗乐的、战士们唱的……村里的小伙子，甚至是比我年纪还大的那些，都很尊重我，姑娘们更是排着队想跟我认识，你知道，还有人为我打过架！……对——对，每天晚上都跟过节似的。简直没时间睡觉，你知道！白天干活，然后洗漱一番，穿上衬衫，挎上手风琴就出去玩。三四点钟才溜回家。睡到七点，又开始干活……哦唷，显然是风光得很啊，值得回忆。”

当瓶里的酒还剩下差不多三分之一的时候，话题就变了——

老丈人把话锋转到了当下。

“是啊，阿尔乔姆，现在就只剩下回忆了。瞧，还挺巧的——年纪就跟你差不多。时间啊，跑得比谁都快……我们这里有个缝纫厂，知道吗？我在那里干了一辈子。当搬运工，当看门的……厂里就是做普通的口袋，但好歹也有个事情做。而且也有用——总该有人缝口袋吧……现在倒好……以前什么都有，现在什么都没了。我碰到过多少姑娘啊，可结婚的那个……简直就是超期服役的中士，不是女人……唉，阿尔乔姆，老实说，就跟你一样啊：玩着玩着突然就说有了，只好结婚。可是，在跟我之前她有过多少人啊！不过，几个女儿长得都跟我挺像的，是吧？”

阿尔乔姆点点头，盯着满是木屑的地面。他不喜欢这样比较，他对瓦利娅的爱情——确切地说，他以为是爱情的那种感情——被玷污了……奇怪的是，老丈人为什么跟他讲这些。

“可惜，生的都是姑娘。三个，没有儿子真没劲。你可别不争气——给我弄个外孙子。我要跟他一起去钓鱼，教他拉手风琴……”

如果格奥尔吉·斯捷潘诺维奇喝多了，村里最受欢迎的小伙子就会在他体内复活。他扣上鸭舌帽，挎上手风琴，开始逗他妻子，讲她以前做的错事。阿尔乔姆几次见到他们动手。不，是佳波夫的妻子用手指的关节戳他的脑袋，而他就骂脏话、嬉笑，不停地说她把他一辈子都毁了。

瓦利娅就赶紧把阿尔乔姆赶回搭建房去，打开老旧的收录机。歌曲的选择余地不大，只有几盒磁带，十到十五年前的流行歌曲，基本上就是《拼盘》、《海市蜃楼》、弗拉德·斯塔舍夫斯基……瓦利娅把声音开得大大的，然后躺到床上，用手揉摸肚子，而从院子里则传来断断续续的喊叫、酒后的嘻哈、手风琴的声响。

婚后不久，瓦利娅和阿尔乔姆的关系已经有所变化。更衣室里那种秘密偷情的激动与兴奋不复存在，取而代之的则是不紧不慢的节奏。傍晚、深夜和清晨都归他们支配，可这并没有让他们感到高兴。相反，有时会因为总在一起而生出怒气，尽管他们并没有真正地彼此适应。此外，瓦利娅开始拒绝温存，借口说是因为怀孕的关系，感觉不舒服。

“我听说，刚开始会这样，”阿尔乔姆说，“恶心、像中毒……你没感觉?”

“有啊。我只是忍着没表露出来。”

“哼，有意思。现在就不忍了?”阿尔乔姆有种感觉，自己被骗了。

瓦利娅贴近他，亲他，不过感觉像在尽义务。

“喂，你干什么?”她轻声地抱怨。“我是担心小孩子啊，有危险，已经四个多月了。你忍忍，行吗?”

他们躺在窄小的铁床上，拥抱着闭上了眼睛……这个姿势入睡挺困难的，所以过了几分钟他俩就翻转成了背靠背的姿势，沉重而费劲地进入了梦乡……

早晨，阿尔乔姆努力回想他都梦到了什么，可什么都想不起来，脑袋里只有遗忘的黑白线条。起床的时候感觉头脑不清醒，好像只睡了半个小时。

白天漫长而空洞，他都是在遐想当中熬过去。

在他看来，跟女人发生过关系的小伙子好像都比他高大、强壮。要知道，为了征服女人，必须拥有某种特别的、不同寻常的能力，而他却不具备。青春期的时候，他所有跟姑娘们交往并且发生性关系的尝试都迅速以悲惨的结果告终——姑娘们只需跟他说上几句话，就能明白他不具备那种特别的、不同寻常的能力。然后她们就对他没兴趣了。有那么三四次，借助于酒精的作用，笨拙的交往推进到了亲热阶段，可还是以失败告终：亲热的举动除了让阿尔乔姆感到羞涩，没有留下其他的感觉。

当阿尔乔姆跟瓦利娅在更衣室里的亲热行为发生过几次之后，他感觉自己终于可以和许多男人平起平坐了，包括比他小两岁的弟弟，后者却比他成熟得早得多。然而，半年过去了，现在阿尔乔姆有时会觉得，或许没认识瓦利娅反而更好，或者说，亲密程度没那么深入反而更好。现如今回想起来，他自己的那种孤独和折磨人的忧虑变得美好起来，而甜蜜却不可复得了。

看到妻子脸上越来越经常出现的痛苦表情，他觉得不悦；对于她捧着几乎还看不出来的肚子，像是在捍卫它一样的姿势，他觉得不悦。不过，最让他难受的还是被困在这里、被困在搭建房和院子里的感觉，每次他一出现，都会招来至今也没适应他的钱柜一阵狂吠……当然，没人把阿尔乔姆关起来，也没人看管他，把他关起来并且看管的是一种意识——他现在应该跟成了他老婆的女人待在一起。不过，又能到哪儿去呢？去父母家那个他以前的关押地？

没钱的时候他会去父母那儿，有时也会不情愿地回去帮忙。

“哟，家里来客人了！”父亲好像带着挖苦的口气喊道。“快进来，说说，蜜月过得如何？”

“蜜月，”阿尔乔姆心里又嘀咕了一遍，“给我五千卢布，才会有蜜月。”

他跟父亲一起盖了个新厕所。他怔怔地望着院子里的土坑，听父亲抱怨哈林家没有履行自己的承诺，不论是油锯还是圆木都没给，坑都开始塌了；洗澡间里的炉子得赶紧换，浴床也得重钉一个新的，可是没有合适的木板，其实，整个洗澡间都该盖新的了；再者，秋天之前至少应该把房子的地基打好……

“嗯，应该，”阿尔乔姆表示同意，不过，他并不真的相信他们可以对这里的破旧玩意儿做出什么改变……光是一个厕所就弄了四天，而且还歪歪斜斜的，又低又窄——父亲解释说是因为没有合适的材料，但实际上就是因为他们不擅长建造房屋……是的，盖个厕所是一码子事，建栋房子或者修个洗澡间就是另外一码子事了。

对于父母来说，从学校的劳动课老师那里买了一只莱卡狗幼崽算得上大事了。只不过象征性地花了二十卢布。他们专门要了一只小母狗，以后下崽，没多考虑，就给它起了个名字叫金哈。尽管才两个月大，但它已经相当凶悍，明白自己的职责是保卫栅栏内的这块地方，还能区分自己人和外人。刚开始它冲着阿尔乔姆咆哮，然后就变成了细声细气但怒气冲冲的吠声，想要逮住他的腿。

“好样的，小金哈，”父亲一边表扬它，一边挠着它多褶的脖颈子，“好棒的主人！”

尽管阿尔乔姆明白这么想其实挺蠢的，可他还是有些生气：“找到新欢了……我现在连家也可以不回了……那边的狗朝我吼，这边的也一样……”他装作跟莱卡狗玩耍，故意去逗它，重重地扇它的脸，戳它的肋部，用鞋尖踩它的爪子。金哈尖叫着挣扎开，然后立刻想要报复，一边无助地怒吼，一边往前冲。

最令人苦恼的当然是没钱。他要是有钱……不过，他也尽量不去妄想大笔的金钱——空想比最繁重的工作更消耗精力，而一两百卢布只能从父母那里拿。

阿尔乔姆不好意思开口要，不，也不是不好意思，而是担心听到生硬而让自己感到不舒服的回答。他目睹了他们如何节约每一分钱，希望能在这片土地上好好地过日子，他们似乎也就是靠着这样的信念而活着。

父母基本上不跟阿尔乔姆聊家庭生活方面的事情——他们会问，但不指望回答，看来，他们不愿听他抱怨，担心忍不住开骂或者会像事后诸葛亮一样评断是非。再说了，有什么好讲的？一切都已经非常清楚了。不清楚的是今后怎么过。

“我们，那个，”阿尔乔姆吃力而慢腾腾地开了口，然后直奔主题，“我们明天得去检查。呃，孩子……检查。”

"然后呢?"父亲明知他的话是什么意思，但还是故意问了一句。

"呃，坐车……的钱都没有。到城里去再回来……"

"怎么经常去检查，"母亲接话。"她怀得不对劲?"

"不知道……有点儿什么毛病吧。哎哟……"

其实，他们去检查总共也就两回，也不是去城里，而是去扎霍尔莫沃的妇科诊所。但阿尔乔姆以此为借口已经要过五六次钱了，所以他有些犹豫和害怕，眼神不敢直视。

要钱就是买吃的。父母嘟囔过后还是会给。他去商店买些好吃的（土豆已经吃够了），确切地说，买些各式各样的吃食。糖果、华夫饼、芝麻蜂蜜糕、香肠、通心粉、橙子……格奥尔吉·斯捷潘诺维奇看到桌上有这些东西，总会吃惊地喊道："今天过节吗?"然后毫不客气地对着美食狼吞虎咽一番。后来阿尔乔姆就直接把东西都拿到搭建房里去，自己吃，给瓦利娅吃。对于没有把吃的拿到家里的饭桌上去，她并不生气。

夏天已经过去了一半，等他又一次想让父母给点儿钱的时候，父亲的话就讲得非常生硬，这意味着他快要发火了。

"听我说，儿子，你自己是不是该想想，如何才能养活家庭?"

阿尔乔姆缩起肩膀，眼睛往别处看，"呃。"

"我从十四岁起就自力更生，到学校读书，晚上打工。后来到工厂干活，又去参军……你打算当小孩子当到什么时候？你自己的孩子马上都要出生了，还那么……"父亲越说越生气。"怎么，我得把你养到退休？还得养活其他人……”

“那怎么办啊?!”阿尔乔姆没忍住，差不多是第一次公开与父亲争执起来。“这里哪有活儿干？把我带到……鬼知道什么地方来，能怎么办?!”看到父亲苍白的眼神，他没再往下说。

“是哦，把你带来……二十五岁的人了！啊!”父亲冷笑一声，冲着妻子和姨妈（她俩都赞同地点头）说道。“把他给带来了！每天都在屋子里闲着，所以把他带来了。你就是个懒鬼，知道吗？结了婚也没变化，换作别人，早就整天催着我盖房子，急着养家了，你倒好……”

“盖啊，”阿尔乔姆接过话头，“我又不反对，盖啊。”

父亲起身快速走进房间，碰到了什么东西，发出轰隆的一声，然后拿着一沓钞票出来，把钱扔到了桌上：

“喏，一万卢布，盖吧。去买砖、水泥、木板、铁皮。盖啊，我来帮忙。”说着又用手指把钱往阿尔乔姆那边推了推。

母亲静悄悄地坐在一旁，有点儿奇怪，既没有制止怒火中烧的父亲，也没有做出任何反应。“其实是她的主意，要我们来这儿……”阿尔乔姆回想起来，对母亲也产生了一种类似于仇恨的感觉，他可不敢恨父亲。

“怎么说?”钱离阿尔乔姆更近了。“我和你妈已经老了，我们在这里也能勉强凑合……盖啊，把你老婆和孩子都弄过来。都由你做主。”

“唉，我走了。”阿尔乔姆慢慢站起身来，指望他们会喊住他，要他回去再坐会儿，好歹最终能有个结果。他走到外面……

“还好，我不抽烟，”他摸了摸空空的口袋，里面连零钱都没有，但他却突然高兴起来，“要不真是死定了。”

第二天上午，父亲到佳波夫家来了。他把阿尔乔姆喊了出去，坐在池塘边的草地上。他们很长时间都没说话，望着周围，望着村子后面长满了树木的低矮山峦。或许就是没有目的地看一看，等着说话的时机吧。

“我们的日子不好过啊，”父亲声音嘶哑地说，然后就咳嗽起来。“不好过，什么都不顺。你妈不知怎么了，发现没有？有点儿不像她了……不知道该怎么办。死路一条。也没力气……我以为，搬过来，熬过一个冬天，春天一到就能开动。又快又好。第二个冬天就可以在新房子里过了。唉，”他重重地叹了口气，确实有一种没有力气的感觉。“唉，能怎么办……我一晚上都没睡，想了各种招儿。今天跟你妈商量了一下。要不——你别误会啊，要不，你去警察局干吧？啊？你考虑考虑……我毕竟有些关系，我去说说。你也服过役，不到三十岁，应该能收。值一天的班，然后回来休息两三天。人家都是这么过的……或者就待在那儿的宿舍。兴许能成……得从这个状态当中走出来啊，你想想，啊？”

阿尔乔姆不知如何作答——这个提议很突然，有点儿怪。读书的时候，因为父亲是个警察，他没少受罪；等到杰尼斯坐了牢，那帮小子才消停了……不过，这个提议至少能看到一丝光明的前景，虽然很弱，但好歹有一点儿光亮……还好，父亲没有强迫他。

“其他主意我暂时也没想到……暂时就是这样，”他从胸前的衬衣口袋里掏出五百卢布，“拿着。可别瞎花……你明白……明天早点儿过去，我们去订锯材。以后怎么样再说吧，得先把房子盖起来。行吗?”

“行，”阿尔乔姆机械地应了一句，接着便清醒过来，大声地补了一句：“当然行，好的。”

第十二章

从七月十号开始，村子里的大多数人从早到晚都待在林子里。起初是采集山谷里成熟的蓝靛果。有摩托车或者汽车的人以及可以弄到拖拉机的人跑得更远，到了萨彦山支脉靠近泰加林的地方。那里的山间溪流旁边，蓝靛果长得又多又壮。两个小时就能采满一桶。

到了晚上，贩子们就开着车沿着道路按喇叭，以一桶一百或者一百二十卢布的价格收购。很多人都卖给贩子，有些人则会把果子弄到城里的市场上去，在那儿一桶能卖一百五十到一百七十卢布（当然，一天之内也不总是都能卖掉，果子很多）……

比蓝靛果稍晚一点的是卷边乳菇。一开始的都有些干瘪——它们不太受欢迎，可是从青苔里面会冒出很多来，大家也都兴冲冲地采集：卖得掉最好，卖不掉的话，自己冬天也可以当食物。用罐子或者木桶腌起来。有的人家就靠它们充饥……干瘪的采完了过后就迎来了真正的卷边乳菇和松乳菇。它们在市场上很受欢迎，贩子也乐于收购。蘑菇的收获季节，商店旁边的收购点就开张了，不过这里出价便宜，论公斤收（七卢布一公斤），被虫蛀过的和品相不好的都收。到收购点来的基本上都是本地的酒鬼——可以换点儿酒钱，或者就是孤寡老太婆。

到了九月份越橘就熟了——林子里的比较小，也不多，得用手采，而在泰加林的空地上就多得是，都圆嘟嘟的，个头跟豌豆差不多。为了采摘这样的越橘，几乎每人都备有一个耙子，手柄的一头连着木制或者铁制的托盘，另外一头是一排密密的铁齿，都略微向上弯着。用这样的耙子采越橘，果实连着一些叶子撒落在托盘里，枝杈则从铁齿之间滑落下去。有耙子帮忙，很快就能采满一桶。

瓦莲京娜·维克托罗夫娜记得以前采越橘的情形。当时几乎没人有运输工具，又不敢用国营农场的拖拉机和马匹，所以都是步行去。背上背着大袋子，随身带着被子、防水布和食物。一去就是三五天。当时，采越橘是为数不多的可以挣到体面收入的一个途径；而如今，它大概更称得上是躲避赤贫的良策了。不过，愿意深入泰加林的人却寥寥无几，基本上都是一些上了年纪的男人，还是当年那一拨。年轻一些的，要么根本就无心采摘（蘑菇除外——收获季节采摘起来又快捷又轻松），要么仅限于在林子里活动……

山丘上的树林背后有草莓，不过，草莓采回来主要是自己吃——比较少，而且由于草长得太高，草莓的成熟程度也不够：有点儿发绿，水分过多，很快就变酸了，这样的在市场上不太受欢迎。用它来熬制果酱，如果有些人家没有糖，就把它晒干，可以加到茶里或者做饼的时候当馅料。不过，这些都是所谓的小打小闹，真正受到好评的还是可以卖钱的。

叶尔特舍夫一家差点儿错过了采摘蓝靛果。他们忙着建地窖，准备浇筑地基。阿尔乔姆提过一两次，说瓦利娅的父母准备去采蓝靛果，他还听说今年的蓝靛果收成不错。不过，没人留意他的话，没顾得上……

后来，亲家找上门来了。格奥尔吉·斯捷潘诺维奇没有喝酒，胡子刮得干干净净，花白的头发梳得服服帖帖。一看到院子里的瓦莲京娜·维克托罗夫娜和尼古拉就绽开了笑容：

“好啊！”从“莫斯科人”旁边经过时，他用粗糙的手掌摸了摸车身，“过得还不错吧？哟，品种不赖啊，”他一边说，一边把扑到他鞋子上的金哈赶开。

“就那样吧……”

尼古拉正在拼接板子，瓦莲京娜·维克托罗夫娜帮着撑住木板；这时阿尔乔姆没在。

“嗯——嗯，”亲家意味深长地点了点头，似乎听到了重要答案。“如果需要帮忙，别客气，尽管说，都是亲戚。”他瞟了一眼蒙着木板的地窖土坑，“很深哦，不错……我过来是想说一声，果子熟了。听说了吗？”

“听说了，”尼古拉学着他的腔调回应道。

“怎么？打算去采吗？今年的蓝靛果不错。我和我老婆沿着林子边缘走了一圈，装了两桶。萨彦山那边的蓝靛果可茂盛了。都没人采。”

渐渐地，他开始说服叶尔特舍夫夫妇去泰加林采果子，那劲头，就像要把柱子摇晃松散一样。

“一天能采两三桶。一部分自己留着，用糖腌起来，其余的就卖掉。十升的桶，一桶能卖一百七十卢布。哪里还有这么好的事情啊！”

尼古拉老实地告知，他的汽油见底了。只能开到扎霍尔莫沃（穆拉诺沃没有加油站）。

“是吗？”亲家怀疑地皱了皱眉。“那开去加油啊。明天一早就动身。可别等——天气这么热，蓝靛果很快就没了，没果子就没钱啊。”

叶尔特舍夫夫妇答应了。

一大早，太阳才刚刚跃出地平线，四个人就出发了。年轻人没去。

“让他们多睡会儿，”亲家打着哈欠说。他妻子随即便习惯性地跟他争了起来：

“我才不让他们……睡呢！那谁挤牛奶？睡……倒是一觉就睡到阎王爷那儿去了……”

“瓦利娅怀孕的情况怎么样了？”瓦莲京娜·维克托罗夫娜用提问打断了她。

“还行。没抱怨。”

“嗯……”

极有可能是汽油质量不过关的缘故，“莫斯科人”发出扑哧扑哧的响声，抖个不停，瓦莲京娜·维克托罗夫娜紧张兮兮地等着车子剧烈地震动一下，然后就会彻底地停下来……她忘不掉有一次出过的状况：大概五年以前，她和丈夫两个人带着肉和铁签子出城去，想要来一次简单的野餐，回忆回忆年轻时光。可事与愿违，他们不得不在一条人迹罕至的乡间土道上修理汽化器。蚊子多得像乌云——尼古拉在引擎盖下面倒腾，她则在他上面挥毛巾……

起初，路面虽然坑坑洼洼，但还是铺过沥青的；后来，经过一个小村子之后就成了土路，那个村子叫作快乐之泉，只有十来间盖着油毡纸的低矮小屋。松树被云杉和落叶松取代了，“莫斯科人”的发动机更吃力了，虽然没有山，但却是越来越高的上坡路。

“哦!”佳波夫真被吓到了，突然惊叫一声。“马上有个右转弯！别忘记了。”

尼古拉给了点儿油。

“马上……转。”

路边茂盛的灌木丛中隐约现出一条车道。

“还有差不多一公里，就到我的地盘儿了，”亲家说这话的口气，就像揭开了一个天大的秘密。

然而，还没开出一公里，很快就变成了石子路，坑洼不断，不知深浅。

“这种地方只有‘乌阿斯’才爬得过去……”尼古拉下定了决心，从车道上稍微往边上拐了一点儿，熄灭了发动机。

“哎，没事，米哈雷奇，可以接着开。我跟维塔利卡开‘乌拉尔’走过……”

“哼，你倒是会比——拿‘莫斯科人’跟‘乌拉尔’比……我可不想把底盘给磨坏了。走过去……”

地上突起了一些长满了青苔的巨大石头，瘦弱的云杉、干瘪的落叶松以及蓝靛果丛密密麻麻地在它们中间支棱着，仿佛站在逼仄走廊上的一群人。果子确实挂满枝头，不过，要把它们采下来也不容易——双脚慢慢地就陷进了青苔下面的稀泥里，每分钟都得挪脚。还好穿的是靴子，否则……

格奥尔吉·斯捷潘诺维奇甩开膀子干了起来，两只手的所有指头都用起来了，抓住灌木，从上面往下扯果子，再把它们扔向夹在双腿之间的桶里。

他很快就采了满满一桶——应当说是“拽”，接着便往车子的方向走去，轻声地冲着尼古拉嘀咕了一句，可却被瓦莲京娜·维克托罗夫娜听得一清二楚：

“要不，咱俩去喝一小口？我带了。”

尼古拉没答应。

佳波夫久不现身。他妻子起初自个儿念叨着，后来便冲叶尔特舍夫夫妇嚷：

“死鬼又跑哪里去了？总是这副样子，开个头就不管了。”

他们各自采满两桶后便回到了车子旁边。格奥尔吉·斯捷潘诺维奇躺在“莫斯科人”旁边的小土墩上。旁边是个空酒瓶，还有一截被啃掉了外皮的白面包。

“什么东西啊?!”佳波娃马上便气急败坏地吼了起来。“你又喝了个烂醉?！蠢货……”

她扔下桶——它们居然没有翻掉，开始摇晃丈夫，扯着他的头发往上提。格奥尔吉·斯捷潘诺维奇嘟囔着想要推开她。

“唉，让他睡吧！”瓦莲京娜·维克托罗夫娜忍不住说了一句。“还能怎么办……”

“哼，可恶的蠢货。”佳波娃还不忘用拳头在他脑袋上捶了一下；格奥尔吉·斯捷潘诺维奇在土墩上翻了个身。

总的来说，这一趟收获不小。除了一直就没清醒的亲家，每个人都采了四桶。回到村里的时候天还没黑。

第二天一早，刚坐下来挑选蓝靛果，格奥尔吉·斯捷潘诺维奇又来了，一副精神抖擞、神清气爽的样子。

“喂，打算怎么弄呢?”

“什么意思?”

“这些东西啊，”他冲着果子点了点头。

“用糖腌。”

“要得了这么多?！一个冬天十升左右绝对够了，又不是土豆……米哈雷奇，咱们拖去卖吧，啊?”佳波夫像朋友一般推了推尼古拉。“虽然不多，但也是钱啊。”

叶尔特舍夫夫妇本想拒绝，因为弄到市场上去卖感觉挺丢人的，可佳波夫继续劝他们，最终真把他们说服了……毕竟三百卢布相当于四袋水泥呢……

尼古拉出去开车。瓦莲京娜·维克托罗夫娜穿上了出门的衣服。

……后来，当一切都无法挽回和改变的时候，她经常思忖，想弄明白是从什么时候开始的。不是外在（外在是从杰尼斯被抓开始的），而是内心，内心向生活的底层滑落；当精神的主线开始一根接一根地断裂，以前不能容忍的变得可以容忍，最终，一切都可以容忍了……是的，那一天就是转折点。至少对她来说是。

尼古拉没法启动车子，他用钥匙戳了戳，想要发动引擎，接着便跳了出来，用螺丝刀在汽化器或是启动器里面修理，这好像是他第一次毫不避讳，当着外人的面大骂脏话……佳波夫夫妇发现“莫斯科人”开不了，就决定坐公共汽车进城。瓦莲京娜·维克托罗夫娜瞥见丈夫抱歉的眼光，说了一句：“能怎么办呢？我跟他们去。”她往两个桶上铺了个枕套，跟他们走了。

车站上有二十来个人。基本上都是带着桶的妇女。丈夫帮她挤进车厢，几乎是从别人的脑袋上把装着果子的桶递给了她。无论是女人们的推搡还是粗鲁的话语都没让瓦莲京娜·维克托罗夫娜生气，一切恍若在梦里。

每个人都在挤，同时还要保护自己的桶。他们到了市里。“巴斯”车的车门刚一打开，大伙儿就争先恐后地向市场涌去。

城里的市场有几个，不过大多数人都习惯在位于汽车站和电视台之间的中心市场买东西。所以卖东西的都往那儿去。

有几排铁制柜台是专门留给个体户的。冬天和早春的时候，这些摊位都是空的，或者被卖玩具、袜子、小家电的人占据着。

夏天，为了每一寸摊位都会争得不可开交。有骂人的，有让人家再挤得紧一些的，有为朋友牢牢占住地盘的，有极力想要占据最边上的摊位的——以便能让更多的潜在顾客看到售卖的东西。

瓦莲京娜·维克托罗夫娜拎着两个桶到市场的时候已经九点多了，这个时间，卖东西的人已经把所有的位置都占了。他们把货品摆得相当吸引人，一直要坚守到晚上。他们有的站着，有的坐在折叠小板凳或者箱子上，不停地摆弄茴香、小萝卜和刚上市的小黄瓜，从瓶子里往它们上面喷水，以便让它们看上去闪光发亮，同时还有一句没一句地跟旁边摊位不讨喜的摊主叫骂。他们对待每个新来的都挺友善：

“没位子了！没了！去那边找找。”他们一边说，一边不确定地挥着手。

“好，可怎么……”瓦莲京娜·维克托罗夫娜有些惊慌失措。“哪里啊……”

显然已经不是第一次经历类似情形的亲家母帮了她，带她绕到那几排摊位后面。

那里自发形成了两条长长的卖货队伍，有的人面前是一桶一桶的蓝靛果、越橘、水越橘、黑加仑、草莓、蘑菇，有的人面前放了高支架的箱子，上面还是那些东西，但看着更加诱人。他们既批发——一桶一桶地卖，也零售——一杯一杯、一罐一罐地卖，或者称重……

“来，就在这儿，”亲家母使劲地推了瓦莲京娜·维克托罗夫娜一把，让她占据队伍里的空当儿。叶尔特舍娃瞬间被这种毫无礼貌的态度激怒了，不过却没时间表示愤慨，此时此刻，即使表现出来也比较荒唐；她们挤进去，把桶摆到柏油路上，扯掉已经浸上了深蓝色果汁的枕套。

这个与瓦莲京娜·维克托罗夫娜的家仅隔一条街的市场她来过无数次，她也无数次在这几排摊位和这些面前放着桶、篮子和高支架箱子的卖货人中间走过。当然，她在这里买东西，讨价还价，品尝味道，皱眉头——如果他们偷偷塞进一些发酸发涩的东西，也不理睬那些不停吹捧自己的东西、竭力招呼顾客的人……买东西的时候，瓦莲京娜·维克托罗夫娜不会去想这些人是谁，他们是怎么到这里来的，为什么会到这里，他们的一天怎样结束，当他们就这么一个小时、两个小时、三个小时地站在那里的时候，脑袋里在想些什么。于她而言，他们就是卖东西的，没有姓名，差不多就是没有生命特征的物体，在他们的帮助下，如果你有钱，就能往袋子里塞满食品。

突然之间，她自己就成了这些物体中的一个。幸福的顾客们考虑着自己的事情，从她跟前走过，没有一个人注意到她的桶。阳光越来越毒辣，也没有一块能遮住脑袋的头巾；于是，她就用一个枕套代替了头巾。蓝靛果漂亮的淡蓝色表层渐渐地就没了，变得又暗又软，水分也多了起来……

瓦莲京娜·维克托罗夫娜学着其他人的样子，把盖在上面的枝叶都拿掉了，因为它们已经被浸湿了，乱七八糟地交叉在一起。而且，她也开始跟着别人叫卖起来，话音中既透着不乐意，又含着请求：

“蓝靛果，泰加林的蓝靛果。快来买啊，便宜卖了……”

“瓦莲京娜？”突然传来一阵惊讶的喊声。“瓦利娅，是你？”

瓦莲京娜·维克托罗夫娜一时之间并没有反应过来是在叫她，只是抬起了因为炎热而变得沉重的眼帘。

她以前在图书馆工作的同事纳塔利娅几乎就站在她的正对面，与别的那些狭窄通道上的挤在小贩面前的顾客混在一起。她们在一起工作了很多年，关系并不是很密切，不过对这样的见面都感到高兴。

“你过得如何啊？还好吧？”纳塔利娅问道。

“嗯——嗯……”瓦莲京娜·维克托罗夫娜本想甩甩手表示不满，可又改变了主意，尽量做出兴奋的样子答道：“正在适应呢。开始盖房子了。”

“真不错……你们多好啊——乡下空气新鲜，哪像这里，简直会闷死在钢筋水泥里……”纳塔利娅瞟了一眼果子：“蓝靛果是你的？”

“蓝靛果。”

“嗯——嗯！自己采的？”

“当然啦！”对这个问题瓦莲京娜·维克托罗夫娜甚至感到有些委屈。“昨天在泰加林待了一天呢……”

“怎么卖？”

“给你就一百五了。要不都卖一百七。”

纳塔利娅挑剔地撇了撇嘴，最终还是下定了决心：

“哦，那就来点儿吧！没有果酱可不行……我的袋子跑哪儿去了？”

“在哪儿啊……”瓦莲京娜·维克托罗夫娜茫然地看着纳塔利娅把手伸进包里，掏了很久，终于拿出一个沙沙作响的大塑料袋，然后检查了一下有没有小洞。没有。

“倒吧。不会破吧？”

“不会，撑——得住！”瓦莲京娜·维克托罗夫娜捧起桶来，开始往袋子里倒。粘连成一团一团的果子不断往袋子里滚。

“等一下，等等！”纳塔利娅惊慌地喊道，袋子也抖动起来。“有脏东西啊，啊？”

“有什么脏东西？……”

“别，瓦利娅，我不要这种。这种得花一晚上来挑……而且都蔫了，出水了。倒回去。”

“喂，娜——塔——莎①……”瓦莲京娜·维克托罗夫娜没敢生气和着急，央求着把手伸了过去，然而，前同事似乎已经把她给忘了，饶有兴趣地看起了旁边那位的果子。此人赶紧大肆夸赞：

“阿梅尔的蓝靛果。最环保的……而且，清理得干干净净的！买吧，一百五。冬天最好的维生素！……”

公共汽车发车前半个小时，亲家母找到一个贩子，他同意以一百一十卢布一桶的价格收购，再贵就不收了。她们只得答应。

---

① 女人名“纳塔利娅”的小名。

她们买了些吃的东西就往车站赶去……瓦莲京娜·维克托罗夫娜觉得自己陷入了一种不洁而禁忌的环境当中，无力自拔，无论如何也摆脱不了。“又不是拿偷来的东西去卖，”她想要安慰自己，“又不是偷来的，是自己的。”不过，这也无济于事。

第十三章

炎热、闷湿的夏天似乎没完没了。它只会给在池塘里扑腾的小孩子还有昆虫带来快乐。各种蝇虫让人不得安宁。基本上没怎么下雨，甚至连地里的土豆也不得不浇水，而水又比较紧张。夏季水管已经很多年没用过——管身破裂，水龙头锈住了，人们把橡皮管拖到田间，套上喷嘴，在操纵杆上挂好重物。水流很细，不过好歹也可以浇灌作物了……靠近池塘边的人家比较方便。他们把管子直接埋进地里，把电通到小桥边，在桥上装好水泵，“卡马”牌或者“阿吉杰利”牌的，然后就直接把水抽出来用于浇灌和盥洗……没有水管或者田地离池塘比较远的人家就用桶挑水……有一小部分人不在乎自己的庄稼，就指望天气：“上帝给什么，我们就收什么。”

闲暇时间阿尔乔姆都在池塘边度过，他的闲暇时间很多。池塘边从早到晚总有人，坐着、躺着、喝酒、打瞌睡。俱乐部几乎不去：没钱看电影，又没开舞会——录音机坏了。唯一能相对舒服地打发时间的地方就是池塘。不过，在那儿要是没有酒和姑娘，也无聊得难受。

“如何啊，阿尔乔姆，家庭生活?”小伙子们向他打听。

“挺好，没什么。”

“你弟啥时空出来?”

“什么叫‘空出来’?”跟本地人聊天，阿尔乔姆总能听到一些刺耳的词。

“哦，啥时放出来?”

“过两年。”

“还早呢……”

他们追问他为什么坐牢，他是个什么样的人。阿尔乔姆把弟弟描绘得很酷，无所畏惧。这样一来他自己也变得轻松了一些。

人还是那几个——格列贝奇、尼亚玛、措伊、维察。十五六个，似乎就是村里全部的年轻小伙了。

大家闷了很长一会儿，着了迷似的齐刷刷地望着在水面上低旋的老鹰。“你打算干什么呢?”格列贝奇得意地笑了笑，问了个新问题。

“什么意思?”阿尔乔姆又得通过追问来确认问题的含义；原来，大伙儿都知道他要去警察局的事了。

“什么意思?就是这个意思啊。你们家马上就要添丁加口了。瓦利娅走起路来都跟大母鹅差不多了……”

瘦瘦的维察穿着一件褪到看不出颜色的背心，哈哈大笑起来。大家都狐疑地盯着他。

“你号叫什么啊?”

“没，就是想起了那些女的。”

“什么?”

“瞧，她们刚开始都跟花儿似的，接着就成了鸟儿，然后是母鹅、母鸡、母羊，最后变成了母猪。”

大家勉强地笑了笑，显然这个说法早就有了，所有人都知道。接着他们就开始争论，生了三个孩子的女歌手瓦列里娅是真的还那么性感，还是被拍成那样的。关于她的年龄，大家的意见有分歧：有的说只有三十来岁，有的认为早就过四十了。对于这个讨论，阿尔乔姆很高兴——他打算干什么的问题被抛到了一边。况且，他根本就没考虑过，害怕考虑……

又开始玩“傻瓜”游戏了，不过很快就不玩了——每天都玩，早就腻了；互相往水里推搡——“进去泡泡”，“你自己去泡”。维察突然想到一个点子：

“要不，弄点儿草来试试?应该已经长起来了。这么热，天又干。肯定有了。”

大家都表示同意，并非多么想尝试，主要是因为无聊。包括阿尔乔姆在内的一部分人到林子里去捡柴火，其他人则开始找矮小细弱的大麻，把它们的顶梢掐下来。

为此他们点起了一小堆篝火，找到一个罐头瓶子，把它固定在一截树杈上——钓鱼的人通常都把这种枝丫插到河岸边的水底，用来放钓竿。维察把大麻弄碎，放在篝火上的罐头瓶子里烤。

“谁有烟卷?”格列贝奇问。

“没……”

“那往哪儿装?”

“呃——呃……”

“妈的！……”

“算了，弄到香烟里吧。”

“什么怪玩意儿……”

“吸起来嘎巴响,”维察看上去胃口很好的样子，小声地表示，像是在描述某种难得的佳肴。“好了，轮流来。”

的确，闻起来很香，很有饱足感。

“有啥用啊,”格列贝奇还是觉得失望，“总归没有烟卷……哦，季亚玛，你老丈人抽‘北海’烟啊。这样没劲，你去拿几根来。好歹能舒坦地吸上几口。”

阿尔乔姆已经站起身来了，可又坐回到了草地上。

“不，不行。他们又要给我找很多事。我都说了我去父母那边……他们老是让我不爽。”

“哦——哦，正常,”格列贝奇冷笑一声，“难题不少。”他瞅了瞅一群人当中年纪最小的那个,“喂，博尔特，去商店跑一趟?”

他们凑了五个卢布，递给博尔特，他一路小跑着去了。其他人默不作声地看着他绕过池塘。长吁短叹，又打哈欠又伸懒腰。措伊洗了洗散乱而黏糊的扑克牌，也就作罢了……离晚上还早呢。

是的，无论是父母家还是妻子家，阿尔乔姆都越来越不想现身了。盖房子的事情卡在了地基阶段，还没有完全弄好，水泥、从大老远运来的黏土以及碎石总是不够用；父母忙着采浆果和蘑菇。阿尔乔姆也跟他们去过两次，可他没出息。不会找蘑菇，看不到它们，无谓地在树木之间走来走去，只有当鞋子踩到了软软的东西，发出嘎吱的响声，他才明白又碰到了藏在青苔下面的卷边乳菇。采蓝靛果、越橘和黑加仑又会让他感觉不舒服：过几分钟就会打喷嚏，蚊蝇和蜘蛛网直往鼻子和眼睛里钻。阿尔乔姆蹲下身子摩挲脸颊，只想快一点儿回到搭建房，躺到床上去。

“我不行，”他向父母抱怨道，“总也不会弄。”

“那谁行啊？我吗？我行？”母亲带着哭腔答道。“我马上都快瘫倒了。”

阿尔乔姆嘟囔着辩解：

“这种事情从小就该教，到底怎么采，等到现在才……”

不知何故，这个说法父母倒是接受了——或许，他们也因为没有教过孩子而感到内疚。以前他们很少出城去：浆果、蘑菇和蔬菜都是在市场上买。并非是由于没有时间，所以才去市场，而不到乡间小屋和林子里去，主要是因为他们觉得负担得起在市场上采购。现在可是今非昔比了……

他们不再带阿尔乔姆去了，要么两个人去，要么就跟瓦利娅的父母一道。阿尔乔姆就在家打盹儿，或者去池塘边……他跟妻子的关系比较平稳。太平稳了，跟不太熟悉似的。甚至连睡觉都是分开来的——他在搭建房里，而她在露台上。瓦利娅解释说是因为有身孕：两个人睡在一张床上太挤了，容易压到肚子。

佳波夫家里人多，吵闹。瓦利娅的两个姐姐、她们十到十二岁的女儿，有时姐姐的丈夫也会来，都是身材壮硕、呆头呆脑、话不多的人，只会拍着阿尔乔姆的背问一句：“还好吧，兄弟？”大家都在屋子里和院子里晃荡，无所事事。喝酒，在菜园子里或者河滩上晒太阳，挖几下菜畦——但很快就不干了，跟老狗钱柜玩耍，它没过几分钟就不堪烦扰地躲进了亭子……有时他们会激烈地争吵，接着便在伏特加和腌西瓜的作用下和解了。睡饱了就走。过几天又来了。

瓦利娅越来越像两位笨熊一样的姐姐了——胖了，壮了，呆了。也不染头发了，金黄的发色慢慢变成了暗灰。脸上出现了褐斑。（“色素沉着，”她解释说，“女人怀孕的时候都有。”）阿尔乔姆对她没了兴趣……

他一边听着录音机里播放的老歌，一边想：“接下来会怎样？接下来就是生孩子、秋天、严寒。哭叫、襁褓……”他从来没接近过新生儿，没注意过世界上还有这种人……不，有一次他接近过，那是在公共汽车上。当时他二十来岁，刚服完役，跟很多退伍兵一样，他也想赶紧找个姑娘，结婚，组建家庭……阿尔乔姆倒没有特别去寻找，只不过有这个想法和愿望……他上了车，得坐好几站。他把钱付给售票员后就坐下了。车里有个孩子在哭。很小的孩子，裹在襁褓里。这孩子的哭让阿尔乔姆提前下了车，他宁肯步行。然而，哭的声音仍然刺激他的耳膜很长时间：“啊——哎——啊——哎——啊——哎！……”

现在，他经常想起那一次的经历……很快，他的儿子或者女儿就会那么哭号了——所有的孩子都这样，这次无处可逃。又不能下车，已经不在公共汽车上了，也不是一名普通乘客了。

八月底，从萨彦山开始有风刮过来。起初很舒服，很清新，没过几天就有了寒意，甚至有一种刺骨的味道。风刮来的方向，一片天空都变暗了。人们忙碌起来，采摘个头大的西红柿，把洋葱和蒜拔出来，有的人还挖土豆，希望在下雨之前能晒干，放进地窖里。

第一堆乌云往远处飘去，村子险遭冰冷雨水的浇袭，不过，空气中全是寒凉而刺鼻的潮气。风一停，就下起雨来了。时间不长，但来势汹汹，差不多是暴雨，接下来很多天都是小雨，挺少见的，看着似乎要停了，但还是在继续下。

阿尔乔姆在搭建房里受折磨，就像是在牢房里。他打开嘎吱作响的取暖器，等它稍微给空气带来一丝暖意就关了。长时间听这种嘎吱的脆响让人无法忍受……他把自己裹进厚实的被子里，在雨滴敲打树木、铁管和玻璃的慵懒声音中打瞌睡……城里的雨是另外一种——很容易躲开，很容易忘却它的存在。可是在这里，即便把耳朵塞住，使劲眯起眼睛，仍然无处可逃——甚至在温暖的屋子里也能感觉到雨的存在，不由自主地就会想象湿气如何袭击木板、圆木和房梁，侵蚀铁器、水泥板和混凝土……父母那边的地窖肯定被水淹了……夏天建起来的只有地窖和部分地基。要是按这个速度下去，过五六年才能盖到房顶。可到时地窖又塌了……

而且，本来就精神郁闷、无所事事、苦闷不堪的阿尔乔姆貌似又伤风了，牙痛。一开始只是觉得上排有颗牙齿有点儿疼，后来酸痛感加剧了，再后来可真发作了，让他一刻都不得安宁。疼痛感已经转移到了其他的牙齿上。

阿尔乔姆扛不住了，进屋去要止痛药，可是没有。丈母娘在热水里溶化了一点儿苏打，让他漱口。漱口也不管用，反而开始刺痛起来，牙床好像要开裂、爆炸……

“哎哟，那怎么办?!”丈母娘一边懊丧地问，一边在饼干盒子里的药物当中翻找。“听说该用碘酒涂。用棉签，哪里痛就涂哪里……”

瓦利娅坐在家里唯一的一张沙发椅上，腆着肚子，她瞅阿尔乔姆的眼光就像后者是在为一点儿小事折腾所有人。

“呃，那就用这个吧，”阿尔乔姆咽下略带涩味的口水，说了一句，“碘酒。”

折腾了半个小时也没能减轻疼痛，他就找父母去了。打算让父母给钱坐公交车，去看牙医……

刚打开门，还没进去，就闻到一股酒味。最近过来，他常看到父亲在喝酒。

这次跟父亲一起喝的还有尤尔卡。塔季扬娜老太太坐在自己的角落里看着他们的背影。母亲在屋里看电视。

“啊——啊，”父亲撇了撇嘴巴，“好啊，又来要钱了?”

在池塘边聊过一次，父亲提议阿尔乔姆去警察局工作，他却没表态；后来他又表示不会采浆果。这些事情过后，父亲对他的态度就明显带有鄙视了。不像以前那么发怒，但也不想帮他，不跟他商量自己的打算，也不提盖房子的事情。似乎在父亲的眼里，他就是一个无用的活物，扔不掉，但拖着往下走也没有意义，最好就是停下来，跟这活物一起找个支撑靠一靠……或许，现在他已经在白酒（确切地说是酒精）当中找到了支撑。而这让阿尔乔姆感到委屈，感到害怕。好像他真的被抛弃了。

“牙疼得厉害，”他抱怨，不太敢脱鞋往桌子旁边走，只得在门口磨蹭。“什么招儿都试过了……”

母亲从房间里走出来：

“怎么了？”

“牙疼，”阿尔乔姆抱怨得更厉害了，还摸了摸颧骨，“得去看医生。”

“用苏打漱过口了？”

“嗯……”

“该用酒精漱漱，”尤尔卡提议，不知是在开玩笑，还是说真的。“酒精包治百病……”

“脂油能止痛，”塔季扬娜老太太嗓音嘶哑地表示。

“啊？”

“把脂油放牙齿上……那个，阿尔乔姆，去把储藏间里的那个包取下来。”

……一只老旧的军用背包挂在天花板下，里面放着老太太珍贵的腌制脂油。仅仅在过节或者有人生病的时候老太太才会取出一小块来。

眼下，所有人都神情凝重地一言不发，看着她拿出裹在白布里的几块条状物，把布解开，认真观察。实话实说，脂油并不诱人，干瘪瘪的，铁红色的外皮就像是带着锈迹，并且粘满了盐粒……

“从这块上面切一点儿下来，”她递给阿尔乔姆一块脂油，“用热水冲冲，放到牙齿上。”

阿尔乔姆照着做了，但并不太相信脂油会起作用。他坐到凳子上，开始等。

“塔尼娅大妈，也给我们一小块？”尤尔卡请求道。“白酒就喜欢脂油。早就厌烦就着面包喝酒了。”

“拿去，”她把一块最小的放在桌子上，“为好收成干一杯吧。但愿今年光景不错。卷边乳菇、浆果和土豆都能丰收……”

阿尔乔姆感觉更痛了。“哦唷，”他蜷缩着腰，摇晃着身子，“盐哪能止痛啊，用盐只会更糟。这么刺激……”他忍不住用舌头舔掉粘在牙齿和牙龈上的脂油，还嚼一嚼，吮一吮。他想把脂油吐出来，然后再说去城里看医生的事。“可城里又能如何啊？”一连串的问题让他没吐出来，“去哪个医院？哪个医院给农民看病啊？”

“是啊，是啊，收成，”父亲苦涩地叹了口气。“两个月基本上全花在收成上面了，挣到什么了……根本就不值得操心。”

“什么叫不值得？”尤尔卡吃惊地问。“好歹能有一点儿钱的感觉。”

“这算什么钱——一百卢布。去一趟商店都不知道怎么花就没了。”

“嗯，这倒是……来，尼古拉·米哈伊洛维奇，祝你钱多得数都数不过来。”

“哦——哦……”

“感觉如何，乔马①？”母亲走了过来，“好些了？”

他皱了皱眉。

“想不想看会儿电视？不过屏幕有很多雪花，是不是因为下雨啊……”

“不想看。”

“算了……瓦莲京娜怎么样？”

“哦，就那样吧……基本上都躺着。”

“她已经有七个多月了，是七个多月吧？”

“嗯……”一说话就疼，尤其是说这件事，感觉更不舒服。“肚子很大……哎哟，”他摸摸腮帮子，“根本就没好转。”

“等等，等等，”老太太回应。“不可能马上见效，但过后很长一段时间都会消停。我这把老骨头都要散架了，经常生病，可哪儿都不痛。因为我稍微感觉不对就用脂油。”

……确实，慢慢地没那么疼了。过了一个钟头，阿尔乔姆已经忘记牙齿的事了。跟父亲和尤尔卡坐着喝酒，吃菜。没专门聊什么话题，主要还是唉声叹气、长吁短叹、嘟嘟囔囔，像是在咒骂：“哪怕是雨停了也好啊。所有计划都给打乱了。”

---

① 男人名“阿尔乔姆”的小名。

突然，尤尔卡把嘴凑到阿尔乔姆耳朵旁边，请求道：

“要是去城里，买点儿避孕套。”

“什么?”

“呃，不想让老婆又怀上啊。没能耐把他们都拉扯大……买不买啊?”

“得了，买。”

“你可得努力，”尤尔卡拍了拍他的肩膀，“使劲地生孩子。你还年轻，你行。”说着他把剩下的酒都倒了出来。“来，为孩子干一杯！其他事情不管，他们才是最重要的。”

“嗯，是，”父亲又叹了一口气，“说得对啊。”

第十四章

叶尔特舍夫在城里习惯了的真正意义上的秋天根本就没有。奇怪，相隔五十公里，一个山口的距离，无非隔了一座不高的山峰，可是气候却全然不同。干燥的气候……八月二十五号开始下雨，然后就下啊，下啊，逐渐变成了雪。雪花飞舞，还没落地就化了，地面还挺暖和，然而，冬天的气息却一天天地越来越浓。萨彦山上估计已经是冬天了，它也只隔了五十公里。

天空中满是乌云，植物开始枯萎，叶子还没有黄，但它们明显已经没了生气。人们把土豆和胡萝卜从地里挖出来，在洗澡间和门厅里晾干，夜里得给它们盖上一块布。人们都希望在把它们储存到地窖之前，严寒千万不要来临。

“你们这儿九月份一直都这样?”尼古拉·米哈伊洛维奇一边发愁地在炉子旁边抽烟，一边问，自己也不知道问的是妻子还是姨妈。

通常都是妻子作答：

“我不记得了。过了这么久……好像也有太阳。”

叶尔特舍夫冷冷一笑：

“小时候什么都更好。”

塔季扬娜姨妈坐在那儿，愣愣地盯着远处。大概在回想自己的什么事……

尼古拉·米哈伊洛维奇就像被困住了一样，在屋里走来走去，不停地抽烟，一副神叨叨的样子。他明白，因为下雨而咒骂大自然其实很蠢，因为生活落到了这般田地而咒骂命运同样很蠢。他经常想起哈林夫妇：

“混蛋，真想宰了他们！本来墙框都可以弄起来了，可得等他们的……‘快把油锯、圆木和水泥搞来啊。’浪费了两个月！……”

他偶尔也会坐到电视机前，不过，屏幕上看到的一切总让他走神。全是唱歌、喜剧演员、广告里的半裸姑娘和自信男人、充斥着枪战画面的电影、犯罪新闻。尤其是这些新闻最令他抓狂——各个频道都是放肆的抢劫犯、连环杀手、人贩子、拎着一箱箱现金和海洛因的毒贩……叶尔特舍夫会想起自己在警察局的工作。

干了差不多三十五年。三十五年——真正的罪犯一次都没碰到过，连一个歹徒都没见过。都是些小流氓、家庭纠纷的当事人以及酒鬼、酒鬼、酒鬼。在醒酒所如此，之前也是如此……“结果呢，”尼古拉·米哈伊洛维奇嘀咕，“结果如何……只能灌酒。”

糟糕的天气，无能为力、无所事事的感觉都让他想喝酒。没料到五十五岁的他居然能变成酒鬼，其实从来也没喝得烂醉如泥，不过，清醒的时候要想入睡越来越困难了，失眠让他辗转反侧，难受不堪，妻子也让他不舒服，已经很久没有和她亲热了，尽管叶尔特舍夫感到自己雄风犹存。在这里，在乡下，尽管经常愤愤不安，可他却奇怪地变年轻了。不过，怎么可能亲热啊——老太婆就在薄薄的墙壁后面翻来覆去，他们每动一下，破旧的沙发床都会咯吱作响……那就不能跟瓦莲京娜躲到什么角落里去吗？……又不好意思两个人一起去洗澡间，而且，那里根本就容不下两个人：窄小而简陋，还有个炉子……这个冬天怎么洗澡啊？浴床倒是修好了，可又有什么用呢？这无法改变脏乱的现状。

尼古拉·米哈伊洛维奇穿上防水外套，到村子的另外一头去买酒精。买回来后便整晚都坐在那儿，不慌不忙地喝了一杯又一杯。

姨妈在角落里晃啊，晃啊，一直盯着某处看。也许是想起了自己二十多年前死去的丈夫，或者是同样早就过世了的两个儿子和一个女儿……关于她的家人，叶尔特舍夫几乎一无所知，也没有兴趣去了解，准确地说，根本就没问过她和妻子。自己的事情都顾不过来。

大事应该很快就会发生，日子在一天天逼近——尼古拉·米哈伊洛维奇每时每刻都在等待，儿子突然就会冲进来喊："瓦利娅开始阵痛了，得送去！快！……"然而，阿尔乔姆没来，尤尔卡的妻子却来了……

这一天多多少少还挺适合干活的。虽然天空还是灰蓝一片，但没下雨，微风没有停歇，吹干了地面。叶尔特舍夫开始清理八月份买的木板——得给它们找个过冬的地方，盖上油毡纸，免得被弄得太湿了……现如今只有等到春天它们才派得上用场。当然，如果上帝开恩。

尼古拉·米哈伊洛维奇忙活着搬木板，偶尔瞟一眼“莫斯科人”，而后者就像责备他似的用自己浑浊的前灯瞪着他……是的，它得在马路上过冬了。得买个帆布罩——好歹能稍加保护……“能有什么保护啊?”叶尔特舍夫跟自己生气。“该建个车库才是。什么都该建。所有东西都该弄新的、结实的、暖和的。喏，就在这儿，新房子的左边，盖个车库，紧挨着，比方说，一出厨房就能到车子跟前。最好搞个锅炉，用固定在墙上的暖气片取暖，实在是大有益处……”

他沉浸在设想中，真挚而鲜明，也故意要用这些设想提升自己的情绪。这时，有人敲院子门，声音很大，很急促。金哈叫了起来，一开始有点儿害怕，随后就又欢喜又凶狠地应着敲门声冲了过去。“阿尔乔姆来通知生孩子的事了，”叶尔特舍夫放下木板。

然而，门后不是儿子，而是一个女的。

“您好，我是柳德米拉，尤尔卡的妻子。”

“嗯，记得。您好。”

“尼古拉·米哈伊洛维奇……”女人看似平静，但似乎有点儿过于严肃了。不过，在她这个名字加父称的称呼里包含着某种可怕的气息……叶尔特舍夫准备告诉她，他已经几天都没见过她丈夫了，可能在喝酒，但没跟他一起喝。女人抢先开了口：“尼古拉·米哈伊洛维奇，尤拉①死了。”

……尤尔卡躺在俱乐部前面的台阶上。台阶上方有遮阳棚，经常都有一些男人和小伙子坐在这儿喝酒、抽烟。此时此刻，周围满是空烟盒、塑料袋、破杯子……尤尔卡的面孔呈现出褐色，接近黑色。“触电了？”尼古拉·米哈伊洛维奇琢磨着走进围着台阶的半圈路人，停下了步子。

“被酒精烧死就是这个样子，”有个男人说了一句，仿佛是在回答叶尔特舍夫的疑问。

“嗯，是——是，”有人沮丧地叹了口气，“还挺年轻的。”

叶尔特舍夫惊诧于周围人的反应——他们站在那里看着尸体，就像看到的是稀松平常的东西一样，就连柳德米拉也没有哭号，没有摇晃尤尔卡，叫他站起来，没有在狂乱的绝望中拍打他，而是跟其他人一样站在那里望着。可是，对她而言，丈夫（爱与不爱是另一个问题）的死让她和孩子的命运完全被改变了。孩子们也在场，也很平静……村长来了，村警和医生也来了。他们都站在那儿看着。

“该去打电话，”尼古拉·米哈伊洛维奇朝四周看看，挤出了一句，“通报这个情况……”

“打过了，”村长回应道，“人家说，如果愿意，你们可以送来解剖，如果不愿意，那就算了。死亡证明由伊琳娜开具。”

“有什么好解剖的？”刚刚貌似回答了叶尔特舍夫问题的那个

---

① 男人名“尤里”的小名。

人又说道。“酒精烧死的——就这样。他也没个分寸。”

就是否要把尤尔卡送到城里去的问题产生了小小的争论。大家疑惑地看了看亡者之妻，而她回复给大家的同样是疑惑的目光。

“别啊，你们怎么这样？”尼古拉·米哈伊洛维奇从梦游般的茫然中醒悟过来。“必须送去，让他们查明原因。万一是中毒呢，或者其他原因……”他走到村长跟前。“您是这里管事的不是？……弄得跟中世纪没两样！”

“我没车，”村长马上打断了他的话。“他们不愿意上门。说得自己送去……”

叶尔特舍夫很快就后悔了，不该介入此事，主动提出往城里送。事实就是，除了他，没人能把尤尔卡送去。村里连一辆公务车也没有。村警被要求一同前往，他迅速写好了记录，跑去换制服了。

尼古拉·米哈伊洛维奇很想拒绝，可就在此时柳德米拉却哭了起来，开始求他，把孩子往他跟前推，让他们也求他。现在他们好像又认为解剖非常重要，能把丈夫和父亲还给他们……叶尔特舍夫一边小声地咒骂，一边把车开到了俱乐部，在后座上铺了一块盖布，勉强把僵硬的尸体给塞了进去。幸好尤尔卡死的时候是半坐的姿势……此时此刻，尼古拉·米哈伊洛维奇变身成了多次倒腾过死人的警察，只有他能把尤尔卡给塞进去。包括村医在内的其他人帮忙的时候表现得都很谨慎，嫌脏。

“我可不能再做什么了！要把他弄回来？……还是就在城里

埋？弄过去就算完事了，管他接着怎么办呢……”同时，叶尔特舍夫也感到内疚——也不是内疚，就是觉得尤尔卡出事跟自己有关：最近几个星期他们总在一起喝酒；尼古拉·米哈伊洛维奇睡了，尤尔卡肯定会去找新的酒伴，喝的都是垃圾，所以才被烧死了。

“幸好不是在我那儿死的，”他马上感到一阵庆幸，“否则现在我肯定会被追问……给他喝什么了，尤尔卡啊，尤尔卡。”叶尔特舍夫往后视镜里望了一眼，差点儿没控制住“莫斯科人”：死者好像正在透过半闭的眼睑盯着他。“该把脸遮起来……过后得把车厢好好地洗一洗。”他踩了一脚油门。

……过了两天他又一次奔波在了这条路上。后座上是不停呻吟的儿媳妇——开始阵痛了。

尤尔卡的死出人意料地给塔季扬娜姨妈留下了深刻的印象。她变得更活跃了，反应更快，话也更多了，时不时地列举：

“那年维塔利卡·波塔波夫死了，三十岁还不到。萨纳耶娃的儿子奥列什卡被他亲叔叔杀了。不过奥列什卡是个野孩子，什么都敢偷……，那个，格卢什科夫，喝酒给喝死了……好多人都死了，不停地死人……打仗的时候我们穆拉诺沃村死了十七个男人，喏，俱乐部旁边有个纪念碑。上面有十七个名字……不过那可是打仗啊，那么多机关枪、坦克，可现在，算下来最近五年死的人还不止那么多……这算什么啊——这样下去就都死光了，自相残杀也都杀光了。”

“得了，您别总说这些晦气的事了！”尼古拉·米哈伊洛维奇没忍住。“都不长脑子，所以才死了。”

“这样下去得死多少人啊？这样下去所有人都……”

“不是所有人。也有正常的。不是所有人都没日没夜地喝……也有干活的。”

“干活的也受苦，”姨妈不依不饶。“那个奥列什卡·萨纳耶夫，所有的院子都被他翻遍了。从东家偷这个，从西家拿那个，弄到城里去卖钱，有的时候干脆就在这儿卖——到处逛，到处推销。他居然溜到自己的叔叔家去了，他叔叔养兔子。结果用大叉子把他给戳了。黑漆漆的，他没看见是他侄子。可能就是想吓唬吓唬，可却戳到了要害。救护车都没等到。全完了——一个家里死了一个，还有一个坐牢……判了七年，对，叫鲍里斯。他也没否认：人是他杀的，他有罪……听说奥列什卡的朋友们放了话，他一出来就把他也……如果那些人能活到那天的话。”

没过多久姨妈就不愿意跟家里人聊了，她开始去找其他老太太。回来以后花很长时间在柜子里翻找，一边挑自己的衣服，一边跟瓦莲京娜悄声说话。后者既生气又哀怨地打断她：

“哎哟，您得了！别瞎说。”

“不，你听我说，”姨妈固执地用嘶哑的声音说，“我希望看上去体面一点儿。活了八十多岁，过得也不比人家差，现在死也得死得体面……不能跟条狗一样躺到墓地里去……”

“别——瞎说了。什么狗不狗的……您看到我们现在的情况了？您还……”

“唉——唉，瓦利娅，让我把话说完。”老太太又压低了声音，传到叶尔特舍夫耳朵里的只有只言片语：“喏，穿什么……我跟格奥尔吉耶夫娜还有尼娜·谢苗诺娃……洗干净，放到一起……已经快了，瓦莲卡①……”

她唠叨这些不是一两次，而是不断重复，似乎怕外甥女忘掉或者不去做。

交代完了过后，她就睡到床上去了，一躺就是几天几夜，让瓦莲京娜没法好好地做饭、洗碗，更让尼古拉·米哈伊洛维奇没法在厨房里待。有个人躺在那儿，总会觉得受约束。她躺在那儿，叶尔特舍夫就只得跑到院子里，或者到隔壁房间去。

不过，老太太躺了一阵，发现等不到死，便又爬起来了，继续去找她的格奥尔吉耶夫娜，还有尼娜·谢苗诺娃，然后再到柜子里翻腾，用耳语折磨瓦莲京娜的神经。

她的这些死亡尝试让尼古拉·米哈伊洛维奇感到愤怒——她玩的游戏似乎没把自已搞得精疲力竭，却把周围的人都折腾得够呛。或者说，她根本不是在玩游戏，就是在折磨他们——那些突然之间搬进来，让她受挤、令她生气的人，那些把她赶到餐柜和炉子中间的角落里住了一年的人。她受够了，开始……

“哎哟，到底什么时候啊……”她再次从床上起来，搓了搓被压麻的手肘和肋部。“在那个世上我都被记过无数次旷工了，可我还在这个世上……”

---

① 女人名“瓦莲京娜”的小名。

“行了，您能不能别再说了，塔尼娅姨妈!”瓦莲京娜打断她。“您哪里疼？告诉我，我去买药。或者叫医生？……瞧，哪儿都不疼——秋天到了，就是这样……大家都不舒服……您都抱曾外孙子了。罗季翁，名字不错，是吧？很快我们就把他抱过来，您看看他，还得带他呢。”

“哎哟，哎哟，”老太太摆摆手，朝着门口挪过去，把脚伸进大大的旧毡靴里，套上短棉大衣，打开门，慢腾腾地走到门厅去了。从外面往屋子里刮进一股晚秋的刺骨凉气。

第十五章

是的，叶尔特舍夫一家到这儿已经一年了。当初，他们从货车车厢里卸下物件，塞进小房子，坐到桌旁吃了在这里的第一顿饭。与那时相比没有什么大的变化……不，外在的变化当然不少：阿尔乔姆结婚了，而且已经生了孩子；尼古拉·米哈伊洛维奇和瓦莲京娜·维克托罗夫娜已经从仓促搬家的惶恐中恢复过来，开始盖新房子了……不过，日常的生活却没有变得更轻松。或者说已经变得更轻松了？……阿尔乔姆住在妻子家里，这件事有好处也有坏处。坏处就是他没法帮忙干家务，时不时地才回来一次，这样一来，盖新房子的速度就比应有的速度更慢。而好处就是……完全不敢想象，他们三个直到今天还睡在同一个屋子里，这儿本来就已经转不过身来了。最初几个月当然非常可怕……不过现在也没有好转。没有。他们还是没有变成农民，每天都在经受考验。还有姨妈的古怪举动，她自己快疯了，也快把他们逼疯了……

跟一年前一样，很长时间都没下雪。严寒折磨着土地，以至于它都开裂了；天空灰褐色一片，即便到了中午也搞不懂太阳在哪里。一切都死气沉沉的，令人生厌，每件小事都做得很勉强——所有事情都让人感到憋闷，仿佛突然之间他们已经不在地球上，而是到了某个想象中的冥王星。“是阿列克谢·托尔斯泰写过这么一部小说？”瓦莲京娜·维克托罗夫娜想要回忆自己在图书馆工作的过往。“还是威尔斯①写的？……”

尼古拉经常到林子里去，用后备箱、车顶和车座拖枯枝和倒伏的树木。阿尔乔姆过来的时候，他俩就把它们锯成一截一截的，然后再砍成劈柴。一开始儿子喜欢上了劈木柴，不过，自从他被板斧弄伤了脚，对此事的态度就冷却下来了……柴火已经够了，再加上塔季扬娜姨妈是卫国战争期间的后方女工，所以还给她运了一车煤来；尼古拉则不停地把枯树枝拖回来，锯断（阿尔乔姆不在的时候他就一个人用手锯加工），砍好，码放成大小差不多、整整齐齐的柴垛。他好像是在通过这样的方式来躲避忧郁和绝望。可是忧郁却近在咫尺，只要有机会，只要他陷入沉思，回想过去，它就会在一瞬间袭来，折磨他，吸尽残留的力气……

瓦莲京娜·维克托罗夫娜也尽量不让自己闲着，即便有时没什么事情。她尝试做针线活，而以前都是把这个当成消遣。现在她则说服自己必须做——孙子的小衣服、枕套、手绢。可她想到的却是阿尔乔姆和杰尼斯小时候的样子，他们那些小衣服、床单、玩具，于是她就会忍不住哭起来。不敢号啕大哭，而是悄悄地流泪，担心自己的情绪影响到丈夫。那可怎么办？大家都哭天喊地，撕扯头发，上吊自杀……

① 赫伯特·乔治·威尔斯（1866—1946），英国作家。

一年当中她只去看过杰尼斯一回——错过了一次机会，虽然他服刑的地方并不远，坐火车要不了一天。之所以耽搁了，是因为日复一日，总是在跟不尽如人意的现状做斗争，在忙活阿尔乔姆结婚的事，在采集和贩卖浆果、蘑菇，在等孙子出生，况且自我感觉也不舒服。

看来，这种奇怪的无力感并不能只用生活条件和阴郁的秋天来解释。身体本身也在发生变化——总是想喝水，但一喝就感觉恶心，喉咙堵得慌，觉得憋闷，全身都在敲警钟、抱怨、请求帮助……她不敢承认自己生病了，由于害怕，她也不去检查。她希望很快就能恢复。恨不得某天早晨一起床就感到神清气爽，她自己和家人一切如意。

给儿子寄了包裹和钱……上次见面时，杰尼斯说，他还好，正常干活，不过他们也别指望他能提前获释——管教人员对每件事情都吹毛求疵，一点儿小事也会把人往隔离室里拖。对于他们搬家的消息，他表示理解，回应说："我们不会走投无路的。"总之，最近一段时间他更成熟了。杰尼斯挺可靠的，就像瓦莲京娜·维克托罗夫娜年轻时认识的那些男人一样，而他们中的许多人都上过战场。现在这些孱弱的小伙子，完全没法跟杰尼斯相提并论……

或许，他当真可以让他们的生活回到正轨。他回到家，环视一圈，卷起袖子，鼓动父亲和阿尔乔姆……不过，还得等很长的时间，差不多还有两年。其实两年算什么？他们到乡下都一年了，就跟过了一个月一样，还全是困难的日子。往后过得更快。

最初他们几乎天天都去佳波夫家，看孙子，逗他，给他送小礼物。可在很多事情上他们都有争论，一开始是因为名字（叶尔特舍夫夫妇不喜欢罗季翁这个名字，可亲家却很想取这个——看来，这是他们家惯用的男孩名字）；应该怎么包裹孩子，他们争个不停；喂什么给他吃，他们争个不停；怎么对付孩子便秘，他们争个不停……叶尔特舍夫夫妇总是争不过：他们是客人，孙子住在瓦利娅家，阿尔乔姆也差不多是寄人篱下。他在厨房里瞎晃悠（搭建房太冷了，“旋风”取暖器也不管用），有时做点儿事：要么挑水，要么取柴火，要么递个盆子或者热一下奶瓶。而瓦利娅跟她母亲则整天围着孩子转，叶尔特舍夫夫妇只能透过她俩的脊梁看看摇篮里的孩子……

渐渐地，瓦莲京娜·维克托罗夫娜越来越不想去村子另一头了，因为没机会好好地带一带孙子，跟他在一起的快乐也就越来越少。

……没有积雪的黑土地以及骨头架子一般的树木都令人惆怅，可是下雪过后就更惆怅了。冬天难熬，总想打盹，但又睡不踏实，总不至于一天睡十二个小时吧？电视屏幕全是雪花，声音不稳定——看电视已经不是休息，而成了受折磨。据说转播站出故障了，但没人打算来修理；商店旁的木板上贴出了告示，可以安装卫星电视接收器，能收到七十二个频道。价格是三千多一点儿，包括安装和调试……叶尔特舍夫夫妇装不起。

钱在不断地蒸发，永远都是不知不觉就花出去了，弄不清都花在哪儿了。当然，在婴儿身上花了一些，买吃的，加汽油，购置过冬的衣服。可还是觉得纳闷—— 一边算计，一边感到惊讶……

积雪把通往林子的土路盖住了，拖柴火已不可能。丈夫待在家里，把旧报纸翻得哗啦啦响，也翻看家里的书，长时间地在炉子旁边抽烟。一周三四次去买一瓶勾兑的酒精，独自慢酌，然后爬到沙发床上去……

又一个无聊而空洞的日子快过去了，尼古拉久久地在小厨房里踱步，而后停在了已经躺在床上两天的姨妈面前：

“您听我说，”他懊丧而愤懑地开了口，不过，在瓦莲京娜·维克托罗夫娜听来，他的话也带着同情，“我们把您送到医院去吧。干吗既折磨我们又折磨自己呢？医院能治病，有维生素。得想想办法了。这样下去大家还能撑多久？这像什么话啊——就好像一直跟死人待在一起……”

姨妈似乎想起身，可折腾了一下就消停了，接着便用虚弱的声音答道：

“是啊，我也想啊……可没办法。我已经……”

“那可不，去医院里治治。”

“科利亚，你再忍一忍。我想在这里走。我在这里过了一辈子，就让他们把我从这里抬出去吧。”

瓦莲京娜·维克托罗夫娜在隔壁房间听着，没有掺和，只是怯懦地屏住了呼吸。

“这话说的，”丈夫的声音。“大伙儿都得被抬出去。那我们都睡下来等着。”

姨妈咿咿呜呜地哭了，没有泪水：

“死不了难道是我的错啊？……活也活不成，死也死不了……”

“您干吗又扯到死上面去了?！您出去瞧瞧，呼吸呼吸空气，还有雪的味道。坐到自己的椅子上去。干吗偏要两手交叉着躺在这儿呢?”

姨妈不再答话，只是发出干瘪的抽噎声，就像是要把卡在喉咙里的东西咽下去。

尼古拉坐在桌边，背对着她。压了压手指的关节，握了握拳头，望着石灰抹得凹凸不平、满是细小裂缝的墙壁。然后站起来，从冰箱里取出酒瓶、一盘白菜和吃剩的熏肠。

“得——了，”他嘟囔了一句，不知是妥协还是威胁，“得——了……”

第二天姨妈起来了，不吃东西，甚至连厕所都不上。坐在自己的位子上，冷漠地摇晃着。天快黑的时候，她穿上暖和的衣服，出了门。因为太虚弱，没能一下子就把门打开。

“您这又是去哪儿啊?”瓦莲京娜·维克托罗夫娜把她拦了下来。

“去找纽拉……谢苗诺娃。聊聊。”

“外面冷，”尼古拉说。“雪都到膝盖了。您一绊就得摔。”

“我，我……能行。”

“送送您?”瓦莲京娜·维克托罗夫娜赶忙去取大衣。“上帝啊……”

“等等，”丈夫突然跳了出来，“我去。”

“得了，你干什么……”

“我去送。”尼古拉·米哈伊洛维奇的音调让瓦莲京娜·维克托罗夫娜不得不从衣架旁边走开了。

在他穿皮靴，套上自己那件旧旧的警察大衣的当口儿，姨妈已经走了——能听到干雪在她脚下嘎吱作响的声音，响亮得有些古怪了……

“哦，去追啊，”瓦莲京娜·维克托罗夫娜催促道。“真会跌倒……”

“那又如何？你喜欢这样啊？每天都要演一出……”尼古拉转身朝阴暗的门厅走去。他“啪”的一声关上门，天花板下面的寒气都翻腾了起来。

……瓦莲京娜·维克托罗夫娜走进厨房，整理了一下姨妈床上的被子，坐到桌旁……觉察到自己不同寻常的状态，她愣住了：既紧张，又有点儿害怕，并且还亢奋而舒坦。小时候，新年的前一天晚上她有过这种感觉——三十号晚上，新年枞树已经布置妥当，等待即将到来的奇迹，很想睡觉，但得强忍住，脑袋里各种念头在交锋，你的眼角仿佛已经瞟到了（直接看比较可怕），已经很近了——就在屋角或者窗帘后面藏着一个人。要么是严寒老人，要么是森林里的精灵……瓦莲京娜·维克托罗夫娜悲哀地摇了摇头，说了一个年轻时总喜欢重复的词。现在看来，当时这么说没有任何理由。

“神经。”

她站起身来，从柜子上取下药盒，翻找可尔瓦乐①。滴了几滴到杯子里，用水化开。走进房间，打开电视。

“如果您生活不顺，”一个肩披爱丁堡围巾、脸颊红润的中年女人从屏幕上投来执着的目光，她用诚挚的声调建议道，“抓一只青蛙放在手心，屁股对着自己，朝它的背上吐三次，扔掉它。所有的倒霉事就都随它而去了。”

瓦莲京娜·维克托罗夫娜冷笑一声：

“谢谢！”她换了一个频道，可这个频道跟其他的一样，全都是雪花。

她关掉电视，回到厨房里，可能还有脏盘子……得让自己分点儿神……没有，炉子后面的小桌子上是空的。她坐到姨妈的椅子上……灰尘扑扑的挂钟令人不安地嘀嗒作响，钟摆平稳地来回摆动……要这个旧钟干什么？嘀嗒，嘀嗒……如果有人在，或者有事忙，还不太会听到它的声音，可是，现在这声音就像小锤子一样敲击着脑门……

大概过了四十分钟，尼古拉回来了。他一边大声地用鼻孔出气，一边脱外衣，然后从口袋里掏出一个酒瓶和一罐秋刀鱼，放在桌子中间，搓了搓手。

“来，睡觉前咱们喝点儿。腌菜有吧？要不我到地窖去弄点儿上来。”

瓦莲京娜·维克托罗夫娜对他说话的语气感到吃惊，并非很

---

① 一种镇静与血管扩张剂。

快活，而是某种故意强调的自己做主的语气。她打开冰箱：

“有黄瓜。白菜……把姨妈送过去了？”

“哦——哦。”

“天都快黑了，她还去哪儿啊……真是的。”

“得了，管她呢。”尼古拉点燃了香烟，没像平常一样坐在炉子旁边，而是坐到了桌子旁。“她活不长了。再忍忍……把里面的东西都拿出来。胃口全开了。估计是被冻的……哦，那雪哦，太容易被绊倒了！……”

他俩好好地坐了一会儿。大概在过去的一年当中也没这么舒坦地坐过；这一次，回忆也不再令人感伤，而是恰恰相反，给予了他们支持和帮助。

瓦莲京娜·维克托罗夫娜瞟了一眼挂钟，十点都已经过了。

“姨妈怎么到现在……”她有些不安。“不会出事吧？要不，出去迎一迎？”

“坐着吧。”尼古拉添满酒，各自基本上都是满满的一杯。“会回来的，她还能去哪儿？万一怎么了，其他人也会来的……来，瓦利娅，为我们的日子开始好转了干一杯。当然，都是渐渐地、慢慢地，可好歹有动静了。”两人碰了杯。

……瓦莲京娜·维克托罗夫娜刚想起身，突然之间一阵醉意袭来。自己醉成这样，她有些不好意思，悄悄一笑，吃力地爬到沙发床上，衣服也没脱就睡下了。丈夫躺到她旁边，抱住她，往自己这边拽。

“一切都会好的，”他轻轻地耳语着。“一切都会好的……”

第十六章

从妇产医院把孩子接回家的最初那些日子给阿尔乔姆带来了一种奇怪的感觉：似乎很忙乱，经常都很紧张，夜里孩子一哭自己就得跳起来，没听到呼吸声同样也得起身……似乎累到了极点，不过，这种累很容易就克服了。大概是因为处于一种全新的状态，这也是一种全新的劳累。

诚然，阿尔乔姆的力气没撑多久——才过了几个星期，只要一逮到机会，他就往床上倒。白天躲进搭建房，把脑袋埋进被子里小睡，连容易受冻的危险也挡不住他。“管他的呢！”他一边委屈地嘀咕，一边用毛衣的袖子遮住鼻子……

他倒没被冻着——永远都有事情，不停地喊他，让他做这做那，有时他们对他还挺生气的：

“喂，你怎么蔫蔫儿的?！孩子得照顾。是你的孩子啊，想干吗啊?!”

阿尔乔姆叹了口气，揉揉眼睛，“为了孩子”——去挑水，晾晒洗过的衣物，把柴火搬进屋子，清扫院子里的积雪。

有时候父母过来，看到小小的罗季翁便很高兴，对此阿尔乔姆有些气愤，有些愧疚，或者说是有些嫉妒……他自己对小家伙没什么感觉，除了嫌弃；晚上妻子和丈母娘给小家伙按摩，他就会掉过头去，胃里一阵恶心。

“干吗撇嘴啊?”格奥尔吉·斯捷潘诺维奇帮他打气。“你小时候不也这样啊，呵呵。挺像你的，小阿尔乔姆跟你就是同一个模子刻出来的。”

老丈人不断提醒孩子是他的，这反倒让他起了疑心……是的，瓦利娅怀孕的那几个星期，他们几乎每天晚上都要亲热，可一天之中的大部分时间他们是见不着对方的。他倒罢了，可她呢？那些小子跟塔季扬娜姨妈都说过，她以前玩得可疯了。或许那几个星期她也在玩。白天跟本地人，晚上则跟他……再说了，他们怎么判别孩子像谁，不像谁？小脸蛋儿皱巴巴、红彤彤的，鼻子、嘴、下巴都不太看得出来；身体就像是某种幼虫，小手和小脚跟几截肉肠差不多。两条腿中间有根小鸡鸡。眼睛忧郁而专注，但目光有些奇怪，两个眼仁儿往不同的方向瞟。

“瓦利娅，”阿尔乔姆实在没忍住，“他是斜眼?”

“你才斜眼呢！很多刚出生的孩子都这样，懂啦？斜眼……不准这么说，听到没有?”

“听到了。”

让阿尔乔姆感到最吃惊也最不舒服的便是妻子的粗鲁。几乎他的每一个问题都会引起这样的反应。不是正常交谈，而是用话把你给灼伤……他们好久都没亲热了。阿尔乔姆也不想。除了想自己待着，别的什么都不想。

他们跟罗季克[1]睡一个屋。瓦利娅的父母隔着薄薄的墙壁在那边呼吸、打鼾，厨房的暖炕上，老太婆——丈母娘的母亲——在那儿忍受着失眠的痛苦……甚至有时阿尔乔姆不小心碰到了妻子，她都会又气又怕地悄声回应说：

"你干什么?!把孩子吵醒了……等星期六去洗澡间……"

"瞧，摩尔人[2]该干的事情干完了，"阿尔乔姆有时就想，"盼望已久的孩子出生了，可以打发掉了。"

得知塔季扬娜姨妈有天晚上去找熟人，过了一个小时没回来，过了一个星期还没回来，阿尔乔姆急忙赶到了父母家，躺倒在空床上。

母亲当然很担心。跑去找过村警，也写了寻人启事。村警到街上转悠了一圈，问了问邻居，就消停了……母亲的担忧就快变成绝望了，父亲却来火上浇油：

"现在怎么办？把雪堆都挖开？人如果感觉快要死了，那他自己也想走。她大概就……她在这儿可受罪了，而且还折磨我们。"

"好歹……"

"好歹什么？什么啊？"父亲有些性急。"如果仔细想想，幸亏如此。她要是再活一阵子，大家都会疯了……阿尔乔姆至少可以睡个好觉。"

---

① 男人名"罗季翁"的小名。
② 近代欧洲人对非洲西北地中海沿岸城市中的伊斯兰教徒的泛称。

母亲渐渐地也就认了。老太太失踪大概两个星期过后，他们开始整理厨房。把老太太的药瓶以及挂在床沿上的那件自己缝的褂子都扔了，取下墙上的挂钟，把柜子里乱七八糟的东西都清理了……又过了一个月，快到新年的时候，基本上都快把老太太忘了，也没什么东西能让人想起她。就连味道几乎也消散了。

帮他们忘记老太太的还有村子里发生的事。尤尔卡的老婆突然开始梦见丈夫。确切地说，第一个梦到尤尔卡的是他的朋友兼酒伴万卡·卡拉绍夫，接着才是柳德米拉。梦境可不简单，万卡和柳德米拉就开始在村子里闲逛，跟别人说这些梦，让人出主意……有一次，阿尔乔姆在父母那里撞到了这两位。

"正睡着呢，"万卡瞪大了眼睛，仿佛一切都是刚才发生的，"嗯，晚上喝了点儿……正睡着呢。"啪"的一声，我突然就到了咱们那个墓地里。我看见从尤尔卡的坟里支棱出来两只靴子。不是靴子，那种……"

"他们叫旅游鞋，"寡妇提醒。"得记住啊……"

"嗯，哎哟……"他装出尤尔卡的声音："'万卡，跟柳德米拉说一声，让她帮我换双鞋。我一直都讨厌这种旅游鞋，不喜欢穿，她干吗让我穿着它们进坟墓?'我在梦里差点儿没吓得尿裤子……醒过来的时候都汗透了，躺在黑暗中瞪大了眼睛。梦得就跟真的一样……一直到早晨也没睡着，一大清早我就跑去找柳德卡①，把这些告诉她了……"

---

① 女人名"柳德米拉"的昵称。

"第二天夜里，"寡妇接过话茬，"我也梦到了同样的事情。不过这次是我在墓地里走……只要一睡着，就重复这个梦……不，我不是臆想的，"她注意到叶尔特舍夫夫妇的眼神，"不是。这是另外一回事儿……有过这种事啊。电视里讲过好多……我大概五年前给他买的旅游鞋，进城的时候在市场上看到的。价格便宜，式样讨喜，我就买了。可他……尤里，怎么也不肯穿。他往杂物间一扔：'等儿子长大了给他们穿吧。'可那时……埋他的时候，"从她的嗓子里已经听出了哭音，但她强忍住没哭出来，"埋他的时候，我就想给他穿上……没什么好鞋子，而且这双是新的，连褶子都没有。可是现在……他在那边……从那边还……"她还是哭了，低声地道歉，用手帕擦眼泪，一边忍住不再哭，一边哽咽。"不让我安心，要把我给逼疯。"

"所以我跟柳德卡商量了一下，"万卡·卡拉绍夫用充满信任的语气轻声地说道，"也跟其他人商量了……要不，咱们开棺把他的鞋子换掉，如何？要是有必要，这样做是可以的……我们找过村长，他只哼了一声，摆了摆手。他要是做过这个梦，我看啊，他第一个就会拿把铁锹冲到墓地去……"

"你们给点儿建议？"寡妇平静下来，打断了他的话。"你们毕竟见多识广，能这么干吗？他这是要我的命啊。每天夜里……可我还有一群孩子，要是我被送进了精神病院，谁来照看他们……是可以那么干的吧？"

父亲忍住冷笑，耸了耸肩：

"理论上是可以的。可是，要开棺最好能找到说服力更强的理由……呃，比做梦更有说服力的。”

“还没到四十天吧？”母亲问。“据说四十天之内死人还跟活人在一起……”

“什么四十天啊！”万卡又瞪起了双眼。“马上都三个月了。”

“哦——哦。”父亲站起身来，从炉子上拿起香烟，抽了起来。“我觉得，应该写个申请。写给……大概得往检察院写吧……”阿尔乔姆发现，虽然父亲不假思索地给出了建议，但其实他自己也不知道这种情况该怎么办。

“要不然，”母亲为了不让他难堪，打断了他的话，“去趟教堂。点根蜡烛……”

父亲很有把握地接过话茬：

“对，对！找神父商量商量，他们有经验。”

“对，得去趟教堂，”寡妇就跟个老太婆似的点了点头。“好吧，谢谢……”

“她的年纪差不多也就三十五吧，”阿尔乔姆想了想，“或者稍微大点儿。看着还不错，尽管孩子都有好几个了，跟丈夫……哈林娜也是——都不会有人相信，她生过五个了。”他小腹底下突然有了反应——想女人了……他转过脸，装模作样地打了个哈欠。得睡足了，早晨才有力气完成妻子和丈母娘交代的事情。

起初父母对给孙子花钱毫不吝惜。也给过阿尔乔姆钱，而且不问他用来干什么，花在哪里……阿尔乔姆把其中一部分留下，自己藏着，用来买些农村人一般吃不到的东西。另外一些则交给瓦利娅，用于家庭开销……

新年是一起过的，两家人一起。开始的时候就跟亲友一样，很是融洽，彼此祝愿新年快乐，为“小人儿”的诞生感到高兴。到了后来，喝了不少酒以后，老叶尔特舍夫夫妇和佳波夫夫妇开始筹划孩子们的未来。筹划和愿望很快就变成了争论，争论又变成了争吵。

“是，我们儿子无所事事！”面对亲家母的指责，母亲几乎吼了起来。“可他能怎么办?！他简直变得不成样子了。我搞不懂你们都对他做了些什么……”

“能对他做什么啊?”亲家母同样抬高了声调来回应。“显然得照顾小孩吧。要是他早就习惯……”

“他们得有自己的房子，单独的。那样才能让他们自己去处理各种事情，”格奥尔吉·斯捷潘诺维奇打断妻子的话。而对于他的话，父亲即刻给出了回答：

“那就盖啊！我都开始盖了，可没人帮忙啊！难道该我一个人干?”

“我倒愿意相信，你们真是在替瓦利娅和阿尔乔姆盖房子！”亲家母差点儿没哈哈大笑起来。“你们自己估计第一个搬进去。”

“关你什么事?！我盖的是十字形的大房子，大家都有地方。”

“啊哈！……”

房间里传来了罗季克的哭声。

“瞧，”瓦利娅跳了起来。“就不能小声点儿！你们别都一副气急败坏的样子！”

阿尔乔姆的父母准备走了。

“坐够了……节也过了……”

“你留下？”父亲严厉地问。

阿尔乔姆抱歉地点了点头。

“唉，就知道……再见。”

父母走了。格奥尔吉·斯捷潘诺维奇叹着气准备睡觉。瓦利娅在弄孩子。丈母娘气冲冲地收拾桌子。

“你爸妈够笨的，”她不满地表示。“早知道这样……我们还想呢，城里人嘛。”

“喂！”阿尔乔姆被激怒了。“别这么说我父母！……啊哈，逮到一个愣头青，拖进了洗澡间，现在就成给你们打杂的了。还可以拿来出气……简直太棒了！”

丈母娘手里端着盘子，呆若木鸡，狐疑地盯着他。不过，她很快便回过神来，放下盘子，眯缝起眼睛，噼里啪啦地叫了起来：

“怎么，得把你当神一样供起来？！哦唷，给亲儿子端盆水都困难！我们倒愿意给你做饭、洗袜子？！”

她还在不停地讲啊，讲啊；女儿想要安慰她，老丈人从房间冲到厨房又冲回去，带着醉意和睡意大声抱怨……这一通爆发让阿尔乔姆觉得轻松而愉悦，他明白，现在正是可以爆发的节点。差不多八个月了，从夏天算起，一直都不对劲。基本上从刚一结婚就开始了——妻子冷淡、丈母娘专横、老丈人帮腔，感觉自己就像寄人篱下的长工……

“得了吧，你们，”他甩了甩手。

穿上大衣，戴上帽子，把脚塞进春秋天穿的破旧皮鞋。出门的时候他想了想：“没有忘掉什么吧？”脑袋一转，“没有，没什么重要的东西了。”

第十七章

冬天在忙乱中过去，忙乱而空虚。对于冬天而言，空虚很正常：大雪齐腰时，无事能做。一场大雪过后，能把小路清扫干净就已经是立大功了，不是一天就能干完的事；把房顶上被压得紧紧实实的雪块清理下去也是一件费工夫的事。给家里添煤、柴火和永远都不够用的水……一句话，最重要的就是维持自己的生存。不过，单调的事情就会造成空虚的印象。

诚然，这个冬天，精神上的忙乱也够多的，它比单调更消耗人。

阿尔乔姆离开妻子当然令父母不安，但也不能说有多么失望：自从夏天他搬离了父母家，回去看望也只是为了要钱，当时他们觉得委屈，甚至害怕，只能两个人面对崭新的生活环境，应对不佳的处境，而且还得给儿子提供支持，几乎没有回报的支持——那可是儿子的家。而他们自己已经不年轻了，被生活的变化折腾得够呛。

现在，阿尔乔姆重新跟他们住在一起，又产生了一种感觉：他们是一个整体。为了未来而奋斗的家庭。不过，一想到孙子的成长缺少了他们的关心，再加上老是听说儿媳和亲家不反对把关系理顺，但又不迈出第一步，他们在精神上就很受折磨。显然，阿尔乔姆能和妻子、儿子住在一起是最好不过的了，可是，在这种情况下怎么样才能办得到呢？尼古拉·米哈伊洛维奇无法想象自己结婚以后却跟丈母娘住在一起，跟母亲住也难以想象。不，哪怕只有宿舍里的一个小房间，也是单独住比较好……

一月底，哈林突然开着拖拉机运来了三根多节疤的松树干。他那副样子，好像终于还清了欠债一样。尼古拉·米哈伊洛维奇最初真想抽他，不过转念一想：好歹也见到点儿真东西了。

“剩下的什么时候呢？”他问。

“什么时候能行就什么时候。”

“呃……那油锯呢？”

哈林生气地瞅着一旁，耸了耸肩，转过脸去，开始帮拖拉机手拆除树干上的绳索。

“好吧，咱们还得把账算清楚。”尼古拉·米哈伊洛维奇暗下决心。

……一个冬天，村警来过两三次，询问他们对于塔季扬娜姨妈可能会去哪儿有没有想法。他坐在厨房里，貌似不经意地四处张望，沮丧地叹气，听着叶尔特舍夫夫妇的回答——“没，我们自己什么都想不出来”，然后便起身戴上了蓝色的警察帽。

二月，严寒尤甚，在户外连呼吸都会感觉到疼痛。有个传闻在村子里四散：尤尔卡的墓会被挖开来。尼古拉·米哈伊洛维奇碰见村长的时候后者跟他确认过这个传闻。尤尔卡的老婆不知道通过什么办法获得了批准。

叶尔特舍夫夫妇显然没去墓地，后来得知，过来了一个专门小组，燃起火堆给地面加热，然后用铁钎凿开了墓地。他们撬开棺材，给尤尔卡换上他最后几年常穿的鞋底已经开裂的皮靴，然后再埋好。有些人以为，棺材盖一撬开，寡妇就会扑上去冲着丈夫大声哭号，要把自己跟他一起埋进去，或者是从他上衣的衬里掏出一叠发霉的钱（人们不相信开棺真的是为了把旅游鞋换下来）。然而，真的只是换鞋而已。既失望又被冻僵了的看客们很快就散了……

二月底有了好天气。从屋顶上开始往下滴水，积雪反射光芒，十分耀眼，呼吸变得轻松起来，空气中嗅到了春天的味道——正在复苏的大自然的味道。公鸡的啼叫也变得更快活了，狗都想挣脱链条，奶牛在牛棚里吼叫，用角抵门。春天的临近对人们也有影响——路上的人更多了，带着微笑或者皱着眉毛互相问好。叶尔特舍夫夫妇的心情也好了起来，急切地盼望着积雪融化。

不过，阿尔乔姆又开始乱窜了：整天待在妻子家，半夜也不回来。尼古拉·米哈伊洛维奇不得不去打探，瞅瞅他在不在那儿，——瓦莲京娜坚持："万一又跟姨妈一样失踪了呢？去看看！"

叶尔特舍夫去了，确认儿子在佳波夫家。

"就不应该告诉我们一声啊？！"

"呃——呃……"阿尔乔姆低下脑袋。"我是在这儿啊……"

"那我们怎么知道？你妈在家都快撞墙了……反正你自己得拿定主意。"

"拿定什么主意？"

“你要么在这儿……要么我们盖房子，你把老婆和孩子都弄过来。这么拖能拖多久？到底！一会儿这里一会儿那里。哪儿暖和就往哪儿跑。我们把房子盖起来，弄两个门、两个厨房，如果你们那么嫌弃我俩……可是这算什么啊？……自己倒是舒服哦，靠着两家人。”尼古拉·米哈伊洛维奇明白自己说得太多了，但还是重复了一句：“你自己拿主意吧，怎么办。我也不打算一直这么忍下去。还得跑来找你……反正你赶快定吧。”说完，他猛地转过身往家走去，那个转身的速度几乎可以与操练的时候媲美。

身后没有动静；他感觉儿子在后面盯着他。接着院门响了，门闩咣当一声扣上了。

“留那边了，”尼古拉·米哈伊洛维奇嘟囔了一句。“这——样——哦……”

钱在不断地蒸发。退休金用来买吃的和那些不太会被注意到但又是必需的小物件……是的，钱就是蒸发了，不得不动用存款——卖车库剩下的钱又少了。给小儿子汇的钱也不是小数目，大儿子还时不时地过来，那副样子让人不得不选择：是立马把他赶走，还是再去小柜子里拿个一两百给他。

“又来了！”叶尔特舍夫终于忍不住了。“究竟还要给多少?!我们是你的银行啊？雪化了，天气暖和了，每天倒是来催我啊：‘咱们盖房子’，可你……只知道喊‘给钱’”。

“咱们盖房子。”儿子不带丝毫热情地嘟囔。

“好啊。去和泥浆。”

“怎么和啊，又没土。”

“那就弄啊。”尼古拉·米哈伊洛维奇想起去年夏天也有过类似的对话，“又来了，”他啐了一口唾沫，从桌子上抓起香烟，惶惶地点燃，把脸转了过去。

“我能怎么办?!”阿尔乔姆哭丧着喊。“怎么办？……我没办法……不想活了！什么都没有，什么都不知道……是你们把我带到这里来的，可现在……我在这里能干什么？我不想在这儿……明白吗?”

“我已经跟你说过了，”尼古拉·米哈伊洛维奇竭力忍住不发飙，“到市里去，我把你弄进警察局。刚开始当一段时间巡警，然后再……”

“凭什么要去警察局啊？……我……这里的人要是知道了，非得笑死我不可。”

“哼！当警察丢你的脸？好，好……你活了二十五年，靠什么吃饭、喝酒、给小姑娘买冰激凌？啊？不是靠我当警察挣来的钱啊？怎么样？给你丢脸了？……”叶尔特舍夫慢慢地朝儿子走去。“啊?”

“科利亚，别发火!”瓦莲京娜起身走了过来。“别发火啊，你……”她冲着儿子看了一眼，“不能这么对我们……要么自己过日子去，要是过不下去，就得尊重我们。”

“谢谢！还是拉倒吧。”阿尔乔姆飞快地走出了屋子。

此后差不多三个星期他没有过来。

尼古拉·米哈伊洛维奇还时不时地生气，总是表示："他要再敢来，非得给他好看！去他的，别再指望钱，不会再帮了……"可他的内心却还是在等阿尔乔姆，笑容可掬、精神抖擞的儿子。希望他过来伸出手表示："算了，老爸，过去的就让它过去了。我们盖房子。"

屋子门口的地面差不多干了，叶尔特舍夫开始打磨哈林运来的树干。

他刚找到工作的感觉，刚在工作当中忘掉不快，女邻居就过来了。尼古拉·米哈伊洛维奇到现在都记不得她叫什么名字，她住在马路那边，几乎正对着，她家是栋干干净净的小房子，窗板五颜六色。暖和的时候，她从早到晚都坐在院门旁边的长凳上，一边用保养得很好的牙齿嗑瓜子，一边冲着路过的人点头，就像在完成某种仪式。她的生活似乎永远都井井有条，没有任何问题——所有的事情都安排妥当了，如今，她这么一位风姿绰约的老太太能做的，就是享受应得的休息。

去年夏天，当这位邻居突然从长凳上站起来，朝尼古拉·米哈伊洛维奇走过来的时候，他有些惊讶。当时他正在把装着土的袋子和桶从后备箱里搬下来。

"您——好，"她拖长声调说道，"搬土呢？"

"对。"

"能不能给我小半桶？想糊一下炉子，还有墙根的土台。"

叶尔特舍夫给她了，而且亲自帮她送到了门口……

现在她又过来了。还是那么拖长声调称赞：

“木材——不——错，不——错。”

“有什么不错的？有点儿歪，而且不粗；没法用在墙框下面。”

“是，不太粗，”她略微表示赞同。“只能当柴火，或者用来撑一撑别的地方……我真倒霉，后面的栅栏有两条完全腐烂了。要是被人发现，就能钻进去……”

尼古拉·米哈伊洛维奇没搭腔，用斧头撕树皮。

“我想，或许您能给我点儿，啊？能从这儿砍两米……”女邻居等了片刻。“能给点儿吗？”

“去村办，到那里要去。”让叶尔特舍夫感到生气的不是她的请求本身，而是自己难得的好状态被破坏了。“我到底是干什么的啊？您的供应商？”

他已经快干不下去了，真想甩手回到屋里去。

“您说什么，去村办？”邻居问话的语气已经变了，带着某种威胁。“是该去趟村办……可您自己的木材从哪儿弄的？订购的？还是哪里搞的？……我可是看到怎么运来的——趁天黑偷偷摸摸运来。我也看到是谁运来的了。那个哈林，没干过正经事。”

“您听清楚了，”叶尔特舍夫站直身子，把弄着斧头，“赶紧从这儿走开……走开。”

“哦唷，上帝啊，”邻居瞟了一眼斧头，嘟囔了一句，倒退几米，然后转过身，迈着小碎步飞快地朝自家的院门跑去。

晚上，叶尔特舍夫去买酒精。卖酒精的地方相当远，在一条以扎吉巴洛夫命名的街上。卖酒的人都挺体面的，甚至比较富裕。买酒的最好自己带容器——玻璃瓶或者塑料瓶，当然，如果需要，也可以带容器一起卖，不过得贵两卢布。买酒的把空瓶子和钱交给卖酒的男人（或者女人，或者孩子——干这一行的都是一家子一家子的），马上就可以成为酒精的所有者。

他们稀释酒精的时候还算挺有良心的，基本上是在四十度左右；橡胶和丙酮火辣辣的味道喝不出来，喝过以后尼古拉·米哈伊洛维奇也没出现类似于中毒的不适感觉。比起商店里卖的伏特加，他渐渐地更喜欢酒精了。再说，伏特加酒在乡下还是买不到。

他有时买纯酒精，自己稀释，但通常都相信卖家——“他们有良心”。

这一回，卖酒精那里有些忙乱。大门口停着一辆货车，院子里传出了激动的说话声。

“怎么了，搜查？打架？……”叶尔特舍夫脑海里闪过一个念头，下意识地把口袋里一升装的空瓶子又往里面塞了塞。他站了片刻，谨慎地朝院子里瞅了瞅。一个拎着金属桶的小伙子迎面走来，在他身后，是那个一年前找过他们倒卖酒精的矮个子男人，他一边走，一边摆弄着短皮大衣贴胸的口袋。

“哦，好啊！”见到叶尔特舍夫，他客气而又自负地笑了笑，“过得还好吧？”

“挺好……”

“来买货？”

“呃……没办法。”

男人快速地打量了尼古拉·米哈伊洛维奇一番，做出了评价，冲着正在往车厢里装桶的小伙子说了一句：

“你先去，把车子发动起来。我就来……你自己不想卖？我在你们那边怎么也找不到合适的人选。这生意有赚头啊。”

尼古拉·米哈伊洛维奇想表示拒绝，用平静而高傲的语气回一句：“不了，谢谢。”可内心却有所触动：“这也是一条出路啊，你还能到哪儿去挣钱？靠什么挣？得买方木、砖……钱、钱……”

于是，他开始了解条件和技术，“同意”二字暂时还没说出口。不过，无论是他，还是穿短皮大衣的男人都明白，这两个字很快就会说出口。

第十八章

“你是怎么想的?!”瓦莲京娜·维克托罗夫娜愤愤地表示。“我先把酒精冲淡，然后拿去给酒鬼?”

“那你自己能出什么主意？怎样才能把房子盖起来？汽油在涨价，食品……我们只吃面包和鱼罐头?”

虽然尼古拉说话的声音很大，语调很激烈，但他并没有发飙。要么是因为他自己后悔听了别人的劝告，要么就是在努力地说服妻子。

瓦莲京娜·维克托罗夫娜用一只手托住脑袋，晃了晃身子：

“我们这是要干什么？干什么啊……我已经去市场上卖过货了，现在还要倒腾酒精……”

“好，我们不答应。不答应，然后就睡这儿等死。”丈夫开始抽当天晚上的第十根烟。“我真不知道咱们怎么才能过得下去，把一切都理顺。”

他坐到炉子旁，低下头。瓦莲京娜·维克托罗夫娜怜惜地看了看他。

“还能怎么办?”她叹了口气，“咱们试试吧。确实，好歹得过下去啊。”

"不是好歹，是要好好地活下去。再过五年咱们就成老头子跟老太婆了……得了，"尼古拉把烟头扔进炉子里，站起身来，"睡觉前喝一口吧。有下酒菜没有？"

第二天就给他们送来了三个十升的金属桶，里面装满了酒精，还有两箱空瓶子、一袋子瓶塞、一沓十卢布一张的纸币，共两百卢布——"方便找零"。

接着就开张了……白天几乎没人来，可到了晚上和夜里——人是一个接着一个。金哈叫得声音都哑了。

刚开始是尼古拉一个人忙生意——自己分装，灌进瓶子里，自己搬出去。瓦莲京娜·维克托罗夫娜皱着眉瞅着他忙活。不过，小柜子里面那沓儿挣来的钱越变越厚，最终，从她的内心深处而非头脑里冒出了一个想法："确实，还能怎么办？有什么不好意思的，又不是卖毒药，这可是质量不错的食用酒精。要是有其他事情干……"等到尼古拉"睡觉前喝一口"喝得站不起来的时候，她自己便冲到院子门口，接过陌生男人的空瓶子和钱，再把酒精给他拿出去。她把钱放进小柜子里，怀着意料之外的满足感长吁一口气……

阿尔乔姆有时会过来，什么都不要，什么也不说。如果父母当时在吃饭，就跟他们一起吃，如果他们在小酌，也跟他们一起喝。问他孩子怎么样，他就回答说："挺好，慢慢地在长。"关于盖房子的事他只字不提——瓦莲京娜·维克托罗夫娜察觉到，尼古拉在等儿子主动说起这件事，可后者坚决不提，仿佛这个问题已经不复存在。

四月中旬，热浪突然袭来。干燥得就像夏天似的，让人担心播种得往后推。冬天的时候，瓦莲京娜·维克托罗夫娜在木箱子里种了西红柿、白菜和甜椒，现在秧苗已经爬满了窗台，遮住了光线，简直就是热带丛林了……但很显然还会降温，说不定还会飘不止一场雪呢。“还早，”瓦莲京娜·维克托罗夫娜既是在劝自己，又是在劝那些秧苗，“得再等等，还早……”

就在天气燥热的这段时间，塔季扬娜姨妈被找到了。几个男孩跑到离叶尔特舍夫家不远的一个废弃小屋里——他们要么想去抽烟，要么想去玩，在地窖里发现了一具尸体。他们去找村长，村长通知了村警。

市里没派侦查员来，要求当地自行解决。村警做了问讯笔录。按照他的看法，这是一起不幸事故。不过，他奇怪地看了看叶尔特舍夫夫妇，似乎有些怀疑。就连瓦莲京娜·维克托罗夫娜自己也觉得奇怪和不解，老太太怎么会到废旧屋子的地窖里去呢？

“干吗?!”丈夫无法忍受她的眼光。“我怎么知道！说不定她自己这么决定的。自己不再受苦，也让我们都解脱。”

姨妈的女伴们信守承诺，帮她洗得干干净净，穿戴整齐。这一切都是在厨房的桌子上进行的；瓦莲京娜·维克托罗夫娜也搭了把手，但尽量不看姨妈。她用嘴呼吸，但令人吃惊的是，腐烂的味道几乎感觉不到。“整个冬天都是被冻住的……”

找到之后的第二天就埋了。没有用布盖起来的棺材是靠大车拉过去的，赶车的汉子是穆拉诺沃唯一拥有马匹的人。他已经喝了不少，一边拽缰绳，一边不停地骂娘：

“快，没用的畜生！……快啊！……快——快，妈的！……”

不知何故，墓地并没有坐落在从西北方向把村子围起来的松树林里，而是在对面山脚下潮湿的洼地里，这里满是萎靡的山杨树。“我和尼古拉也会被埋在这里，”瓦莲京娜·维克托罗夫娜望着跟山杨树一样萎靡的十字架和坟包（大理石或水泥的墓碑几乎见不到），在心里念叨着……想到自己的死，想到最后的归宿如此惨淡，她有些悲咽，望了一眼塔季扬娜姨妈的脸——一天之内变得非常可怕，就像被灼伤了似的。她放声大哭起来……

来跟姨妈告别的只有几个人——五个老太婆、请来掘墓的几个工人、为防止意外情况发生而来的村长和村警。

他们把棺材钉牢，用绳子套上，摇摇晃晃地放进了坑里。“按规矩应该系在毛巾上放进去，”瓦莲京娜·维克托罗夫娜回想起来，“之后再把它们剪开，分给大家……”

每人往棺木上撒了一抔土，接着工人们便抄起铁锹，很快就把土坑填平了。然后在小土丘一旁插上了自制的粗糙十字架。

“你们自己钉个小牌子，”村长说。“别搞混了。”

“是的，是的，得弄一个，”尼古拉难得这么着急地应和。

葬礼结束后，瓦莲京娜·维克托罗夫娜找了找父亲、母亲以及幼年时就夭折了的姐姐的墓。不过没找到。

“完全没印象了，”她为自己开脱。“得回去了……”

她打算跟丈夫两个人一道为姨妈祈祷安息，所以谁都没叫，这个时候阿尔乔姆来了。

“哦，总是如此，来得正是时候，恰好吃饭。”

阿尔乔姆没吭声，坐到桌旁，稍微侧了一下身体，蹙了蹙鼻子。

“怎么回事？……好像有味道……”

“姨妈找到了，”瓦莲京娜·维克托罗夫娜一边说，一边放下切腊肠的刀子；眼泪又冒了出来。“她……她，摔到那栋房子的地窖里了……那栋没人住的房子。”

“啊？……然后呢？”

“然后呢，”尼古拉模仿儿子的语气说道，“就埋了呗。”

阿尔乔姆大概意识到这里放过死人，把胳膊肘从桌子上面放了下去。

“我不知道……”

“你知道什么吧？”

“罗季克好像病了……咳嗽。”

“啊？！”话题转移开了，对此瓦莲京娜·维克托罗夫娜倒是比较高兴。“你们大概开窗户了吧？”

“好像是……很闷啊……”

“哎——呀——呀！那就是把他吹着了。发烧吗？……发不发烧啊？”

“嗯。差不多有三十八度呢。”

“这得去医院。”瓦莲京娜·维克托罗夫娜瞟了一眼丈夫，他刚巧举起酒杯想喝一口。“科利亚！……”

“我哪儿都不去。钥匙拿去，自己开。”

“我去喊了村医，”阿尔乔姆着急地表示。“刚才就是去找她，顺路到这儿来的……可能哪儿都不用去……怎么回事……”他用手掌搓了搓脸。“怎么回事啊……”

“喂！”尼古拉立刻打断了他。“小伙子，这些话我们已经听了几百回了。咱别再说了。否则不会有其他结果，只会吵起来。”他又倒了一杯。

“给我也来点儿?”

瓦莲京娜·维克托罗夫娜从老旧的柜子里拿出一个酒杯给儿子。“得把剩下的木板换上，”她顺便想到，“否则它们堆在夏天用的厨房里全都裂开了。”

“为姨妈祈祷，”她大声说，“受够了苦……”

大家一饮而尽，吃了些腌黄瓜和熏肠。

“听那些小子说，”阿尔乔姆小心翼翼地开了口，担心父亲又不准他出声。“瓦利娅的……嗯，前一个男朋友要被放出来了。他们是认真……呃——呃……交往的，反正。被判了五年。好像是偷了什么东西……反正很快就回来了。”

瓦莲京娜·维克托罗夫娜不知应该做何反应，看了看丈夫。他瞥到她的目光，冷笑了一声，耸耸肩膀：

“还能怎样?只能祝贺你选到一个好老婆……”

“我是说真的，”阿尔乔姆哀怨地打断了父亲。

“那怎么办?难不成把他放倒?……那咱们就把他放倒，然后也去坐牢，啊，儿子?”尼古拉的话里流露出恶意的嘲讽。“把自己的小鸡鸡伸出去之前，得想明白，会有什么后果……给自己找了老婆，还找了一堆亲戚、狐朋狗友。他们简直就是畜生。又凶又蠢的畜生。”

“喂，得了，”瓦莲京娜·维克托罗夫娜出面干涉。

“怎么，不是这么回事吗？连我们也会变成那样。而且相当容易！轻而易举的事情……我还是，”尼古拉猛地抓起酒瓶往杯子里倒，“我还是希望咱们赶紧把大房子盖起来，盖一座结实的房子，把它围起来过日子。本来是有这种可能的——我卖了车库，拿到了钱，有力气，有时间。可是整整一个夏天都被耽搁了！不，你就应当跟第一个拿奶子朝你晃悠的女人结婚。可现在……就是这样，儿子啊，日子沿着斜坡往下滚得太快了！你还没察觉，就变成尤尔卡了，在某个地方的台阶上断了气都不知道。”

瓦莲京娜·维克托罗夫娜又想嚷嚷，却没开口：丈夫的话虽然难听，但都是实情……的确，他们越滚越远。儿子更是如此。

金哈叫了起来。尼古拉愤愤地咳了几声，起身走了出去。他拿着一个空瓶子回来，塞进了柜子的左下方，从右边掏出一瓶满的，又走了出去。

阿尔乔姆吃惊地望着他。

“你们干什么？”他轻轻地问母亲，“开始倒腾酒精了？”

瓦莲京娜·维克托罗夫娜哭了，是可怜自己，也是可怜自己的家人。她想小声回应，可却忍不住变得大喊起来：

“干什么……儿子，我们能干什么啊？什么啊？!”

第十九章

阿尔乔姆听到“胆小鬼”这个词的时候，心里总会咯噔一下紧张起来，似乎就是在说他。但他不认为自己是胆小鬼——从来也没有因为胆小而被别人毒打过，遇到小流氓也没有扔下心爱的姑娘（当然，这样的情形就没发生过）撒腿就跑。他小心翼翼，不去冒险，不吹嘘自己的能力和胆识。

他的朋友和熟人当中有多少人都是因为莽撞而丧命或者坐牢的啊，只要在脑海当中过一遍，想想他们那片地方的小伙子们命运如何，就会觉得太可怕了。差不多一半甚至更多的人都是这样的结局。

大概是在十三岁那年，阿尔乔姆见证了一起糊里糊涂的杀人案。他们一群人在街心花园里玩。大家互相很熟悉，都在同一所学校读书。一个叫沃洛季卡·叶戈罗夫（大概十七岁）的高年级学生言谈之间冲着同样是高年级的叶卡·兹韦列夫说了一句“去吃屎”，连“你去吃屎”都还没说，而且这话的意思其实就是“去你的吧”。叶卡从椅子上跳了起来：“你说什么，白痴?!”于是，他俩开始了脏话乱飞的对骂，带着类似于“有种你来啊”之类的挑衅。接着叶卡便从口袋里掏出一把螺丝刀，朝沃洛季卡的胸口捅去。

阿尔乔姆尽量避免这样的情形。

搬到农村的确让他觉得害怕。这意味着得跟这里的人打交道，得好好表现自己，不要显得太懦弱。可还是很容易就被当成胆小鬼和小气鬼……阿尔乔姆觉得，跟格列贝奇、维察以及其他人结识并熟悉的过程还算不错。他们没有欺负他，也没有过分地讹诈他的钱，即便是拿他逗乐，也不算恶毒，跟开其他人的玩笑差不多。可最终他还是陷入了麻烦。现如今，那些把瓦利娅塞给他的小子们都同情而好奇地看着他：事态将会怎么发展？现在阿尔乔姆会怎么做？瓦利娅那个刑满释放的前男友奥列格·波塔波夫已经在回来的路上了，奥列格容①可真是匪气十足。他是因为抢劫夜间商店坐牢的，但在乡下和市里他还干过很多坏事。

阿尔乔姆想跟妻子谈谈，弄清楚她跟这个奥列格容究竟是什么关系——是不是认真的。可她却不想接话，又气又恼地说："得了，别老拿乱七八糟的事情来烦我！人家胡说八道，你倒都相信。"可是，似乎就是在得知奥列格容获释的消息之后，她就有了变化——重新染了头发，下决心减肥，刮了腿毛和腋毛……对阿尔乔姆也温柔了不少，晚上主动把他往洗澡间里拖，跟他热烈地做爱，可总感觉有些疏离，似乎不是在跟阿尔乔姆做，而是和别的什么人……

那天他从父母家回来。情绪难得的高涨——喝了点儿酒，拿

① 朋友为"奥列格·波塔波夫"取的绰号。

到了“给孙子”的两百卢布。阳光暖和，还不炽热，但俨然已经是春天的感觉；鸟儿叽叽喳喳地叫个不停，嫩草的味道清香怡人。

“没事，都挺好的，”阿尔乔姆对自己说，“太棒了！”但内心还是有些发怵和不安，就像他功课没复习好的时候去上学，知道自己一定会被提问，到了晚上，值完班的父亲又累又凶，肯定会用皮带抽他。“没事……一切都会好起来的。”

他透过铁灰色的薄雾看着嫩绿的松林，凝望点缀了几朵小云彩的蓝天。生活的确如此幸福，如果能把其中那一丁点儿变幸福为苦难的东西剔除掉的话。应当下定决心，付诸努力，把它剔除掉。确实有人活得惬意，完全没有能够腐蚀其他东西的那一丁点儿东西。他碰到过这样永远快乐、轻松的人。为什么他自己不能成为这样的人呢……

他跟瓦利娅应该能过得不错，甚至应该能过得很好！应该能……如果单独住的话，至少不能跟她母亲住在一起。阿尔乔姆对她已经忍无可忍——他想躲开这个酷似准尉①（连她丈夫都把她称作超期服役的中士）的又胖又壮的女人，钻到一个深邃、安全的缝隙当中去……是啊，跟瓦利娅一起走……瞧瞧以前，年轻人跳上火车就去建设贝阿铁路干线了，或者随便跑到哪个建筑工地去。他们不是像后来一样，为了去建设水电站，发展国民经济，而是为了按照自己的意愿生活。可现在呢？能去哪里？哪里

① 俄罗斯军队中自愿超期服役人员的军衔。

会有人在等你?

“好啊，季亚玛!”小巷子里迎面走来了维察。

“你好!”

两个人握了握手，站着没动。

“那什么,”维察的表情有些紧张而神秘。“奥列格容回来了，昨天晚上。”

“呃——呃……”阿尔乔姆竭力想保持镇静。“然后呢?”

“在家呢，很激动，打听信息呢。”

“明白。”

他们又站了片刻。维察看着阿尔乔姆，阿尔乔姆看着旁边，看着松树林。他知道，林子后面是田野，再远一点儿就到市里了。

“得了,”维察说道,“走了……那个，季亚玛，有烟吗?”

他有烟。阿尔乔姆喜欢带一包烟在身上，以防万一——有几次恰巧带着烟，还讨好了父亲……

在维察告诉他这个消息之后，他的情绪显然受到了影响。怎么可能不受影响呢?那个曾经很遥远、在现实中基本上不存在的危险，突然就到了眼皮底下……伏特加的功效发生了变化——此时此刻，它不再给他以轻松感和改变生活的决心，而是让他感到了压力、眩晕和窒息。太阳变得灼热起来，让力气都蒸发了，空气又湿又黏。他只想拐到林边的草地上，躺下去长长久久地睡一觉。醒来就已经是另外一个人了，在另外一个地方，不记得过去的一切……就像科幻电影里那样——在另外一个维度里……

他艰难地走进院子，立马就听到了丈母娘气急败坏的声音：

“嚯，滚开！烦死了！一颗白菜都给我啄完了。”她大概是想把鸡都从菜园子里赶出来。

阿尔乔姆往搭建房走去，可丈母娘却把他喊住了：

“呵，终于回来了！去，罗季克在哭。跟他待一会儿。我得做晚饭，起码得弄根大葱啊。”

“瓦利娅呢？”

“去村医那儿了。怎么总去啊……真成病人了。”

阿尔乔姆走进屋子。露台上，老太婆坐在一个大箱子上，用一条方格毛巾扇风，没注意到阿尔乔姆……老丈人在自己床上痛苦地打着鼾，好像窒息了似的……

儿子睡觉的房间里，窗板关着，两扇玻璃窗敞开，但还是又闷又热。有股酸酸的味道。苍蝇单调而疲乏地嗡嗡作响，孩子也是如此，单调而疲乏地哭闹。

“喂，你怎么啦？”阿尔乔姆朝他俯下身去。“又怎么啦？”

看到有人过来，罗季克兴奋起来，开始挥动起他的小手和小脚；哭闹声更大了。

阿尔乔姆不开心地发现，婴儿长得可真慢啊。瞧，儿子已经七个月了，可是跟刚出生的时候没什么区别。或许只是皮肤变白了，头发稍微长出来一些，细纹舒展开了，或者变成了褶皱。但最重要的是，学会大声哭闹了……阿尔乔姆把他抱起来的时候，并不是觉得提心吊胆，而是跟以前一样感觉厌恶——他还是没觉得这是他的儿子，甚至不相信这是个孩子：罗季克就跟个小动物似的，说得不好听一点儿，小家伙完全可能咬人，或者传染某些疾病。

诚然，他有时会梦到儿子，但在梦里儿子已经长大一些了——五岁到七岁的样子。他们一起钓鱼，打闹，用橡皮泥捏小战士……

“你别闹了，好吗?”阿尔乔姆央求道。“妈妈快回来了。你跟她玩儿去。”

他摇了摇挂在床头的拨浪鼓；儿子不但没被吸引住，反而蹬着小腿开始撒起野来……阿尔乔姆立刻在脑海里把奥列格容回家、瓦利娅不在家以及她最近越来越爱打扮这几件事联系到了一起。确切地说，他竭力不去做这样的联想，但孩子的哭声却让他不得不抓狂，而这种情况挫败了他装作不明白某些事情的内心状态。

“把他抱起来啊!”背后传来丈母娘的声音，她大声地用鼻子吸气。“没发现他拉屎了?!把尿布换下来，洗洗。”

“您自己换，自己洗啊，”阿尔乔姆本想这么回她，但还是忍住了，小心翼翼地抱起儿子开始帮他换尿布。

“你怎么回事啊!……”丈母娘气不打一处来。“马上又会把屎弄得到处都是。上帝啊!让我来，还当爸爸呢……”

阿尔乔姆在一旁皱起了眉头，等着丈母娘把尿布换下来，然后慢慢地朝外面走去。

“谁来喂他啊?!”又响起了一声狐疑的怒斥。“去把奶弄热。壶里是热水。”

阿尔乔姆做着这些完全不顺手也不舒服的事情，越发地生气——他在心里义愤填膺地发表了一篇长长的独白，针对的是他的老婆，揭发她，斥责她。瞧，他就跟个傻子似的，忙着加热奶瓶，而她，这个时候……被一个得了艾滋病、结核病的肮脏匪徒压在身下呢。

瓦利娅回来的时候，阿尔乔姆的情绪已经非常激动了。那些在他脑袋里闪现过的几百个单词转瞬间全都忘了，他气得直哆嗦，一个劲地重复：

“你去哪里了？……你去哪里了？哪里？啊？”

刚开始，妻子显出了慌张甚至抱歉的神情，可马上就被一副恶狠狠的样子取代了。

“你吼什么吼?！你就不能跟孩子待几分钟啊？……”

“我问你去哪里了?！”

儿子开始大哭；瓦利娅抱起他，使劲地摇晃，同时又朝阿尔乔姆吼回来：

“去该去的地方了！蠢货！去医院了——又涨奶了！又是这摊子事，肯定是被孩子搞的。你就知道吼。”

“哼，被谁搞的？奥列格吗？”

“你滚！真是个蠢货……”

“你才是蠢货呢！”这么扯开嗓门大吼让阿尔乔姆觉得过瘾，也不哆嗦了，罗季克的哭喊也没吓到他，没让他停下来。“贱货！问你去哪里了？舔那个奥列格去了？”

阿尔乔姆感觉自己右边脑袋被戳了一下，不是敲，不是锤，就是戳。他躲闪了一下，转过脑袋，瞥到了丈母娘，她又要抬起手来，弯起中指，把关节突出来，就跟凿子似的。她经常这么戳醉酒的丈夫。

“哎哟！”阿尔乔姆抓住她的手，想要掰开，可没能如愿——丈母娘挺壮实的。不过，他也没敢扇她的耳光……

丈母娘跟他较着劲，却一声不吭，只是急促地用鼻子吸气，使尽浑身解数用中指的关节戳他。而瓦莲京娜却一个劲儿地大声号叫。阿尔乔姆没听清她在号什么，不过反正就是骂人的话：让他滚，她才不稀罕这么一个老公呢，简直就是蠢货、忘恩负义的混蛋……

发觉丈母娘占了上风，阿尔乔姆忍不住了，冲着她突然之间绷紧了的肥硕胸脯挥了一拳。

“嗬，好你个混账东西！”丈母娘已经像熊一样冲着他扑了上来；这时老丈人蹿进了房间，不问青红皂白便帮起了自己的老婆。

阿尔乔姆躲闪着，突然瞅见了柜子上的剪刀。他完全够得着它……“干脆同归于尽得了，”刚想到这一点，他就突然清醒过来，不再反抗。等他发现跟他干仗的人也稍微消停下来了，便冲了出去。

他往周围看了看，就好像是第一次到这里来似的。右边是院子门，左边是搭建房……在搭建房的小柜子和墙壁之间，冬天的时候他就藏了三百卢布。他一个箭步冲过去，差点儿没摔倒。挪开柜子，把钱取出来。

冲出院子，后面已经传来了丈母娘和老丈人的吼声和脚步声。

他回头瞅了瞅，一边哆嗦，一边轻声地骂：

“狗东西！一群弱智！”

他下意识地往父母家的方向走去。突然又停了下来。“怎么回事？去那儿有什么用？”有生以来他第一次觉得自己真的很孤单，无家可归……哦，那些无家可归者大概就是这样站在马路中间。第一个游荡在外的夜晚……

他战战兢兢地取出“首席”牌过滤嘴香烟，抖出一根来。好不容易点上了，深深地吸了几口。觉得嘴巴又苦又涩，就跟在里面点燃了一团麻絮似的。他把烟灭了，把长长的烟头塞回到盒子里。还用得着……

走到池塘边，坐到草地上。把衣兜里的钱都掏出来数了数。五百二十卢布。不少了。用这些钱可以试着重新开始……他站起身来，朝村口的公共汽车站走去。虽然离汽车到站还有一个多小时，但他走得很匆忙；他尽全力说服自己，再也不会见到他老婆和她的变态家人了，再也不会见到把他弄到这个鬼地方来的父母了，再也不会见到什么奥列格容了，再也不会见到任何人了……

“都滚得远远的，”他恶毒而坚决地嘟囔了一句，“滚得越远越好。爱干吗干吗去，我……我可管不了那么多！……”

第二十章

五月底，土豆种完了，尼古拉·米哈伊洛维奇开始一门心思地盖房子。浇筑好了地基，买了五个立方米的方木，用他自己做的木头吊梁搭起了五根。未来的大房子已经初具轮廓。

没钱了，房子没法接着盖了。

他又跟妻子去采蓝靛果，没人看家。每次回来，都担心有人破门而入，屋里的东西被翻得乱七八糟，酒精存货被洗劫一空……不过，看来大家对叶尔特舍夫还是有点儿害怕——从来没被洗劫过。

儿子在城里干活。偶尔回来一趟，洗个澡，喝点儿汤……在城里他进了一个建筑队，负责把居民楼的一楼改建成商店。住在音乐学校的宿舍里，建筑队租了一个房间，里面放了三张上下铺。

“什么，你们六个人住？”阿尔乔姆跟他们讲了之后，瓦莲京娜·维克托罗夫娜惊讶而不安地问。

“是啊。”他看父母的表情让他们没法再追问下去——感觉他马上就要开始反问了，直到最终又以争执收场。

尼古拉·米哈伊洛维奇已经不太敢跟他说话了。不想再吵，而且，真要是激动起来，吵架都未必是最后的结局。两个月内，阿尔乔姆有了明显的改变，倒不是说变得多么壮实，而是从他的眼神、动作以及所说的那些刺耳的话当中能够感觉到挑衅和威胁。如今，他就跟流浪汉似的（除了他，建筑队的其他人都是坐过牢的、无家可归的或者嗜酒如命的），一副天不怕地不怕的样子。他就是要用这副模样来说明："瞧，我变成什么样了，都是因为你们。"他现在跟刚退伍回来时的杰尼斯有点儿像——往黑道上混的感觉。

阿尔乔姆回来没要过钱，这是想让他们明白，他不缺钱。不过吃得很多，狼吞虎咽的样子，喝起酒来也不含糊。如果不喊他帮忙干家务，他就倒在厨房里的小床上一直睡到晚班汽车的发车时间。

他们没聊过他的小家庭。有一次母亲没忍住，问了一句：

"他们怎么样了？罗季克现在怎么样了？"

阿尔乔姆耸了耸肩膀：

"不知道。离婚得了。管他们呢……"

好在这个夏天他回村子的次数不多，即便回来，也没去俱乐部、池塘边那些地方。六月上旬，很多小伙子和姑娘都到爷爷奶奶家来了（去年夏天似乎没那么多人）；每天夜里俱乐部附近都热闹得很，嘈杂声、尖叫声、摩托车的轰鸣声。到叶尔特舍夫家来买酒精的人络绎不绝，经常想要赊账，尼古拉·米哈伊洛维奇不同意。有时得靠吼两嗓子才能压得住，还得往院子外面赶，对于特别难缠的，就得威胁把他们列入黑名单……

村里的这个夏天真够呛，快到秋天的时候，出了几件事。

起初是那个让阿尔乔姆发怵的奥列格容，他把一起喝酒的同伴杀了。找了他整整一个星期——挨家挨户地查，在林子里搜，不过找得倒也没什么热情。

“你们得弄条狗，”尼古拉·米哈伊洛维奇有一次在路上碰到正在转悠的侦查员，于是提了个建议。

那些人讪讪地一笑，意思就是说：“上哪儿找去……”

直到九月份才在城里把奥列格容找到——当时他又想抢劫一家二十四小时商店；便衣正好在旁边，把他给拿下了。

第二桩案子也是杀人。俱乐部里发生的，直接就在舞会上，本地的一个家伙用斧头把从扎霍尔莫沃来的一个小伙子砍死了。起因是为了一个姑娘。她十七八岁的样子，到爷爷奶奶这儿来玩，喜欢耍心思。那两个小子就为她吃醋。后来这个姑娘很快就被送回家去了，杀人的那个小伙子则被弄到城里坐牢了，村里人都开始担心扎霍尔莫沃人要来报复。老太太们哭丧着脸喊：“我们会被烧死的，被——烧——死。”有些人记起以前发生过村子与村子之间的混战，因为杀人的事情互相报复，都跟红了眼的公鸡似的：“二十一户人家的院子都被烧了！”

确实有人来放火。被烧掉的不是住家户，而是俱乐部，这已经是万幸了。或许不是扎霍尔莫沃人烧的；或许就是本地人干的；或许只不过是机缘巧合着了火。俱乐部烧得很快、很彻底，连同所有的机器设备和图书室一起。

发生火灾的时候，尼古拉·米哈伊洛维奇就在自家门口守着，以防屋子和栅栏被燃烧的木头块飞过来砸到。

就在那个时候，八月底，还发生了一件事……

那个男人叶尔特舍夫几乎不认识，在街上碰到过三四次。个头不高，比较瘦弱，走路很快，目不斜视，似乎总是快要迟到了的样子。大家都喊他瓦列尔卡①（这么叫他不是因为看不起，多半是为了表示怜惜），他是另外一个村的——卢加夫斯科耶，那个村子更大，都说那里比较富裕。瓦列尔卡的家人——老婆和儿子——还住在卢加夫斯科耶，可他却跟轻浮、酗酒而且有好几个孩子的莲卡住在这儿。塔季扬娜姨妈经常说起此人（也不知从哪儿听来的，她只有最后几个星期才走出过院子啊），觉得瓦列尔卡可惜了："好端端的男人，挺上进的，却跟她勾搭上了。可真会找……"

不过，叶尔特舍夫见到这位莲卡之后就明白了，为什么"好端端的"瓦列尔卡会跟她勾搭上。身材高挑，头发黝黑、浓密，脸颊虽说有点儿肿，但能看出挺有姿色的，而且带着一股还没被酒精熏坏的明媚气息；她确实有能够吸引每一个正常男人的魅力，能够感觉到，她是一个真正的女人，富有激情，大自然创造出来带给男人快乐的那种。无论多少伏特加、多少孩子都无法抹杀她身上的这种诱人之处。

据说瓦列尔卡跟她住了差不多三年。过得那叫一个苦啊！农场彻底关闭之前，他在那儿当饲养员，早晨刚走，就有酒鬼拎着

① 男人名"瓦列里安"的昵称。

酒瓶来找她。晚上回来，他得把他们赶走，甚至会打起来。好几次他被打得很惨。有一次他买了一头牛犊，搞了些配制饲料，还备好了干草，可过了一个月，那女人就跟酒伴们把这头小牛给贱卖了——得买酒喝。瓦列尔卡最终也不知道是被谁买去了。多亏了瓦列尔卡，莲卡的几个孩子才能读书，才不至于饿肚子。可是莲卡却越喝越厉害，稍不如意，她就把瓦列尔卡赶出家门，再招来那些狐朋狗友……这一年秋天，瓦列尔卡终于承受不住了，把自己那辆老旧的“伊日”车油箱里剩下的汽油凑到一起，然后在院子里浇到身上，点燃了。谁都没察觉到。莲卡的孩子第二天才发现，跑去找村医，村医叫来了救护车，可是已经晚了——烧伤太严重，脓毒症，没过几天就死了。

叶尔特舍夫听到这些杀人和自杀的事情，看到街对面的俱乐部被大火吞噬，基本上都无动于衷。当然，起火的时候他肯定还是会为自家的小房子担心，可是，对于那么年轻就丧了命的人，他没有怜惜。他们的生活没有意义，糊里糊涂；同样糊涂的还有他们的情和爱、他们的突然离世。他在自己和自己家人的生活中也越来越强烈地感觉到了这种徒劳和枉然。当然，也有过类似于成功的感觉，也产生过希望，不过，黑暗渐渐就顽固地铺展开来了，越来越浓密。希望被怨恨和愁闷所取代——它们几乎无时不在。

这个夏天也没能把房子盖起来，儿子的生活看来是彻底无望了——无论怎样，他可是个有老婆和孩子的人啊！鬼才知道他现在过得如何。尼古拉和瓦莲京娜倒卖酒精，此事全村人都知道，有多少个本地酒鬼的老婆都在可怜巴巴地咒骂他们啊！而那些酒鬼和即将变成酒鬼的人却不分昼夜地来找他们：穆拉诺沃所有的成年人似乎都到叶尔特舍夫家来过了，在他们家门口待过。当然，有的只是过节的时候来买，因为不可能从商店里弄到伏特加；有的老太婆只要半升，拿去感谢帮着弄柴火或者耕地的人。但来买的人还是络绎不绝，喝的人也连绵不断，白天黑夜都有人来敲院子门。有的人装出一副冷漠甚至不屑的样子把钱递过来，就像富有的顾客面对可以鄙视的售货员一样；有的人动作很快，偷偷摸摸，东张西望——万一老婆追来呢；还有的人没钱，就把农具或者衣物塞过来，甚至还有人拿一块肉或者一只匆匆拔光了毛的鹅来换，他们用颤抖的嗓音小声地恳求："换一点儿吧，米哈雷奇，我都要死了，真的。"叶尔特舍夫坚决不收物品，但如果是肉，尤其是新鲜的羊肉，或者鸡饲料，有时就难以抗拒。他换得非常实在，不会趁机敛财。可是，此后其他的酒鬼让人不得安宁："我这儿有块鲜肉……我的饲料都是上好的。科利亚大叔，拿——着！"

院子门口又一次上演了闹剧之后（倒还没打起来，但推搡却没法避免），过了两天金哈就得病了。一年半过去了，它已经壮实了不少，脖颈子硬朗，前爪厉害得像猎犬。它不是只会叫唤，如果察觉到主人遭遇了危险，就会朝对方扑过去。几次都把某些叫嚷个不停的家伙给挠到了，他们威胁说要算账……叶尔特舍夫教会了金哈不去捡拾路上或者院子里的骨头、面包片。他担心会被下毒。金哈似乎也听话。看到吃的，它就召唤主人，就跟真正的猎犬一样；尼古拉·米哈伊洛维奇就把东西捡起来，用更美味的食物犒赏它——熏肠或者饼干。

可是，突然之间它就蔫了。倒在台阶旁边，缓缓地转过头，四处张望，仿佛在用噙满泪水的双眼跟周围的世界告别。黑色的圆木、枝干粗糙的苹果树、尚未完工的新房子那些黄色的梁柱、在后院堆放的用来做栅栏的板条旁边闲逛的鸡群。令它感到亲切的小世界……尼古拉·米哈伊洛维奇喂它喝牛奶，用小棍儿撑开它的嘴，强行地灌进去，可还是没管用——它郁郁寡欢了三天，然后就不见了踪影。后来在菜园子的一个偏僻角落里把它找到了。它把头扎进栅栏里，屈缩成一团，身子已经僵硬了……

对于每一个来者，叶尔特舍夫都想冲上去扇耳光，而不是把酒精卖给他们——任何人都有可能下毒。他担心自己控制不住情绪，总让妻子去院子门口……有一次，以前的兽医过来，得知金哈死了，同情地点了点头：

“唉，不知为什么，今年夏天瘟疫这么厉害——连看家狗都没躲得过。”

“瘟疫?!”是啊，叶尔特舍夫完全忘记了狗也会染病，也忘了给它打疫苗。

虽然他骂自己，事后也懊恼不已，但他仍然不是百分之百地相信金哈的死是因为染上了瘟疫。完全有可能是被人下了毒。完全有可能……潜藏起来不愿暴露自己的坏人太多了，可他们总是想干坏事。他们似乎就是在寻找尼古拉·米哈伊洛维奇的薄弱之处，等他生病或者变老，然后突袭他。就连大儿子很可能也在这些人之列。

九月初下起了雨。就跟去年一样，绵绵细雨，时有时无，有时甚至会形成水雾，很长时间也没有完全停歇，把精力都冲淡了。后来，终于迎来了几个好天气，人们必须得赶紧挖土豆，把胡萝卜、甜菜、白萝卜、蒜和洋葱拔出来晒干，放到地窖里去，或者扔进盒子，置于炉子后面。几个晴天和大风的夜晚过后，初霜降临。本来还是绿色的一切都变黑了，仿佛流出了脓水或者能置人于死地的毒汁。

菜园子里的篝火冒出了薄烟，火堆不旺，是用干草、向日葵的枯枝、西红柿藤蔓以及其他一些琐碎的杂物点燃的，味道闻起来挺舒服的，但也很忧伤。整个夏天都悄无声息地栖居在山杨树林里的寒鸦也开始每晚都在房顶上盘旋、折腾，发出凄厉得令人落泪的叫声。人们停下脚步看着它们；有些人甚至郁闷而胆怯地低声骂了起来……

林间的土路刚一干，尼古拉·米哈伊洛维奇就弄柴火去了。去年还剩下一些，夏天也收集了一些，可以用来生火，不过这些撑不到十二月份。需要再去拖一些回来。况且，塔季扬娜姨妈死后，分给她这位战争期间的后方女工的煤炭自然就取消了。不过，煤还剩了不少，所以也没再买。它的价格已经高得令人瞠目——七百卢布一吨。

“不如留着钱春天去买方木……”

树林靠近村子的一边，连最后一根枯枝都被扫荡了，叶尔特舍夫只能往里面去。砍枯木，把倒伏在地上的树干锯成能用的木桩，把它们塞进车子、装到车的行李架上。路面上的小土丘把汽车底盘刮得沙沙直响，他好不容易才开了出来，往村子的方向驶去。

他被护林员检查过一两次，看他是否夹带了活树。最近几个月对这件事查得很严：如果被发现砍伐了树干，会被罚款。要是没钱，就会被拖到城里折腾得够呛……护林员是本地人，挺年轻的，可是很严肃，话也不多；尼古拉·米哈伊洛维奇试着跟他说说圆木的事——“该把栅栏重新弄弄了，还有洗澡间，”可此人不等他把话讲完就回了一句：“我没这个权力。”

或许，护林员的确诚实、正直，不过，松林却并未因此得到保护。一个夏天就冒出了两个伐区，这些地方的松树全都被砍光了，灌木丛被拖车压得乱七八糟。

尼古拉·米哈伊洛维奇听说，砍树的是一个持有许可证的股份公司。他试着去伐区用比较便宜的价格买一车圆木，但他们那里的态度很强硬——让他去边疆区中心找领导。

这个林子一部分是天然形成的，一部分是人工种植的，从三个方向围住城市，另外一个方向——西南方——则是起伏的草原。诚然，最近几十年，这片地方也被绿化得相当不错。这里成了乡间小屋聚集的区域，屋主们运来黑钙土，栽上了果树苗，水果收成出奇的好。现在叶尔特舍夫越来越后悔，那个时候没有去搞一小块地，没有盖一座房子（当时还是有机会的）。要是搞到了，那现在就住在离城里只有几公里远的地方。现在是可以给住在乡间小屋的人发居住证的。这样一来就能从那儿去上班，然后再回去。不像如今这个地方，单程就有五十公里：工资的一半都要花在路费上，况且哪儿有那么多精力，每天来回折腾……

一次，尼古拉·米哈伊洛维奇拿着小斧头和手锯在林子里转悠，想要在挺拔的棕红色树干中间找到枯干和落枝，没想到却撞上了哈林。后者正在翻动一堆小木头，看样子它们都是大概两年前疏伐小树时被砍倒的，他把相对平直、结实的枝干放到卸下了挂篮的摩托车上。

“哟，邻居，要用木材?”尼古拉·米哈伊洛维奇带着一丝嘲笑地问道，但话语中并无不快，对于没要回来的债，他心里已经认了。

哈林支吾了一声，又从那一堆木头里抽出一根来。

尼古拉·米哈伊洛维奇正打算走过去，突然发现他挑的木头当中有几根明显是从活树上砍下来的顶梢，上面甚至还留着许多叶子。

“你不怕被罚款啊？还是说你又跟以往一样，都打点好了?”

“什么?”哈林突然满怀敌意和轻视地看了叶尔特舍夫一眼，后者心里顿时冒出了一股怒火。

“还能有什么？在我们那儿你可是水泥专家、木材专家，油锯你也要用好多个集装箱来装。不是吗?”

“听着……”哈林从地上捡起斧头，不知是为了把树干上的节疤砍掉，还是以防万一，可以用来防身。“听着，别惹我。别惹我跟我家里人。走……赶紧走。”

"啧，怎么不惹你？你还欠我钱呢。这都两年了，这些钱可增值了不少哦，所以说你得多还我一些了。"

叶尔特舍夫晃了晃身子，打算继续往前走——吓唬吓唬他就得了。可哈林却发怒了，像女人一样歇斯底里地扯着尖嗓子没完没了地嚷开了：

"我不会再还您任何东西了！我什么都不欠您！听明白了?!您要愿意，就去法院告我啊，我不会再还您任何东西了！完了！"

"什么叫不还了?"尼古拉·米哈伊洛维奇觉得此人极其可笑；这种感觉他以前当警察的时候有过，当那些家伙跟他无理取闹的时候。"什么叫不还了？啊?"他缓缓地朝哈林走去。

"别过来！"哈林举起斧头。"我！够了……混蛋！"

"谁是混蛋？你还有没有良心？去把摩托车卖了，把钱给我拿来。后天给我拿来，把债都还清。"

"别过来！"哈林主动朝前冲了上来，举着斧头的手朝尼古拉·米哈伊洛维奇甩过来。

叶尔特舍夫已经无须言语，条件反射似的按照以前学过的那样，扔掉斧头和手锯，用左手抓住进攻者的手臂，右手钳住脖子，紧紧握住。他的大腿一侧被无力地敲打了几下（哈林用左手捶他）；他加大了力度，猛地一提。哈林的脊椎咯吱作响，干呕一声，瘫软了下去，感觉重量突然增加了许多……叶尔特舍夫伸直左手，哈林倒在了地上，手里还攥着斧头。

尼古拉·米哈伊洛维奇站了片刻，想等对方的身子扭一扭，做出想要爬起来的动作，这样他就可以抓起哈林的头发，让其记住，以后不要胡来；可此人却一直躺着，趴在地上，面颊侧着朝下，看不到眼睛。不知是睁着还是闭着的……也用不着看了吧……

叶尔特舍夫捡起自己的工具，朝车子走去。刚走出去几步，又回过头来瞅了瞅。看着躺在地上的哈林，他想了想自己的手指有没有碰到什么。好像没有，只是擦到了哈林的袖子……得了，不管……

他往林子深处开去，在那里捡了些柴火。几乎还是在原计划的时间回了家。把“莫斯科人”开进院子，把柴火卸了下来。他花了好一会儿的工夫洗脸，全然不吝惜水……跟妻子喝了几杯。这次他把酒精勾兑得浓了一些，有五十五度。

出门上厕所的时候，他发现下雨了，雨不大，但很密。凉意十足……要是在平时，他会觉得失望——事情还有好多呢，可现在，他站了一会儿，用嘴接住了一些雨滴，深呼吸了一口：

“不——错……”

第二十一章

对于瓦莲京娜·维克托罗夫娜来说，这个秋天比去年更难。尽管去年秋天也感觉无助，并且也有很多烦扰，但家里的女主人毕竟还是塔季扬娜姨妈。她会提醒什么时候该干什么，如何做好过冬的准备。姨妈自己也做了很多不起眼，但很耗费时间的小事情。可是，现在所有事情都压到了瓦莲京娜·维克托罗夫娜的肩上。问题是，她经常觉得疲惫——不是干活累，而是自己体内有一种病态的疲倦感，好像全身上下带不动了似的。脑子已经应付不了层出不穷的新问题了，总是得想办法，解决它们……

来买酒精的简直让人不得安宁。瓦莲京娜·维克托罗夫娜好几次都想跟丈夫说，这个小铺子应该关一段时间。可话到嘴边又咽下去了，她扪心自问：还能靠什么赚钱啊？

从春天快要结束的时候阿尔乔姆就一直在城里干活。不过，他的生活状态根本就不稳定，干的都是临时工，和水泥、搬砖头。没有一点儿前途。他十一月份回家时说的话并没有让瓦莲京娜·维克托罗夫娜感到惊讶。

“冬天来了，建筑队解散了，”他阴沉着脸说。

“那挣了很多吧？”

"很少。"儿子的话里带着顾虑，担心钱被他们拿走。"都花在吃的上面了，还有住……其他零零碎碎的也得花一些……"

"是哦，是哦，"尼古拉点了点头，流露出嘲讽的笑意。"那现在打算干什么呢?"

"不知道……等春天再去找活儿干吧。还过得去……到时候兴许会有事情做……"

尼古拉又点了点头，走到炉子旁，用手指头捻着一根香烟。

他在炉子旁边一坐便是很长时间，这让瓦莲京娜·维克托罗夫娜感到不安。他好像不是在吸烟，而是在等待什么。可以就这么坐半个小时、一个小时，如果此时有人敲院子门，他就会一下子跳起来，往外面冲。有一次，他回屋来不是为了拿空瓶换新瓶，而是陪着村警一起。

"这下可好了，没得卖了，"瓦莲京娜·维克托罗夫娜反倒感觉有些轻松，不过双腿还是颤了颤，她赶紧找来凳子。

"你们好，"村警咧开嘴，抱歉地笑了笑，四处打量了一圈；厨房里井井有条，幸好，装酒精的桶和瓶子都收起来了。"我来向你们问几个问题。其实在外面就可以，但太冷了。"

"好的，好的，请坐。"

"你们，呃，肯定知道，根纳季·哈林失踪了……"

"这事已经很久了吧，"尼古拉答道，"哦，我的意思是听说过，怎么了?"

"今天他的尸体在松树林里被找到了。摩托车也在，好像什么东西都没少。我让护林员在现场守着，也联系了侦查队，我自己先各处走走……”村警看了尼古拉一眼，“你们什么都没听说？谁能这么干啊？……到你们这儿来的，呃，可不少。”

尼古拉想了想，耸耸肩膀：

“不知道……老实说，我对这个哈林没有好感。”

“怎么会这样啊？”

瓦莲京娜·维克托罗夫娜抢在丈夫前面答道：

“他们把我们骗了。他跟他老婆。极其无耻的欺骗。我们刚搬到这儿，她老婆叶连娜就找上门来，一副殷勤的样子……接着就开始吹嘘油锯、饲料、木材和水泥。反正他们就是纯粹的骗子！”

“呃，”村警叹了口气，“我听说过他们的勾当。他们这样蒙过很多人了，尤其是外面来的。”

“您都听说了，怎么不管管啊？”

村警疑惑地看了看瓦莲京娜·维克托罗夫娜：

“也没人给我写过申请。而且，你们肯定也没跟他们要过收据，没写清楚怎么回事，是吧？……那……”他站起身来。“希望案子能破。或许就是一桩事故而已。”他意味深长地咳了几声。“什么伤害和搏斗痕迹我都没发现……摩托车也正常……得了，再会。”

阴沉而无雪的晚秋被冬天取代。跟以往一样，当积雪厚实到来年春天才会融化的地步时，大家都挺高兴的——村子变得更美了，整个世界亮堂了不少。可再往后，积雪就开始让人觉得郁闷了。

大部分时间都待在家里，觉睡得不少，可睡眠并没让人头脑清醒，也没让体力得到恢复。已经没法再接着睡的时候，就看看极其不清晰的电视，在狭小的屋子里踱步，踩得地板嘎吱响。

这个冬天酒喝得不少。已经养成了习惯，就像一个久病不愈的人每隔一段时间就要吃药似的，从柜子里取出瓶子，倒一两多出来，喝下去。有那么十五到二十分钟，感觉会轻松一些，可以熬过这段死气沉沉的日子。过了一会儿再喝。渐渐地就醉了，昏昏欲睡，吃一点儿冰箱里的东西，又开始喝……瓦莲京娜·维克托罗夫娜没力气做好吃的，而且也不愿意："干吗要做？"要一天三次在盆子里洗餐具，换水，这简直不可忍受。有时想到盥洗盆、能出热水的水龙头，她甚至会默默地掉眼泪……

阿尔乔姆的生活也平淡无奇，他的日子跟父母一样。也是长时间地躺在床上，也是忍受着雪花满屏的电视机，也去开柜子，也给自己倒酒；有人敲院子门，他就会来精神，表现出愿意为父亲打下手的样子。他会帮忙做些家务——去商店、打水、扫院子里的雪、取柴火。

他们基本上不说话。三个人都知道，只要他们一开始讨论，一提旧事，最终就会发怒、吼叫。也没什么可讨论的了，而回忆则太过悲伤。

新年夜过得很简单，似乎害怕欢笑，也不愿互相祝福"万事如意"。就连香槟都没买，就着勾兑的酒精嚼熏肠和烤鸡，不到一点就睡了。村子里的其他人家也都安安静静的，只不过偶尔传来零星的鞭炮声，有人醉意朦胧地大喊"乌——拉！"

俱乐部没有重建起来，烧焦了的木板和圆木被人捡回去当柴火了，大的石棉瓦片和铁片则被大伙儿用于修缮房屋。

二月底，瓦莲京娜·维克托罗夫娜打算去看小儿子。这是最后一次探视——杰尼斯的刑期只剩下六个半月了。

只有杰尼斯回来，她才觉得有机会把生活理顺。她早就寄希望于此，已经疲于等待了。一天当中她会看好几次日历，总埋怨时间过得太慢，恨不得一口气把写着日期的那些纸张都撕下来，揉成一团，扔到炉子里去……这本日历是她买来专门挂在厨房桌子上方的，她指望常常看看日历，这样可以催着日子过得快点儿。可日子还是无比拖沓，慢得出奇，时间仿佛偶尔会停滞下来，故意逗你不得不推着它往前去，想方设法地弄出一些其实毫无意义的事情来……

探望进行得很顺利。杰尼斯一点儿都不像囚犯，除了衣服和短发；管教对他没什么不满，至少评价他说在不断改正。她则哭着央求儿子快些回家——“要不我们就死定了”。他点着头抚摸母亲的脊背。等瓦莲京娜·维克托罗夫娜不哭了，他一边擦去她脸颊上的泪水，一边充满同情地悄声问道：

“你喝酒啊，妈?”

“啊?”

“你经常喝酒?”

她想把话题岔开：

“说什么呢?”

“嗯，看得出来。脸、声音……常喝酒的人看得出来。”

瓦莲京娜·维克托罗夫娜想要表示不满，想要让他相信他们虽然喝点儿，但不多，都是过节的时候或者感觉累的时候才喝……可杰尼斯却抢先说道：

“别喝太多。忍一忍。一切都会好起来的。我们会好的。”

回家的路上，她下定决心，要督促家里的两个男人盖房子——“以前在原始森林里还能盖起房子来呢！”还要催他们去找工作。“让他们去‘北方’公司应聘，或者去当看门的。让他们找出路。否则我们真是死定了，死在这片沼泽当中。”

周围的一切都慷慨地支持她的决定：阳光明媚而敞朗，积雪白得耀眼，但已经开始消融，松树和云杉的叶子欢快而活泼；火车车厢里的旅客们就像是专门挑选过的一样，客气而健谈；硬卧隔间窗户上方的扬声器播放着歌曲，都是在她年轻的时候曾经流行的，到了新闻节目的时间，总统那精力充沛、活力十足、坚决果断的声音便响了起来：

“俄罗斯这个国家为自己的人民选择了民主道路。它自愿踏上了这条路；基于对通用民主原则的观察，它将在充分考虑历史、地缘政治以及其他特征的前提下自主决定以何种方式保证实现自由和民主原则……”

然而，刚下汽车回到村子，她的心情就被破坏了：睡眼惺忪的村民、阴沉歪斜的房子、斑驳的商店绿墙、肮脏丑陋的看家狗——什么也防不住，不知为何还养着它们……

屋子暗沉、寒冷、不通风。桌上是一堆没洗的碗碟。

“科利亚、季亚玛，”瓦莲京娜·维克托罗夫娜在门口喊了一声。

房间里传来嘶哑而不满的呻吟声，窸窸窣窣，有个什么玻璃物件摔了，幸好没打碎。

“怎么回事，尼古拉！……”

她还没见过丈夫这副样子。以前确实也有过，他喝得烂醉，走路跌跌撞撞，脑袋低垂，但没到过这种地步……一个晚上喝不成这样。

尼古拉坐在床上摇晃着身子，脑袋夹在双手间，一边呻吟，一边嘟哝。头发乱七八糟的，灰白的胡子又多又浓，他全身歪斜，不停地颤抖……瓦莲京娜·维克托罗夫娜明白，现在骂他、指责他都完全没用，她进了厨房。慢慢地，好像怕坐空了似的瘫到椅子上。坐了一会儿，四下望了望，发现坐在以前姨妈打发日子的地方，赶紧跳了起来，换了一处。

尼古拉走出来，不像喝醉的样子，而是有些无力地晃悠着，朝柜子踉跄而去，取出一个瓶子，用牙咬开塑料塞子，咕噜咕噜地往杯子里倒。右手并没有放下瓶子，而是用左手端起杯子一饮而尽。他大声地出了口气，站了片刻，把瓶子放到桌上，从凉水瓶里灌了口水，倒在床上，马上又放平了身子，靠到墙边。

“阿尔乔姆呢？”瓦莲京娜·维克托罗夫娜尽量保持平静地问，他这么问并非真的想知道儿子去哪里了，而是不想不说话——不说话很可怕。

“他？……”丈夫咳嗽了起来。“他又跟那个人混去了。三天都没回来了。你一走……他立马就……”

尼古拉起身抓住瓶子。

“给我也倒上，”瓦莲京娜·维克托罗夫娜说。她想起了杰尼斯的话，默默地辩解说：“能怎么办？现在能怎么办？”

“原来，他跟她到现在都还没离呢，”酒水下肚，尼古拉喘了口气，然后说。“说要离，结果……”

“他们说不定真的还能继续过下去。”

“过什么过？你在跟我说什么啊?!”尼古拉的眼睛瞪得大大的，失去了血色，瓦莲京娜·维克托罗夫娜也想冲他吼，不过暂时忍住了，听他继续说。“你怎么回事，瓦利娅？根本就没明白？他这样是故意的！就像春天那次一样，想些花样出来。一会儿要结婚，一会儿又……先在一起，接着又分开，一走了之。怎么，我们家需要这么一个人啊？啊?！他简直……我还想在这里入土呢!”

尼古拉大概发现，这些话他已经说过不下二十遍了，所以也就闭了嘴，一把抓过酒瓶。

“别这样，说不定呢，科利亚，”瓦莲京娜·维克托罗夫娜轻声地央求他。“杰尼斯也说了，别太操心……他很快就要回来了。能帮我们。”

“帮……我可不敢想。”丈夫抿了一口酒，不过只喝了一丁点儿。“村里的那些人……他出来后在这里能待得住啊？他不会待在这里的……住上个把月，吃饱喝足了，就……你以为关了五年的人能在农村待得住?”

“可他说了……”

“他现在说什么没用。他现在在里面，什么都会说。你得明白……”

“我不想明白！”瓦莲京娜·维克托罗夫娜打断了他。“我只想知道一件事，你们这些大老爷们什么时候才能把像样的房子盖起来？都第三个年头了。两个夏天啊！……”

几分钟内，她感觉虚弱了不少；然而，酒精下肚，同时听到了这些话，她又不禁担起心来。于是，她不停地说啊，说啊，使劲地骂丈夫和两个儿子，说他们每个人都让她伤心。她觉得他们所有人现在都在场，只不过胆怯地躲起来了。

春天来得挺早，天气也比较暖和。三月中旬雪就化了；人们担心寒潮再次来袭，那些栽种了维多利亚草莓和果苗的人，都用干草和松枝把它们盖起来了。不过，大的寒潮没有来，小草早早地就冒了出来，令人惊叹。当然，还是不敢贸然翻耕菜园，让土地干透了再说吧。人们好像都在劝自己，嘟囔着说：“冬天还会回来的，会——回——来——的。”

叶尔特舍夫夫妇没法从低落的情绪中走出来。窗台上的秧苗互相遮挡，可瓦莲京娜·维克托罗夫娜也没力气修剪。哪怕是最简单的饭菜她也得强迫自己才能做得出来；尼古拉就跟冬天的时候一样，坐在炉子旁抽烟，一直在想心事，在等什么人或者事；时不时地往杯子里倒勾兑酒精，然后喝下去。

三月初，洗澡间用的铁炉子送来了，这是秋天就订好的。拖进来过后就放到台阶旁边——尼古拉不着急安装，瓦莲京娜·维克托罗夫娜好像也无所谓。难得洗澡，一个月就洗两三回，而且也是马虎了事，谈不上享受。

春天，来买酒精的人变少了。要么就是没钱，要么就是喝得少了——这几乎不太可能。大概还是因为缺钱，生意受到了影响——在乡下，春天的时候钱总是比较紧张。这从来买酒精的老太婆变多了就可以看得出来。她们在叶尔特舍夫家买两三瓶，用于支付请人犁地、冬天过后维修房屋以及购买鸡崽儿的开销……

四月份来了一支建筑队，开始在以前的俱乐部那个地方清理火灾后的废墟。这支队伍估计是从扎霍尔莫沃来的，他们把管道、没完全烧焦的木头块、俱乐部锅炉房里的锅炉和碎砖装上卡车拖走了。人们都说要动工修建新的俱乐部，更大型的，水泥的，还带落地窗。可就在这个时候，几个本地信教的老太婆开始走街串户，要大家在一张请愿书上签字，希望在俱乐部所在地建一座东正教堂。

“以前那个地方就有一座教堂，”她们解释说。“六二年的时候被拆了。我们还保留着里面的圣像画。”

她们也到了叶尔特舍夫家里。尼古拉不吭声地听她们讲完就签了，可瓦莲京娜·维克托罗夫娜却问了一句：

“那俱乐部在哪里盖呢？”

“还找不到地方啊？”其中的一个老太婆眉毛一扬，不解地回答。“地方多得是。”

瓦莲京娜·维克托罗夫娜想起她了：这个老太婆叫玛丽亚·达夫琴科，她以前还是中年妇女的时候在农委会工作，总是戴着一块红色的头巾。开会的时候喜欢慷慨陈词。

“你们要把签名送到哪里去?”

“拿到市里去。去找领导……”

“哦……”瓦莲京娜·维克托罗夫娜写下了地址，签上了名。她无所谓——俱乐部所在地那个教堂她只是依稀还记得。没人对它太在意，二十年代它就被关了，后来慢慢地衰败了，村里人也去破坏它（有人扯下一块铁皮，有人拿走一块刨好的板子，有人需要石头)。拆除它的时候大家也很冷漠，就好像拆的是一个牛棚似的……城里以前的五座教堂当中只剩下了一座，在市郊，小小的，刷了白墙，毫不起眼……她不记得边疆区中心的教堂了——二三十年代的时候，也毁掉了不少；叶尼塞河畔的峭壁上有一个小教堂，可它却没被当成一座宗教建筑，而被认为是历史古迹。

“上帝保佑你们,”老太婆们念叨着收回了请愿书。“上帝保佑……”

“五一节”阿尔乔姆来了。衣着整齐，喝了点儿酒，看上去非常开心。挑剔地看了看台阶旁边的炉子：

“洗澡间用的？该把它装起来。”

尼古拉一上午也喝了三四两，他却正相反，心绪不佳。

“好，我帮你打下手。”

阿尔乔姆在炉子旁边站了片刻，接着就进屋了。他用眼睛扫了一番，看看家里是否有变化，然后坐到桌旁。

"喂，你们如何啊？"瓦莲京娜·维克托罗夫娜好不容易挤出一个问题；她跟阿尔乔姆差不多两个月没见过了，从她去看杰尼斯那天开始。有几次都想去佳波夫家，可对他们和对儿子的怒气占了上风。

"哦，就那样……就那么过呗。"

"罗季克怎么样？"

"哦，也还行……长大了一些。"

阿尔乔姆回答得心不在焉，似乎在忙别的事情，或者他自己准备提问——沉重、严肃、令人不悦的问题。

"你来干什么？"他们备受煎熬地沉默了好一会儿，尼古拉问了一句。

听到他的声音，瓦莲京娜·维克托罗夫娜猛地一惊——他就像是在审问敌人。不过，她自己也想以这样的语调问儿子同样的问题。

"来看看。"

"哦——哦，谢谢……"

又没话了。

"要不，咱们庆贺一下？"阿尔乔姆提议。"好歹今天过节啊。"

"过节，是哦……你母亲两个星期之前过生日，等你回来，也没等到。"

儿子咳嗽了几声，带着一丝歉意，而更多的是懊恼。他瞟了一眼瓦莲京娜·维克托罗夫娜。

“我完全忘了。正好罗季克生病了。”

“我们在这里可能已经都死了，”尼古拉激动起来。“你也无所谓。”

他走到柜子前，取出一瓶已经开封的酒精，说道：

“瓦利娅，弄点儿吃的。儿子饿着肚子来的。说是让弄点儿吃的……”

对于瓦莲京娜·维克托罗夫娜而言，现在发生的一切——所说的话、眼神、手势——早就非常熟悉了，令人反感的熟悉：最近两年，类似的场景每隔两三个月就会重复一次，甚至要不了那么长时间。

“我们得搬到城里去，”阿尔乔姆吃喝了一通，然后冒出一句话来。瓦莲京娜·维克托罗夫娜觉得他好像胃口大开。

“我们是谁?”尼古拉阴沉着脸，警觉地问，不过能听出他言语之间包含的希望。

“呃……呃，我跟瓦利娅，还有儿子。”

“那就搬呗。”

儿子叹了口气。尼古拉的表情越来越阴沉，他把酒杯都倒满了。

“来?”

他们勉强地碰了碰杯，干了……瓦莲京娜·维克托罗夫娜想吃口菜，可食物的样子又让她恶心。她强忍住反胃的感觉，开了口：

“好，儿子，该搬。你们该搬，我们也该搬。你知道，我们也不愿意到这里来……那我们一起看看该怎么办。租房子？这也是临时的。一年，就算两年，往后呢？你想想，总得从一个地方搬到另外一个地方……我们这么多东西……我们跟你一样，在这里过不下去了，我们也想回城里。”

“那怎么办?”阿尔乔姆严肃地问。“我们说这事都多久了……还在说。我不知道我们所有人该怎么搬——我说的是我自己：我没办法再在这里待下去了。没——办——法！你们都忍受不了，更别说我了。我生在城里，一辈子都住在那儿，凭什么我现在要在这里?!”

“又来了，二十五年，”尼古拉叹了口气，又把酒杯倒满了，没再理会其他人，自己喝了。“反正，我最后再说一遍……”他盯着儿子的眼睛。“我跟你说过一千遍了：愿意住城里，去住就是了……”

“怎么住?!妈的，当流浪汉啊?”

“找工作，租房子。在宿舍里找个房间。排队等机会换套间。存钱。”

“谢了!”阿尔乔姆哼了一声。“这些建议可真是宝贵!”

“听——听着……”

瓦莲京娜·维克托罗夫娜能感觉到尼古拉的全身都绷紧了，可他说话的声音却颤抖了起来：

“听——着，你还指望我们什么？你都快三十了。我在你这个年纪……”

“你说的这些我都听烦了。是，我也该进警察局……”

“可也得做点儿事情啊!”瓦莲京娜·维克托罗夫娜嚷嚷起来。“你现在不能只顾自己了——你有家，有孩子。你得决定该怎么过日子。”

“能怎么过啊？我一无所有，被拖到这里来了，现在又！……”阿尔乔姆也吼了起来；尼古拉没出声，死盯着他。“去年夏天跟个傻子似的干活，可有屁用啊！装进口袋里一百卢布……妈的，不想这么过下去了。我要自己的房间，要浴室，我要以前有过的一切。”

“你就是懒鬼，”尼古拉小声却清晰地说了一句，但没有抱怨。“懒鬼、寄生虫。我们想在这里过上正常日子，可你连手指头都没动过……”

“我根本不想待在这儿！想去以前的地方……”

“去啊，给自己挣出一套房子来，就跟我一样。”

“得了吧，关酒鬼的地方……”

尼古拉跳了起来，抓住儿子的衣领就往外面拽。阿尔乔姆发出嘶哑的喊叫声……瓦莲京娜·维克托罗夫娜呆呆地盯着桌面，脑海里却乱成了一片，冒出各种各样的想法，也不算想法，就是各种思想的火花吧。她想找到一条出路，从这些火花当中拼凑一个切实的救命想法，能够借此改变一切，让一切变得光明……没有，什么都没有……

院子里传来吼声，打架的声音。不响，但却异常清晰。

“让他弄明白，”瓦莲京娜·维克托罗夫娜自言自语。“呵呵，确实应该……”

不过她还是强迫自己站起来，走到了台阶上。

她没见到丈夫，而阿尔乔姆则躺在铁皮炉子旁，瓦莲京娜·维克托罗夫娜觉得，他似乎正若有所思地望着天空。刚开始她没明白发生了什么事，心里愤愤地念叨着：“他现在难不成要打滚?!”

第二十二章

尼古拉·米哈伊洛维奇曾为自己的两个儿子感到骄傲。他看着他们逐渐长大，满心欢喜；把他们搁在膝盖上，做出马匹跳跃的动作；他被他们滑稽的儿语逗乐，教他们怎样成为男子汉……大儿子满十二岁后，他们之间的关系变得冷淡了一些。儿子们开始躲着他，他们有了自己的生活、自己的事情，对父亲的尊重和热爱也不见了，取而代之的是担心自己胡作非为被父亲教训。

那时候他们还住在城里那套设施齐全的房子里，叶尔特舍夫还在上班，他还能通过紧盯电视屏幕的方式忽略他们的举动。而他也没那么明显地觉察到自己与两个儿子的疏远。是的，大儿子阿尔乔姆是个索然无味的家伙，永远都是一副倦怠而慵懒的样子，不过不缠人，不引人注意。他能一连几天躺在床上，翻书或者听音乐，尼古拉·米哈伊洛维奇甚至有过把他忘了的时候。确切地说，他是尽量不去注意儿子不干活，什么事情也不做的事实……小儿子杰尼斯更讨尼古拉·米哈伊洛维奇喜欢，他活泼、胆大、好斗，最终为自己的性格付出了代价——因为把人打成了重伤而锒铛入狱。这当然让叶尔特舍夫感到难过，况且他见过不少坐过牢的人，他知道，杰尼斯很难再回到正常的生活轨迹当中来了。这些人过了一年半载又会犯事，又会被关起来。所以他并不认同妻子所持的希望，她以为杰尼斯回来能帮到他们，让全家人过上新生活。

可是事到如今，尼古拉·米哈伊洛维奇和妻子都快老了，却落到了穷乡僻壤之间，指望不上成年儿子的帮助。一个因为斗殴在坐牢，另外一个则辜负了他们——在他们最艰苦的时候辜负了他们……

在精神上他们早就已经跟阿尔乔姆形同陌路了，因此尼古拉·米哈伊洛维奇能够接受儿子的死。他自己也感到吃惊，怎么可能不发疯？怎么可能不因为内心所受的冲击而病倒？而他几乎非常的平静，甚至还有一种轻松感。

后来，他成百上千次回想过自己把儿子从门厅里拽出来的动作，仿佛一次又一次听到了阿尔乔姆的脑袋撞到铁皮炉子上的声音；而瘫倒在儿子旁边的妻子所发出的尖叫则真真切切地划过了他的耳膜……尽管所发生的一切都太过残忍，但他并没感到真正的恐惧。

当然，最初他是想向村警坦白承认，然后伸出手，让后者为他戴上手铐。瓦莲京娜·维克托罗夫娜制止了他："你想过我吗?！那我得去上吊？"

他们被盘问过，做过侦查实验。后来得出的结论是，阿尔乔姆死于不幸——在醉酒的状态下失足跌倒，后脑勺撞到了炉子的一角……安排葬礼费了一些神——找棺材和汽车，雇人掘墓……棺材停放在屋子里的那天夜里，烛光闪烁，塑料花显出惨淡的白色；棺材旁边的凳子都空着——没有人来告别。第二天早晨下葬，接下来几个星期是祭奠期……无论是阿尔乔姆的遗孀还是叶尔特舍夫夫妇的亲家都没出现过。

他们勉强往地里撒了些土豆，种了几畦胡萝卜、白萝卜、洋葱和茴香，插了一些蔫蔫的淡绿色番茄苗和白菜苗。几乎没怎么浇水——给水龙头一侧的出水口被人用螺栓焊上了。刚开始大家觉得非常吃惊，想把橡皮管重新接到给水龙头上。后来他们去找了村长。

“这个我管不了，”村长抱歉又无可奈何地为自己开脱。“我本人原则上表示反对。是能源部门这么决定的——给水龙头毕竟是归他们管。”

大家都义愤填膺；村长提高了声调：

“他们说了，如果你们把螺栓砸开，他们就停水。”

“那我们怎么浇菜园子？怎么喂牲口？一桶一桶地挑可不成……”

“去找能源部门啊。喏，他们的电话、地址。”村长从桌上拿起一张似乎早就准备好了的纸片。

第二天，有几个人到城里找相关部门理论去了。傍晚他们带了两页纸的文件回来，在商店旁宣读：

“……向公民提供服务的原则经由俄罗斯联邦政府二〇〇三年五月二十三日的决议确定。第三百零七条第九十一款 b 小点规定：‘禁止消费者使用给水龙头清洗交通工具和给动物洗澡、洗涤衣物，禁止在未经能源保障部门许可的情况下私自把管道、软管和其他装置及设施连接到给水龙头上。’所以，目前公民权没有被侵犯……”

显然，给水龙头的事情并没让叶尔特舍夫夫妇太操心。他们顾不上这事。总之他们什么都顾不上……靠酒精度日。虽没有喝到失去知觉的程度，但也没让自己的头脑保持清醒。他们害怕。

随着采集浆果和蘑菇季节的到来，顾客们蜂拥而至——又开始没日没夜地敲院子门了。送新桶过来的时候，那个仪表堂堂的谢尔盖·阿纳托利耶维奇很高兴：

“卖得不错啊。不——错……您当初还不愿意呢，我记得。”

结算货款的时候，此人有点儿纳闷：

“好像跟总量对不上。你们同意赊账了？还是你们自己喝？”

“自己喝，”叶尔特舍夫皱了皱眉。“搞了个葬礼……给儿子下葬……”

“哦，哦……好吧。”不过，谢尔盖·阿纳托利耶维奇临走前又提醒了一句：“可别赊账！否则今后甩不掉。对他们得厉害点儿。”

七月十号，叶尔特舍夫夫妇在院子里忙活的时候，瓦莲京娜来了。

“你来干什么？”尼古拉·米哈伊洛维奇马上问道，没给妻子说话的机会。

“我得开证明，”瓦莲京娜有些蛮横地盯着他的眼睛回答。“证明壮劳力没了……得开死亡证明。”

“没了?”

她的目光里闪现出一丝惊诧。

“你还好意思跑这儿来?!”妻子哭丧着咆哮起来。“折磨了他两年，让他落到这个下场，现在又来……给他下葬的时候你在哪里？需要帮助和支持的时候你在哪里？把我们家给毁了，现在倒冒出来了。”

“听我说……”

“行了，从这儿滚开，”尼古拉·米哈伊洛维奇打断了儿媳的话。“别再来了。再让我看到的话，把腿给你打断。”说着他便开始关院子门。

“这都是为了你们的孙子啊！我怎么养活他?!丧失壮劳力应该有补贴……”

叶尔特舍夫猛地掀开院子门，差点儿没把抓着门把手的瓦莲京娜甩进院子里来。

“我已经跟你说了：滚。我数到三，挥一巴掌能把你打飞。”

过了两天她母亲来了。一来就发起了攻势，说他们要写情况说明，讲清楚女儿是如何被要挟的；说外孙是两家人的，叶尔特舍夫夫妇有义务协助领取阿尔乔姆的抚恤金。她还威胁说，可能要去跟相关部门反映，阿尔乔姆到底是怎么死的。

尼古拉·米哈伊洛维奇听了一会儿，突然便朝院子门口冲去，抓起了放在旁边的干草杈。

“哎——哟，哎——哟!”亲家母尖叫着跑开了。“杀人啦!哎——哟!”

如果不是瓦莲京娜·维克托罗夫娜把叶尔特舍夫拦住，他真就赶上亲家母了。

“别这样，科利亚，看在上帝的份上，别这样。你想想我啊！”

又过了几天，妻子突然昏倒了。她打算做点儿吃的，却倒在了厨房里。尼古拉·米哈伊洛维奇拍了拍她的两颊，又喷了些凉水。她艰难而缓慢地恢复了意识。

“怎么啦，我去喊村医?”叶尔特舍夫一边扶她到床上，一边问。

“她能管什么用……得去医院……”传来细若游丝的声音。“我早就这样了……身体里面……可能是癌……”

“什么就是癌了?！你在说什么啊?”尼古拉·米哈伊洛维奇不说话了，被吓到了，大概是第一次真正觉察到可能会失去妻子；这比什么都可怕。“会好起来的，瓦利娅。等等……”

安顿好了妻子，他找出车钥匙，冲进院子。他花了很长时间点火，可“莫斯科人”却发动不了……蓄电池好像没问题，点火器也正常，可总是熄火。

过了十分钟叶尔特舍夫才反应过来，没油了。儿子死后那些日子跑了不少路，最后一次，车子艰难地撑到了门口，不得不用手把它推进了院子。那次以后就没开过了。

他抓起一个三升的桶，冲到村子里找汽油。路上拐到了村医家里，请她来一趟，跟她讲出了什么事。

“哦，”她一边不情愿地回应，一边关上了院子门。

他从开“乌拉尔”的小伙子那里花高价买了油。这人叫戈沙还是叫格列布来着；叶尔特舍夫见过他有几次跟阿尔乔姆在一起。

小伙子奇怪地看了尼古拉·米哈伊洛维奇好几眼，把桶装满递了过来。

“要开很远？”

“不知道……老婆病了……谢谢。”

“没事。”

村医显然还没来。尼古拉·米哈伊洛维奇给妻子穿好出门的衣服——她自己完全没力气，把她弄进了车子。

“那个……科利亚……把保险卡带上……我的，”她虚弱而吃力地说。

“在哪里？”

“嗯……那儿……放钱的地方。”

叶尔特舍夫跑进屋子，在小柜子里找到绿色的保险卡，又抓了些钱：“以防万一，说不定得塞点儿呢！”

他关上房门，把车子开到马路上，又关了院子门。手在发抖，总感觉忘记了什么，有哪里没做对……妻子瘫坐在座位上，靠着椅背，眯缝着眼睛，脸色苍白。

“去哪儿？去城里还是扎霍尔莫沃？”

“去……扎霍尔莫沃……能开到那里就行……我没办法……”

尼古拉·米哈伊洛维奇觉得挂号、办手续、换衣服等事情花了很长时间。医院没解释她到底怎么了，决定让她住院。

“我明天再来，”叶尔特舍夫握着妻子的手说。“挺住。”

他加了油，买了吃的——品种要比穆拉诺沃多一些……傍晚才回到家。

他竭力用一些急待解决的问题把自己的头脑占据住，想着各种各样的琐事，以免瞎琢磨：妻子怎么了？难道真是癌症？如果她有个三长两短，他一个人可怎么办啊？

他掏出钥匙，可却愣住了：房门半掩着，不顶用的门锁被扯了出来，只有一根螺丝钉把它给拽住了。

……差不多三年以来叶尔特舍夫一直担心的事情终于发生了，发生在他不再担心的时候，确切地说，在他忘记了担心或者没顾得上担心的时候。是的，家里进了贼，被偷了。究竟被偷了些什么，他还没弄清楚，但又有什么差别呢？家里来了外人，翻箱倒柜，四处乱摸，这本身就无法忍受……

他坐到凳子上，双手抽搐着掏出香烟，艰难地用打火机把它点燃了。

“行——啊，”他用威胁的口吻念叨着。“行——啊，会弄清楚的。”

他朝小柜子扫了一眼。显然，那儿也被扫荡过了——装着酒精的桶不见了。

“怎么着？去把你们都杀了？”他问了一句，脑海里并没有具体的形象。“任何人都有可能，那个卖汽油的也有可能。”

叶尔特舍夫蹦了起来，快步冲到门外。四下里环顾了一圈。路上空空的，一个人都没有。街对面的屋子窗户上，淡红色的夕阳反射出来的光线闪烁不停。

“会弄清楚的，”叶尔特舍夫又念叨了一遍，用充满威胁的呼气声掩盖自身的乏力。

第二十三章

日子沿着斜坡往下滚得太快了，根本停不下来。心灵越来越冷漠，唯有内心那层薄薄的保护膜让人不至于完全绝望，倒地而亡。是的，或许像那样死去反而是个不错的选择，就跟古希腊人或者壮士歌中的俄罗斯勇士一样，可惜做不到。只得继续受苦，但却不知为何。

瓦莲京娜·维克托罗夫娜被查出了糖尿病，而且此前没有及时就医。她刚有好转，医生就警告说：

“得注意身体，尊敬的女士，定期检查。机体发出了信号，表明它有问题，那就得做出反应。您其实早就感觉到不适了吧？对吗？”

“这人是从哪儿冒出来的？”瓦莲京娜·维克托罗夫娜暗自一惊。“不适……”她真想把发生的一切都讲给这个穿着白大褂、可爱又严厉的年轻男人听。他们家这些年发生的一切。到底发生了什么，让她产生了不适……真行啊，找出这么一个词……

她默默地哭了，没有抽泣，没有号啕。她转过脸去，背对着医生和同病房的病友。泪水刺激着皮肤，滑过脸颊，滴到了枕套上面……她听到医生懊丧地弹了弹舌头，看来是在选择合适的话；可他什么话也没选中，就那么走了。

她打针差不多打了一个星期，还输了液。医院里护士不够，因此得自己留意输液的情况。瓦莲京娜·维克托罗夫娜现在总想睡觉，她只得强打起精神，盯着脑袋上方的瓶子。病友都是周边村子里上了年纪的女人，她们得的要么是糖尿病，要么是哮喘，都已经患病很久了，而且病得不轻。她们大部分时间都躺在床上，偶尔勉强说几句话，似乎不太情愿的样子。谈话的内容都很沉重：哪个地方什么人死了，哪个地方谁家被偷了，哪个地方母亲不认孩子了，哪个地方冰雹把菜园子砸了，哪个地方有头牛死了，谁的补贴被取消了……

“难道就没有什么好事?”瓦莲京娜·维克托罗夫娜心里很想发火，可是，等到她在脑海里把这些年来发生的事情都过了一遍，才发现什么好事也找不出来。只有对很早之前的印象，其实也不是具体的事情，而是对一些事情的感觉，但也已经想不起来了。

丈夫每天都来。带来各种水果、巧克力。不过，有一次这些东西被医生看到了，他很严肃地斥责道：

“您是怎么回事?！她得的可是糖尿病啊！”说着就开始把床头柜上的甜食都往袋子里装。“不能吃！不能吃！”

糖尿病……搬到乡下以后不久瓦莲京娜·维克托罗夫娜就感觉自己不太对劲。或许更早之前就有这个感觉了。但她害怕去医院检查到底是怎么回事。毕竟已经五十岁了——她希望这只不过是过于疲劳的结果，再加上麻烦和不幸造成的神经衰弱。可现在是被确诊了——糖尿病。而且，这个病会一直伴随她，直到生命结束。打针、忌口、对病情加重的担心，最重要的是意识到自己得了病，但却不可能治愈。丈夫问她“你感觉怎么样”的时候，她真想肆无忌惮、发自内心地号啕大哭一场，一哭为快。

可她忍住了。盼着尼古拉为她鼓劲。而他却没说话。坐在病床边，望着她叹气，却不看她的眼睛。然后深深地吸一口气，问：

“那，我走了？……家里没人。”

“走吧……”

“你挺住。真希望你赶快好起来。”

“嗯……”不过，瓦莲京娜·维克托罗夫娜不知道他是不是真的希望：他说话的声音有点儿不对劲，他躲闪的眼神也有点儿不对劲，这让她感到害怕、绝望。

出院的时候医生给瓦莲京娜·维克托罗夫娜开了三瓶胰岛素、一盒一次性注射器；医生详细讲解了应当如何注意饮食，如何自己注射，如何取药，如何正确存放药品。

“……你的心脏还行，但如果不遵守注意事项，那可就麻烦了。还会患上营养性溃疡……”

瓦莲京娜·维克托罗夫娜记住了一些内容，另外一些则听漏了。在医院住了一个星期之后，再加上同一间病房里有五个要死不活的女人，现在她只想做一件事——尽快回到自己的小屋，睡到自己的沙发床上。况且，输完液后，她感觉自己已经康复了，强壮了。只要不去想她其实是个无法治愈的病人……

快到两点的时候，丈夫来了；瓦莲京娜·维克托罗夫娜很快就收拾好东西，坐上汽车出发了。

尼古拉一言不发，紧张地盯着路面。而周遭的一切都在快乐地高歌——路边绽放着几十种红色、蓝色、黄色的花朵，野草差不多长到了齐人高；远处，亮红色的松树树干夺人眼目，而它们的下面，似乎已经长满了蘑菇——硕大、肉厚、没生虫子……

“停一下，拜托，”瓦莲京娜·维克托罗夫娜用颤抖的嗓音说。

尼古拉猛踩刹车，“莫斯科人”的后部甚至动弹了一下。他惊慌地问道：

“怎么了？不舒服？”

“没有，挺好的。想去林子里稍微……呼吸呼吸。”

她已经打算开门了。丈夫拦住了她：

“我们最好还是回家吧。得快点儿。我们被盯上了……已经蹿进我们家两回了。”

“什么？”

“什么——被偷了。”尼古拉发动了汽车。“第一次把酒精偷走了，还有些东西。然后又来了……前天。”

“你说什么啊?！谁干的？”

“哼，要是我知道的话。我也在怀疑……可能怎么办……总不能把所有人都折腾一番吧。任何人都有可能。我警告过几个了。可有什么用……”

被偷的消息让积蓄的力气顿时消散——就像是从里面把这些力气榨干了一样；回到院子，瓦莲京娜·维克托罗夫娜看到，最初（两年前开始的）搭的墙框上面那根方木白得就像大腿似的；炉子还在台阶旁边立着，但已经蒙上了一层铁锈；而那堆木板正在慢慢地朽成碎屑。这时，她的力气彻底消失殆尽了……她吃力地挪到厨房里的床边坐下，接着又侧着躺了下去。“唉，全完了，”她意识到，“最后的避难所。”

“不，没完！没完！”她猛地坐了起来，脱口而出：

“没完！”

从包里掏出药：两瓶按照医生的吩咐放进了冰箱，一瓶拆开，又取出注射器，把胰岛素吸进针管。她从腰间掀起上衣……打针的时候，她与站在门口的丈夫四目交错，他的眼神有些困惑，似乎也有些厌恶。

“瞧，”她淡定地表示，“现在就得这样了。一天三次。”

七月过去，八月到来。感谢上帝，天气对园子里的蔬果来说挺适宜的——炙烤两三天，然后就下一场雷雨，大雨倾盆，时间不长，却能让土地饱吸温暖的水分。然而，天气如此交替却令人感觉不舒服。很是难熬，不想做事。人们待在屋子里，关上窗户，只有到了晚上才能听到生活的嘈杂声：有人锯木头，有人吵架或者冲着牲畜和鸡群大骂，有人打开录音机，有时自己还会大声地唱。

尼古拉变得更加沉默少言、郁郁寡欢。他窝在炉子旁，往炉膛里吐烟圈。跟冬天一样，每隔半个小时左右就走到柜子前，喝一杯……瓦莲京娜·维克托罗夫娜有时忍不住：

“你倒是找点儿事情干啊！老是这样可不行……”

于是，他便起身走了出去，一声不吭，面无表情。甚至可以一连几个小时也不回来。瓦莲京娜·维克托罗夫娜只得出去找他。

丈夫要么坐在院子里，要么坐在菜园里。他有些可怜地望着妻子。她的眼泪滚滚而出，心里满是怜惜。

“回家吧，”她说，“走，已经不早了。”

没人照料与呵护，一切很快就开始衰败、破损。菜园后边的篱笆倒了，瓦莲京娜·维克托罗夫娜只得三番五次地恳求尼古拉去修理，后来干脆变成了强迫他。

“那几头牛踩进园子里，可就把所有东西都毁了。我们冬天吃什么啊?!”

他终于抓起几根木条去了，捣鼓了半个小时，回来便躺到床上。

“弄好了?”瓦莲京娜·维克托罗夫娜问。

“哦唷。”然后他就侧着脸一觉睡到天亮，连晚饭也没起来吃。

一场暴雨过后，夏天用的厨房顶棚漏水了。石棉瓦裂了。瓦莲京娜·维克托罗夫娜又开始三番五次地求尼古拉去修一修。

“莫斯科人”的车身冒出了锈迹，有一次它甚至都没法发动了。尼古拉给蓄电池充了电，在引擎盖底下折腾了好久，最后宣布：

“好吧，我无能为力。真该把这堆破铜烂铁卖了。我不会再碰它了。”

接下来瓦莲京娜·维克托罗夫娜不得不恳求他、强迫他、央求他再试试，但他却对“莫斯科人”连看都不看一眼。可还是得坐车啊。甚至一想到他们现在已经没车可开，就够让人害怕的了。仿佛又有一根把他们与正常人的生活联系起来的线也断了。

胰岛素快用完了，瓦莲京娜·维克托罗夫娜去找村医开处方。后者的回答令她措手不及：

“我不开处方。您怎么回事……我主要是急救，安排转诊……”

“那我该去哪里开处方呢？”

“每个月第二个星期一从季格里茨科耶有医生过来，她可以开。从十点到两点在这里。”

瓦莲京娜·维克托罗夫娜算了算日子，发现她的药撑不到第二个星期一。

“那我怎么办啊？我急需胰岛素。”

“哦，你去找她啊。”村医是个三十五六岁的女人，神情冷漠而淡定，就是身体健康的人特有的那种不理解——病人究竟是怎么回事。

“去季格里茨科耶？”

“嗯，是啊。”

“呃……谢谢您的建议……你们真是能折腾——明明都要死

了，还让人坐公共汽车去找医生……”

到了季格里茨科耶，处方开得倒挺快的，虽然医生并不热情（“本地病人都没时间接待”）。那位医生甚至还问了一句：

“患病证明办了吗?”

“还没有，正打算办。”

“得办。”

“是，是……”

只有在城里专门服务于全区居民的药店才能取到胰岛素。瓦莲京娜·维克托罗夫娜坐公共汽车到了城里，排进了三十来个人的队伍里。她终于把处方塞进了窗口。

女店员似乎连看都没看一眼，就把处方扔了回来。瓦莲京娜·维克托罗夫娜很是吃惊：

“什么意思?”

“今天不接收这类处方。”

“啊?”

“今天只发药，”那个店员明显不高兴地表示，“发给享受国家政策优待的人。”

“什么人?”

“残疾人。绿颜色的处方。您的是灰的。您怎么搞的，什么都不知道？……”

“呃……等等!”瓦莲京娜·维克托罗夫娜身后已经有人开始推搡了。“那什么时候接收我的呢？……”

“明天来吧。我不知道。这可谁都不清楚。”

瓦莲京娜·维克托罗夫娜张开嘴，可却被气得说不出话来。

“您还要耽搁多久？”有人明显是故意地推了一下她的肩膀。“后面还有人呢。”

“喂，等等！”瓦莲京娜·维克托罗夫娜急了：“我是从乡下来的，跑了五十公里的路！难不成我每天都要跑来问取不取得到药？……”

“我每天都得听这些抱怨！”店员也怒气冲冲地回应她。“难倒是我说了算?！有您的药，我就发，没有就没有。”

瓦莲京娜·维克托罗夫娜想去找人说理，可是去哪儿？卫生局？……谁能保证她能达成目的？……冬天的时候她看到电视上讲过，全国的药品管理都是一团糟，有人甚至还为此举行过集会抗议。不过她当时并没太在意，以为自己的身体没问题。

家里剩下的胰岛素只够用两三天了。怎么办呢？只得明天再来。万一运气好呢？

运气真的不错。取到了三瓶胰岛素，还有注射器。她乐呵呵地把它们放进包里，马上就自嘲起来：“过不了多久，连一块面包都会让你乐呵半天的！”

第二十四章

有段时间叶尔特舍夫经常想到死。就是这么一个套路：一个人能走、能看、能听、能感觉、能动脑，似乎什么都能，可是突然之间就什么都不能了。“啪”的一声——漆黑一片，绝对的虚空。这个人什么都没有了，作为一个人，他不复存在，只剩下一块肉和一堆骨头，必须赶紧入土。

尼古拉·米哈伊洛维奇听到的关于阴间的说法越多，他就越发地感觉到去世后的“虚空”。这些说法包括幽灵、灵音、鬼魂、死者经过的灵魂通道……所有的一切都不过是人们面对“虚空”的恐惧。

警察局的工作让人变得更坚强，准确地说，让人变得更冷酷——死者不会引起格外的怜悯和恐惧，经常都是相反的感觉——愤恨。死了人就得有一系列的麻烦事，得去管，得为他们负责，得关照，得写很长的记录。

最近一些年叶尔特舍夫开始不喜欢活人了。很多住在近旁的人都是多余人，有些人成了他的敌人，或者干扰了他和亲人的生活。这一点在乡下尤其明显。争夺生存的权利，因为遭侮辱而报复——忍受欺骗，这本身就是被侮辱。

从不久前开始，尼古拉·米哈伊洛维奇不由自主地、并非情愿地羡慕起了死人，他自己也被吓到了。还不知死到临头，突然就死了；或许他们也害怕，不过，害怕的时候已经为时过晚，无法改变了……他羡慕尤尔卡（尽管按照他老婆的说法，他在阴间受了不少苦——当然，假设她老婆的脑袋没出问题的话）、哈林、那些喝醉了酒被砍被杀的小子，甚至羡慕自己的大儿子——一场不幸让他那空虚得连自己都不喜欢的生活戛然而止……一场不幸……他之所以羡慕，是因为感觉真的已经临近无法逃避的垂暮之年了，这可骗不了妻子，也骗不了自己。一个月更比一个月差。这样的日子前面还有不少。或许还有几十年，就像塔季扬娜姨妈一样。直到萎靡不振、精疲力竭……

睡醒了也不愿起床，幻想着新的一天能过得不错，可却找不到任何起色。不过，还是起来了，穿好衣服。而接下来又是徒劳无益、多余而沉重的一天。任何一个动作所带来的与其说是疼痛感，还不如说是生理上的厌恶。什么事都不想干，也没法干。没法活下去。“这就是老了，”尼古拉·米哈伊洛维奇非常明白，他坐在炉子旁，厌恶地把烟圈吸进去。“这就是人老了的悲惨。不是得病，不是身体无力，而是这种厌恶。”

这种感觉早有苗头，但在妻子昏厥的那个早晨突然爆发，晚上叶尔特舍夫又发现家里被窃贼翻得乱七八糟。此后，他就活得很勉强了，一天比一天艰难。现在他比妻子更期待杰尼斯回来——见到他，向他道歉，他们家成这样了。家被毁了，行将就木。

可是命运还在继续打击他们……一天早晨，尼古拉·米哈伊洛维奇走进院子，跟平常一样，目不斜视地冲着茅房挪过去。可他还是发现或者说察觉到有点儿不对劲，转脸朝车子看了一眼。引擎盖被打开了，正面的玻璃上少了点儿什么。

他走过去掀起引擎盖。是的，蓄电池（很旧的蓄电池，都快没用了）没了，雨刷被拆了。后备箱空空如也——备胎、千斤顶、装钥匙的包统统都不见了……院子门的插销被撬了。

“畜生，”叶尔特舍夫低声叫道，甚至都没有恶意；他已经在等着这一天了——既然摸到了来这里的路，那就不会再停下来了。

他空腹喝了大概三两勾兑酒精，开始翻箱倒柜地找东西。

“你在找什么？”妻子发现他的举动，带着显而易见的懊恼问道（她在看电视，可屏幕晃得让人眼花缭乱）。

“没什么，就是……”

找到了。他的制服放在一个箱子里。离职后他就把它收了起来，现在终于能派上用场了。他把它拿出来，然后去了厨房。他看了很久，用手指抚平布料上的褶皱。不太好意思让妻子再熨烫一下，也不想让她有继续追问的理由。

穿上衣服，对着镜子看了看……见鬼，再有个帽子就好了。可惜搬家的时候把帽子扔了——“反正也会皱得不成样子”……算了，没有帽子也很威风。

用刮胡刀刮了胡子，用浸了水的刷子刷了刷出门的鞋……的确，它跟制服的颜色不太搭……

“一会儿就回来，”他在厨房里冲着妻子说了一句。

“你去哪儿？”

“有点儿事……”

他走近柜子，迅速斟满了一杯，把一团火辣的酒精倒进了嘴里，嘟囔了一句：

“嗯，行了。”

他在村子里走了一圈，把每一个碰到的人都拦了下来。

“想跟我开玩笑？我把儿子埋了，现在你们就以为敢随便欺负我了，啊？我得给你们所有人一点儿颜色看看，一群畜生！等杰尼斯回来，他会让你们知道厉害的。你们都得沿着墙根儿走！明白了？”如果对方不吭声，他就会狂吼着举起拳头：“明——白了?!”

有的人嗫嚅：“嗯——嗯，”有的人则躲着他跑开去了。不过，见他处于这种状态，没人敢跟他正面冲突。

回家的路上，尼古拉·米哈伊洛维奇清醒了一些，他想脱下制服，再喝一点儿，然后躺下睡觉。这时却有人冲着他喊了起来：

“喂，大叔，你吵吵嚷嚷地想要干什么啊？”

“什么？”

第一次被偷那天卖汽油给叶尔特舍夫的小子从栅栏后面望着他，叫戈沙还是叫格列布来着……其实，尼古拉·米哈伊洛维奇最怀疑的人就是这小子——知道他要出门，是他自己说的……

“什么，”小伙子好像是在模仿他。“把我妈都给吓到了，她正喝药呢。关她什么事啊？”

“跟所有人都有关系。都偷来偷去的。”

“喂，大叔……”

“你出来，”尼古拉·米哈伊洛维奇打断了他的话。“躲在里面干什么？……出来说。”

“听着，我们没拿你的东西。别来纠缠我们。”

“我会弄清楚的，谁拿了，谁没拿……我儿子马上就回来了，我们会弄清楚的……”

“他死了啊，”小伙子吃惊地回了一句。

“阿尔乔姆是死了。另外还有一个……这个儿子把别人的脑袋给砸了，砸成了残疾……喂，你出来。”这么说话让叶尔特舍夫急了，他感觉自己就像是在辩解。“出来，我一个人就能跟你弄清楚。”

“我说了，我什么都没拿过。你要是纠缠不休，那我们就来弄清楚。”

“还敢威胁我?!”叶尔特舍夫朝着栅栏冲过去，可突然又清醒了过来——我这是怎么了?!得换种方式。以后再……“得了，让你多活几天。”

他朝自己家走去……太阳升上了天空，晒得厉害。两颊和胸口都出汗了，要么是因为天太热，要么是因为仇恨那些破坏了他们的生活、把他们往土里面推的人……他没有找到那些破坏者——也不可能为了寻找蓄电池、酒精桶和备胎把所有院子都翻个遍啊！而且问题不在这里，不在于旧的蓄电池和不好用的备胎。一切都要复杂得多……

他们艰难地盼望着儿子回家的日子赶紧到来。他的刑期到九月十七号结束。现在，尼古拉·米哈伊洛维奇总是抢在妻子前面撕去日历上的纸片；瓦莲京娜不高兴，但也没反对。

她越来越在乎自己的病了。从城里弄回一些维生素、营养品和小册子。

还大声地念出来：

"'越橘叶、白桦芽、金丝桃草、山羊豆草'……山羊豆是什么啊？上哪儿去搞？……'月桂叶、黑果越橘叶、杜松果'……"

上帝保佑，来买酒精的人还不少。某次进行的突击检查也没把酒鬼们吓着……多多少少赚了些钱。被偷的酒精桶——包括一个装满了酒精的桶——没太费劲就赚回来了。当然，叶尔特舍夫把发生的事情都告诉了谢尔盖·阿纳托利耶维奇，后者冷冷地表示了同情：

"难免，难免。现在的人啊，完全……"

去商店的路上或者其他时候遇到贼眉鼠眼的人，尼古拉·米哈伊洛维奇都会警告说：

"儿子马上就回来了，我们会弄清楚，是谁让我们不得安宁。我们得给他点儿颜色瞧瞧！"

看来，大家都担心他的话得到兑现——村警来找过叶尔特舍夫夫妇。一开始问他们发生什么事了，什么东西被偷了，得到回答后，他假装抱怨地表示，他们应该趁盗窃痕迹还在的时候及时报案，接着便警告说：

“你们得注意点儿。有人告你们威胁他们。”

“倒没人威胁我们，可是闯到家里来了，半辆车都被偷跑了！”

“嗯，我知道，知道。可也不能对所有人都……而且，这里的人报复心很强，万一……”

“万一什么？”叶尔特舍夫恶狠狠地眯缝起了眼睛。“嗯？”

“就是万一，”村警有些露怯，变成了老实巴交的中尉，面对一个虽然已经退休，但好歹还是大尉的男人。“难免……连放火都敢，而且……我理解你们，以前也理解……呃……不过，反正……”

第二十五章

整个八月份，汽车和水泥搅拌机都在轰隆作响，起重机发出咯吱的声音，俱乐部建筑工地上的工人们大呼小叫……还是决定重建俱乐部，而不是教堂。

似乎是在赶工。不过雨季到来前也只不过是把墙砌好了，然后所有人和机械就消失了。男孩子们在没盖好的俱乐部里玩起了战争游戏，成年人则悄悄地把剩下的木材拖回家去了。

“偷吧，偷吧，”有时尼古拉·米哈伊洛维奇就在偷木材的人身后喊。“全都是贼！”

……叶尔特舍夫夫妇勉强而吃力地收割了庄稼：挖土豆，拔白萝卜、甜菜、胡萝卜。天气不错，晴朗、干燥，他们在院子里把蔬菜晒透，然后放进了地窖。

瓦莲京娜腌了几罐黄瓜和西红柿，捆了几串大蒜，还腌了些白菜。尼古拉·米哈伊洛维奇多数时间在院子里，但基本上都坐在一个大桶上抽烟。

这些日子，空气特别洁净、静谧，这是大自然给予早秋的馈赠。大地平静而祥和地迎接寒冬。黄叶渐渐从白桦树上飘零，带着轻微的沙沙声铺落在干枯的草地和更早之前掉下来的叶子上。

杂草把自己的种子播撒到了四方，它们中的一些早在四月就冒了出来，而有的则在夏天露出了尊容，延续着无用、有害但又不可灭绝的植物生命。

微风摇曳着向日葵干枯而厚重的叶子，发出愁闷而怯懦的摩擦声……夜里，寒鸦飞来，就要发出忧郁的啼鸣了，抓挠人心……

尼古拉·米哈伊洛维奇站起身来，开始用锹在种胡萝卜的地里挖。瓦莲京娜几天前已经翻过一遍了，把能拽出来的都连着茎叶拽出来了，但还有很多在地里。尼古拉·米哈伊洛维奇把锹插进土里，几乎不是听到而是感觉到了被戳到的胡萝卜发出的脆响……见鬼，就像是划到了别人的手指似的……突然，他想起了哈林脊椎的脆响声……尼古拉·米哈伊洛维奇扔下锹，又坐到了翻转过来扣在地面的大桶上。

晚上，空气还算清新，但有些潮，带着一股湿气。潮湿的气息一浪接一浪地从池塘的方向传来，而猪粪的酸臭味也一浪接一浪地飘过。就像猪圈里的排气扇一会儿开了，一会儿又关了似的。气味有时会陡然变得非常难闻，让人鼻孔发痒，想打喷嚏……

九月初，上天似乎为了证明秋天的到来，下起了多日不停、令人厌烦的雨。

电视的效果让人完全无法忍受——即便第一频道也全是雪花，连人脸都分不清。声音也不稳定，时有时无，或者干脆串到其他频道上去了。

“我们还是买天线吧。”妻子终于忍不住了，“商店里卖的四千卢布一台。”

“哦，有什么用……”尼古拉·米哈伊洛维奇没答应；他对电视没什么兴趣，即使盯着屏幕，也基本上没注意在播放什么：他的脑袋里回旋着各种想法，变幻无常、尚未成形、稍纵即逝。

瓦莲京娜还是坚持要买，甚至变成了强硬要求，不过，她要求的并非是天线本身，而是不能灰心丧气的态度。

“不能再这么混下去了！太没意思了。我还能怎么样?！我现在就是终身残疾了。你知不知道什么是糖尿病?！每时每刻都得想着它……可还得活下去啊！我们去买天线，要不然真受不了……跟躺在坟墓里差不多……”

叶尔特舍夫就去了商店。

天线非常大，样子就跟雷达似的，但不重。主要部分包括基座、遥控器和电缆……买天线的时候给了安装师傅的电话。

打电话给安装师傅，等他上门装上了这个像雷达一样的天线，为了排布电缆，还钻开了屋子的墙壁。最后调好了节目。不经意之间，几天时间轻轻松松地过去了。

接着，在妻子的坚决要求之下，尼古拉·米哈伊洛维奇又整修了洗澡间（“杰尼斯回来怎么洗澡？这小破屋根本就不是澡堂子”），还捣鼓起了汽车。他只得去买新的蓄电池，又花了两天的时间在引擎盖下面折腾。可还是没有收获。叶尔特舍夫不愿再碰了：

“我又不是机械师。”

“那柴火怎么办?”妻子带着哭腔问。“还有一个月就冷了!”

“买个取暖器。又不贵。”

“能有多暖和?我们又没什么煤了……”

“够了!……够了!冻不死。等杰尼斯回来再说。”

终于等到了十七号。之前瓦莲京娜·维克托罗夫娜进了一趟城,采购了食物,在市场上买了用淡盐水腌制的茴鱼,还买了一瓶白兰地。顺便接着办理患病证明(这个过程已经拖了一个多月)……

十七号和十八号他们是怀着淡淡的期盼度过的,虽然并没做好吃的来等着。接下来的两天则不时地听听外面的动静,朝窗户和栅栏外瞟一瞟。二十一号的时候,瓦莲京娜·维克托罗夫娜想冲到邮局去打电话,可丈夫劝她再等等:

“还在城里吧,说不定跟朋友东跑西逛呢。让他先玩会儿。”

可他自己也如坐针毡,有好几次都冲到院子门旁边了——好像有人敲门,可连人影都没有。从来没那么厌烦过来买酒精的人——起初他们都被当成了回家的儿子。

九月二十二号,早班车开过来以后,妻子还是去了邮局。回来时一脸伤心。

“怎么了?”叶尔特舍夫也被吓到了。“没出来?”

“出来了。说已经走了……”

“去哪儿了?”

“去哪儿——回家啊,他是这么跟人家讲的。我说没回来,接电话的人还开玩笑：‘你儿子是成年人了，我们现在也不是他的保姆了。’”

“见鬼，该去接他的。万一呢……在里面关了五年，这么久，精神上……”

“你别吓人啊，看在上帝的份上！那……”

“得了，得了，得了，”尼古拉·米哈伊洛维奇抱了抱妻子。“我们再等等，不会有事的。”

……杰尼斯是二十五号白天回来的。坐的是一辆外国牌子的白色小汽车。下车之后，他舒展了一下身子，往四周看了看，伸了个懒腰。

“来，”他大声地对司机说，“五百卢布，拿着。”然后朝着冲出院子来的父母走过去。

拥抱、眼泪，一发不可收，无须问与答……尼古拉·米哈伊洛维奇四年多没见过儿子了——去探视过他一次，后来就不去了：穿着黑色囚服的杰尼斯、监狱的建筑和各种规矩，这一切都让他无法忍受，感觉自己这个警察大尉也快成阶下囚了。接下来的探视他就让妻子一个人去了；阿尔乔姆则从来都没表达过要去看看弟弟的愿望。

是的，这些年儿子变了，从毛头小伙变成了强壮的男子汉，他明白自己的分量，行事淡定，也自信了不少。

“没事，妈，”他安抚着哭哭啼啼的瓦莲京娜，“没事，会好起来的。最重要的是我们还活着。”他咳嗽了几声，看来是想起了阿尔乔姆，“咳咳……哥埋在这里了？”

“嗯，”尼古拉·米哈伊洛维奇点了点头，“还能埋哪儿？”

“呃，城里啊，或许……没事，我们会离开这里的。就把这儿当乡间小屋。我们买套房子。两居室的，我了解过了，得花八十五万。”

“卢布？”

“嗯。”

尼古拉·米哈伊洛维奇在脑子里算了算——其实也不见得有多贵。白花花的钞票也只要八十五万。可是到哪里去弄啊……他大声地说道：

“可是到哪里去弄啊？每一分钱都恨不得掰开来用……”

“弄得到，我们能挣到。”

大家坐到桌旁。瓦莲京娜擦了擦眼泪，给儿子一会儿弄这个，一会儿拨那个：

“吃啊。我十七号就全都买好了。等啊，等啊……这才等到了。”

“弄点儿茴鱼，”尼古拉·米哈伊洛维奇也把装鱼的盘子推了推，“已经有点儿臭味了，不过还是挺好吃的。很多人就喜欢它的臭味……”

“茴鱼当然好吃啦。”杰尼斯边吃边说，他并没有狼吞虎咽，而是在品尝味道。“这里有河吗？有什么鱼？”

“这儿能有什么鱼啊……池塘里有鲫鱼、鲤鱼，不过我不钓鱼……”

“那个，阿尔乔姆有个儿子？”

“嗯。”

“孩子怎么样？他老婆……怎么样？”

瓦莲京娜苦涩地叹了口气：

“儿子，我们跟他们没有来往。我没跟你说，也没写信告诉你,不过，这一切都是因为她。把阿尔乔姆给缠上了，嫁给了他……”

“人家说，她就是个烂货，”尼古拉·米哈伊洛维奇插了一句，想快点儿结束这个话题，可妻子还在用哭腔继续抱怨：

“她父母简直就……让阿尔乔姆住他们家，当工人一样使唤。他很少回来，盖房子的事情，瞧，刚起了个头就……你自己也看到了。他们让他来要钱，而且必须马上回去……不过他们也遭到报应了。我听说她家老公彻底疯了，不中用了。这也没什么奇怪的，一有点儿什么事，他老婆就用手敲他的脑袋。好了，敲够了——现在她得端茶送水了。”

“不过，小孙子……”杰尼斯坚持表示，“得想办法培养成我们家的人。”

“怎么，难不成去给他们下跪？”尼古拉·米哈伊洛维奇的表情变得严肃起来。“我不想跟这里的任何人有任何瓜葛。卑鄙、贪婪……简直就是贼窝。”他又往大家的杯子里倒了白兰地。“你妈这次病了，突然一下就倒了——失去了知觉，我送她去了医院。回来一看，家里被洗劫了……过了几天，又来了一趟。后来就更惨了，晚上睡觉的时候，‘莫斯科人’都被拆散架了……”

“行了，老爸，”杰尼斯坚定地吐了口气，“咱们把问题都解决掉。一切都会好起来的……来，为了我们在经历所有这些破事和悲剧过后能够重新开始。”

“早该重新开始了……”

他们把白兰地干了。尼古拉从冰箱里拿出一瓶勾兑酒精。

“咱们歇会儿。”儿子站起身，走出厨房；地板咯吱作响，但响声已经变得悦耳动听了，就好像是被真正的一家之主踩在脚下。

他看了看隔壁的房间，发现墙上挂着一把吉他。

“哦，我们的那把旧吉他，”他把它取下来，回到桌旁，拨了拨琴弦。“居然还在，音好歹还挺准的。”

“吉他倒是还在，”瓦莲京娜·维克托罗夫娜有些抽噎。

杰尼斯弹起了缓慢而忧伤的旋律，接着就唱了起来：

回到家，他们像小蜜蜂一样围上来：
“妈妈，谢尔盖什么时候能回来？……”
她的泪滴飞溅。
你快点儿回来，我的儿子。

“来，老爸，倒上！”

……九月，儿子给妈妈写了信：
“别等我，亲爱的妈妈，你别等我回家——
集中营法庭判了我新罪，
因为我们反抗了押送队……”

他把吉他放在床上，没碰杯就干掉了，又站起身来。从桌旁走到炉子边，伸了个懒腰。尼古拉·米哈伊洛维奇和妻子一声不吭地看着他，欣赏着。

“我出去走走。”

瓦莲京娜顿时紧张起来：

“天都黑了……”

“没事，妈，你别怕!”他又唱了起来：“我走到大路上，我瞧瞧村——庄！……”他披上外套，一只手在太阳穴旁轻轻一挥，行了个致敬礼，微微地垂下脑袋，穿过低矮的门口，跨到门厅里。

这个行礼的姿势就像电焊时发出的光斑一样，久久停驻在了叶尔特舍夫的眼前，遮住了其余的一切……

他和妻子坐在桌旁没有说话。天花板下，小灯泡发出柔和的光线，水龙头偶尔滴下一颗水珠，落在水槽里。什么也不想说，什么也不必说。儿子终于回来了，他很强壮，接受过各种考验，经历过生活的磨炼，他想推翻那些大山，他似乎也有能力把它们推翻。以后一切都会好起来。当然是慢慢地，不过，他们终于可以从这个坑穴里爬出去，回到正常人的生活当中了。

尼古拉·米哈伊洛维奇又喝了点儿，津津有味地吃了一块柔嫩的茴鱼，挪到炉子旁去了。他点燃一根烟，从嘴里把第一口烟圈吐出来，吐得远远的。

“把桌子收了?”妻子问。

“嘿，先等等呗。说不定我们再坐一会儿呢，着什么急啊……你该打针了吧?”

瓦莲京娜看了看钟。

“哦，是哦!”她冲进房间。“谢谢你提醒我，亲爱的。”

“亲爱的”……她这样称呼尼古拉·米哈伊洛维奇已经是很久以前的事了，八十年代的时候。那时，每逢休息日他们四个——他、她和两个儿子——就在市里逛，把阿尔乔姆和杰尼斯放在推车里，推着他们在文化休闲公园里溜达，然后去滨河街的露天咖啡馆吃饭。吃肉串……该想办法烤一次肉串了……

他把刚抽了一半的香烟摁到炉膛柴火的灰烬上，灭掉了。想把剩下的烟头放进烟灰缸，不过后来还是扔进了炉子。“烟得少抽。搞个单杠，练一练。”他收紧胳膊，摸了摸左手臂的肱二头肌。“唉，有点儿肥肉了。”

“哎，主人家!”院子里传来了喊声。“有人吗?”

“谁啊?!”现在他们根本不想见到来买酒精的。而且这件事情也该到此为止了。钱没赚多少，名声却……

叶尔特舍夫走出去。一下子也看不清黑暗中站在院子门口的身影是谁。

“怎么了?”他不满地说。

“是你们家的小子躺那儿吗?”

“什么小子? 哪儿?”他想再骂一句：“胡说八道什么啊?!”可人却已经冲到了街上。

一束手电筒的光芒在离俱乐部建筑工地不远的地方晃来晃

去。尼古拉连自己都没反应过来，就转身冲了过去。他的全身就似着了火，脑子里闪过了一丝不解："怎么这么热？"

有人躲开叶尔特舍夫，有人嘀咕了一句什么话……尼古拉·米哈伊洛维奇停了下来，面前是躺在草地上的一个人。他张望着，什么也看不见。手电筒的光在那人的脸上定住了。杰尼斯。呆滞不动的空白……光束往下移动……胸前插着一根铅笔粗细的钢钉。尼古拉·米哈伊洛维奇一下子没把他认出来。

……他四处乱冲，大声哭号；旁边的人把他拽住，扣住双手，拍了拍他。他也乱拍一气，搞不清在朝哪里挥手，打的是谁。后来他就被拖走了……他从血色的黑暗深渊中浮出来，逐渐清醒的时候，已经在一间小屋子里了。很多警察，他对面是穿着便服的侦查员，面孔有些熟悉，以前来调查过……

"我知道是谁干的，"叶尔特舍夫忍着疼痛，用嘶哑的嗓音一字一顿地说（太阳穴嘭嘭地跳个不停）。"我知道……"

"谁？"

"去他妈的……"他想起身，但两个警察摁住他的肩膀，把他按回到了椅子上。"我知道是他们……"

"有证据吗？"侦查员淡定地提出了新问题。

"什么证据？……有，证……有证据。"

"嗯——嗯……我们当然会在凶器上提取指纹，会查。不过……您抽烟吗？"叶尔特舍夫晃了晃脑袋，表示拒绝，侦查员点燃了一根烟。"不过，您要知道，我们可能也会涉及死在地窖的那个老太婆。是您的姨妈，对吧？还有哈林，还有您的儿子。

这些人死得都很蹊跷，都被当成了不幸事故……如果我们开始深挖，有可能会牵出很多事情来。您愿意这样吗？”

“我！……”叶尔特舍夫猛地跳了起来。“看我不抽你，混蛋！……”

马上就有几只手伸过来把他推回到了墙边，再往下摁到了椅子上。

“你们这里有没有坚固的地下室？”侦查员问。“得把他弄去……让他冷静下来……有？没有？”

“商店后面有一个，”村警死气沉沉地应了一句。

“哦，正好！”

“我马上去拿钥匙。”

第二十六章

瓦莲京娜·维克托罗夫娜·叶尔特舍娃的住址是：穆拉诺沃村中央路 28 栋。她一个人住，跟谁都不说话，只是整天坐在院子门口的一截木桩上。这截木头就是她的凳子。早晨把它拖到外面，晚上又把它拖回院子。

她如何度过漫长而空虚的日子，在想些什么，到底还为什么而活，似乎没有人关心。是的，除了她，村子里还有不少这样的孤寡老太婆。有些人从年龄上来说好像还不完全是老太婆，但她们的生活方式跟老太婆一样。坐在院子边，望着近旁，要么是在回忆过去，要么就是在等待生命的终结。

邮递员每个月来一次，发放养老金。诚然，金额在逐渐增加，但瓦莲京娜·维克托罗夫娜并不为此感到高兴。再说物价也在涨……她难得去买吃的，买也就买大米、面包、罐头；售货员发现，她喜欢牛奶巧克力……菜园子里几乎长满了杂草，只有靠近房子的一边还种了一小长条的土豆，几畦蔬菜……

瓦莲京娜·维克托罗夫娜的丈夫比小儿子多活了半年。去世前总是抱怨说脑袋里面嗡嗡作响。“你知道吗，就像电线杆上面的电流声。小时候听到过……”他是三月初死的。从屋子出来走到台阶那里，站了一会儿就倒下去了。倒在了一年前大儿子丧命的地方。一下子就断气了……没送到城里去，也没解剖。村长帮忙第二天就埋了。没办追思会。

瓦莲京娜·维克托罗夫娜把汽车卖给了本村的一个男人，他有一辆同一型号的“莫斯科人”。

“这种型号已经停产了，”他解释买车的原因，“买来当配件。”他用拖车把车子拖回去了。

当天晚上，一伙二十来岁的小子来找瓦莲京娜·维克托罗夫娜，向她索要五千卢布（车卖了一万）。瓦莲京娜·维克托罗夫娜很是生气。

“你自己看着办，大妈，”那帮小子说，“想不想尝尝既没钱，又没房子的滋味？”

只得给了他们……后来又来过几次，发养老金的日子就来要钱，不过都不多，要去买酒。

瓦莲京娜·维克托罗夫娜不卖酒精了——她感觉什么东西都不需要了。如果她能说了算，倒愿意早点儿死了得了。可惜没办法，只得活着……

村子里的工作机会多了一些——来了几个塔吉克人，他们租下了闲置的土地，开垦出来种上土豆，为此雇佣了本地人。后来，他们又请人培土、看护；八月份则雇人挖土豆。付的钱还不错。不过，有几位干了几天就被迫结账走人了——“不需要懒汉。”那几个人很生气，威胁说要教训教训“黑屁股的”塔吉克人。不过，比较大的不愉快似乎也没发生。对于多数人而言，在地里干活成了真正的救命稻草——多少年来，这是头一回靠双手挣到可观的收入……塔吉克人把土豆运回塔吉克去。据说，他们那里的土豆长势不好，卖得贵……第二年他们又来租了地。

不过，总的来说乡下还是那样子——死气沉沉、贫乏穷苦，似乎随时都可能变成一堆朽木，消失殆尽，但却还奇迹般继续存在着。

俱乐部最终也没盖好。工程设备来过几拨，材料也运来了，热火朝天地干上两三天，然后又是一片沉寂，夜里能瞅见偷偷摸摸的人影，他们在寻觅，看看能把什么有用的东西拿走。

前年冬天，雪下得尤其多，整个屋顶真的全都被压得满满的，道路时不时地被阻断，得用平地机除雪。

春天可能会挺暖和的，因为担心发洪水（至少是这么解释的），大伙儿决定把池塘里的水放掉。有些人表示反对，可是底气不足，他们知道没有人会听。

三月中旬，刚开始解冻就决堤了。马上就有一些男人、小伙子甚至几个妇女带着桶、捞鱼的网兜以及铁钎往池塘冲。有些人在堤坝底下守着捞鱼，还有些人则在有水冒出来的地方凿冰——这里的冰面最薄，他们用网兜甚至用手来捕鱼……这样的捕捞前后持续了快到一个月，收获并不是很大。后来，穆兰卡河的河口解冻了，大家开始一口袋一口袋地往回拖鲫鱼和鲤鱼。自己吃，放在冰箱和冰窖里冷冻，但大多数的鱼还是拿去卖了。

也有人向瓦莲京娜·维克托罗夫娜推销。第一次她没买，之后有人暗示她：最好买点儿，别让人不高兴。她就买了一些，后来又买了一些……

夏天，池塘恢复了正常的水位，可是第二年水草和芦苇就开始疯长。几乎没鱼了，有些男人布了网，可也只能零星地捞到几条小鲤鱼，根本没鱼上钩。

“没——事，会多起来的，”渔夫们无功而返，悲催又略带甜蜜地叹息着，仿佛想起了去年满筐满网的收获。

的确，瓦莲京娜·维克托罗夫娜的生活在旁观者看来简直无聊。有时，附近的老太婆、熟人和年轻时的女伴会走近坐在院子门口的她，跟她聊聊，这也并非出于可怜，而是出于寂寥。她们替她的两个儿子感到可惜，顺便也会勉强地提到她的丈夫，她们不喜欢他。哈林的老婆有几次还停下脚步，扯着哭嗓埋怨：

“还坐着呢？坐吧，坐吧……我可知道是谁在林子里把我家那位给害了。我——知——道。现在算是遭报应了。你就高兴吧。我的眼泪都流干了……”

瓦莲京娜·维克托罗夫娜对同情和指摘都不加注意，只是视而不见地看着自己的跟前。

然而，在她的脑海里，过去的一切总是不断浮现，就像放电影一样，夜里她想要入睡的时候尤其清晰。从孩提时代她在如今呆坐的地方玩玻璃球开始，直到瞅见胸口插着钢钉躺倒在地的杰尼斯的那个秋天。在此之后，一切都变得无关紧要了，一切都失去了意义。对于丈夫的死，她几乎有些羡慕——他倒是解脱了，可她却还要背负令人深恶痛绝的重压，而且不清楚还要持续多久……她不知道，不久前，尼古拉也这么羡慕过死去的人……

她等待着死亡，呼唤着它，但同时也会按时打针；如果胰岛素没有及时送来（她申请到了送药上门的服务，因为她是孤寡病人），她就会生气。她因此斥责自己，恶狠狠地嘲笑自己——“还想活下去哦”，但她依然延续着已经一无是处的生命。她在脑海里找啊，找啊，想找到一些理由和希望，能够重现她在世间存在的意义。

她没再去过儿媳妇和孙子那里。她始终认为佳波夫一家是阿尔乔姆疏远他们以及让他们家破人亡的罪魁祸首；虽然罗季翁是他们的孙子，是叶尔特舍夫家族最后的传人（或许另外一个地方还有，但在哪儿呢？而且，找他们干吗?），可是……瓦莲京娜·维克托罗夫娜内心深处还是没法接受这孩子是他们家的，是她的亲人。

她的脑海里又重复起了跟自己和其他人讲过几十遍的论调：瓦莲京娜真是不可理喻，跟村子里的很多小伙子都睡过，然后就缠上了一个新来的小伙子，此人因为失去了房子并且刚刚搬到阴沉的小屋子，所以惊恐万分。既然她是这样的人，那么在有了丈夫之后，难道就收敛得住？随便哪个以前的相好在路上碰到，都可以掀她的衣服，她肯定乖乖就范……阿尔乔姆自己也说过，她总是让他生疑：不知道跑哪里去了，也不肯跟他睡觉。所以他才跟她闹翻，回这里来了，可后来又……

唉，阿尔乔姆啊，阿尔乔姆，自己绕进去了不说，还把他们也折腾和折磨得够呛。所有的一切都翻了个底儿朝天，再也没有叶尔特舍夫这一家人了……三个男子汉，多好的三个男子汉啊，可是在一年之中……

有一次，她从一个邻居那里听说亲家母死了，但具体是谁说的她没记住，甚至都没注意。“明天下葬。我在她的棺材旁边坐了一会儿，根本认不出来了，”邻居小声地嘀咕，“整个人都干了，简直成了一截枯树枝。死得好快。没办法，癌……”

瓦莲京娜·维克托罗夫娜神情冷漠地听完这个消息，只是点着头，心不在焉地看着远处。不过，从那一刻开始，她的心里就冒出了去看看孙子的想法。就如同通往禁区之门的锁被打开了一样……她竭力打消这个想法，尽量让自己燃起对儿媳妇的仇恨，回想佳波夫一家让他们受过的气——那家人当时如何既宽容又敌视地准许他们跟罗季克亲近一会儿，又如何打发阿尔乔姆来找他们要钱：“你自己不挣钱，那就让你爸妈接济啊。”想了很多，自己推测的就更多了，可是，想去看看孙子的愿望很快就变得无法抑制了。

出门的衣服她穿了两天，甚至连口红都涂上了，可还是忍住了。第三天终于去了。一大早。路上到商店买了一盒什锦糖。

这一路感觉又长又累。起初瓦莲京娜·维克托罗夫娜以为是不习惯——这么久以来，她除了去商店，没去过别的地方，后来发现自己的步子很小，跟老太婆没两样。一小步一小步地走，没有气力。她吓了一跳，但立刻又挑衅般反问了自己一句：“怎么？在发生了所有这些事情过后，你还能怎样?!”

她走过堤坝，跨过小桥，爬上小山岗，前面有几栋带露台的双拼房屋，左边第二栋就是他们家……

她稍微站了一会儿，等呼吸平稳，用干净的手绢擦掉了额头的汗水……她动作迟缓，找借口说是因为自己不舒服，其实是不敢敲门。她明白接下来会发生什么，可还是抱着一丝希望。

终于，她鼓足勇气，迈出了最后几步。刚抬起手，近在咫尺的院门后面突然就传来了低沉的狗叫声。瓦莲京娜·维克托罗夫娜吃惊地倒退了几步。

“够了，钱柜!”院子里传来一个女人的声音。“我说过了，够了!”

不过瓦莲京娜·维克托罗夫娜还是敲了敲门，狗叫得更凶了。

门闩咣当一声响，儿媳妇出现在面前。丑兮兮的，面容枯槁，眼睛憔悴而尖刻，看到婆婆，一时之间她似乎被吓到了，可立马又摆出了一副高傲而严厉的神情。

“你好，瓦利娅，”瓦莲京娜·维克托罗夫娜说。

儿媳妇没吭声，那条狗在她身后狂吠着想要挣脱链条。

“瓦利娅，你妈妈去世了?”瓦莲京娜·维克托罗夫娜不知说什么才好，只得问了一句，可却没有得到回答，连一个点头的动作都没有。我……我是……我来看看罗季克。看看他。喏，带了糖……”

儿媳妇还是没有任何反应，只是无情地盯着她。

“可以吗?”瓦莲京娜·维克托罗夫娜已经明白不会有结果了。“小孙子……”

“您没有孙子，”儿媳的话说得出奇的清楚，却给了她重重的一击。

“什么叫没有啊？他怎么了？”

“没怎么。您就没有孙子。就是这样。”

“瓦利娅……”瓦莲京娜·维克托罗夫娜感觉自己的眼泪顺着脸颊流了下来，这么久以来第一次哭。“瓦利娅，别这样。我们现在还有什么可计较的？还有什么？原谅我……”泪水让她哽咽；忘记了手绢，她用手掌擦了擦。“对不起，那个时候我在开证明的事情上那么……对不起啊……我们现在得一起撑住。”

“怎么了？”传来一个年轻而不满的声音。“叫得心烦。怎么啦，瓦利娅？”

她回过头往院子里看了看：

“没事，萨沙，马上就来。”她打算关门。

“瓦——利娅……”瓦莲京娜·维克托罗夫娜嘟囔了一句。

门闩咣当一声响。

“喂，行了，行了，钱柜，够了。别吵了……”

几天过去了，她还没从这件事情当中走出来。根本睡不好，在咯吱作响的沙发床上辗转反侧，尽量不去想，可是各种念头却挥之不去，沉重而难过；瓦莲京娜·维克托罗夫娜能感觉到这些念头在吞噬她的内心……

秋天又到了，瓦莲京娜·维克托罗夫娜孑然一身的第三个秋天。她也奇怪，亲人走后，自己怎么还能活这么长时间，她想回忆一下在这么长时间的孤寂生活中都发生过哪些事，却什么都回忆不起来。只剩下坐在院子门口的一截木桩上面，把永远半空的冰箱打开、关上，打针……“已经快了，快了，”突然，她真切地听到耳边传来坚定的安抚声。

她睁开眼睛，从床上坐起来。四下望了望。黑漆漆的一片，安静得只剩下耳朵里的嗡嗡声。她想出声问一句：“谁?”可却害怕打破这片寂静。

瓦莲京娜·维克托罗夫娜重又躺了下来，慢慢地，不想让床下的弹簧发出声音，也不愿把床单弄得沙沙响。她想起来了，或许是最为重要的一件事情还没做——至今都没有立一块碑。丈夫和两个儿子是挨在一起的，可以为他们共立一块。然后把三个坟包围起来。

“我一死，坟包一塌——就什么都没有了……”她决定去趟城里。中心市场附近有家店铺……

一大清早，她拿出相册来翻找。母亲、学校、房子都没变过的中央路、婚礼、上幼儿园的阿尔乔姆、摇篮里的杰尼斯……眼泪自然而然地流了出来；瓦莲京娜·维克托罗夫娜很快找到了三张合适的相片，把相册收进了柜子。

她没打算把全部的钱都带上。只从储藏间的隐蔽之处取出了五千卢布，这个地方旁人找不到，而且还有铁片阻止老鼠的咬噬。她锁上门，拽了拽，检查有没有锁好，又苦笑了一声：“谁要是真来了，把锁弄坏就能进去。想拿什么就拿什么。”

……大理石墓碑根本买不起。可以买一根不大的大理石柱子，可跟三个坟包摆在一起就太寒酸了。花岗岩的也很贵。跟师傅商量过后，瓦莲京娜·维克托罗夫娜决定买金属的。

“五十年没有任何问题，”他们让她放心。“主要是隔两三年得刷一遍漆，不然会生锈。”

“相片怎么弄上去啊？字呢？”

“字可以刻在一块大理石底座上。很漂亮。”

“那怎么拼到一块儿去啊？”

“会把它们固定住的，很结实。相片也没问题。”

“好吧……我相信你们。”瓦莲京娜·维克托罗夫娜又开始泪如雨下。

她还谈妥了做围栏的事情。具体尺寸不清楚，跟师傅一起算了算大概需要多少，然后把写了丈夫和儿子名字以及地址的纸条给了他们。

“行了，下个星期一送过去。先交三千卢布。”

她用钱换了一张收条，又走进了隔壁的照相馆。

“唉——唉，”柜台旁的男人难过地点了点头，听完瓦莲京娜·维克托罗夫娜的话。“出事故？”

“什么？”

“出事故死的？”

“不是……别的原因……”

“要做相框吗？”

“怎么更好？”

男人深吸了一口气。

“带框的相片效果更好，不过，您也知道，框子会对相片有损害，毕竟含了二十来克铝化物在里面……没什么东西是百利而无一害的。”

“那就不要框。还有，”瓦莲京娜·维克托罗夫娜不舒服地咳嗽了几声，“我是从乡下来的，没办法经常东跑西跑……您能不能把洗好的照片交给隔壁的店铺。这样就……”

“好的，好的，我知道……”

“但得在星期一之前。他们星期一把墓碑和围栏送过去……”

“好的。”

“求您了，不要蒙我啊……”

她付了钱，拿了发票，回到做墓碑的店里，告诉他们说照相馆会送三张相片过来。

“看在上帝的份上，别弄混了。那个……我给了你们名单的。姓都是叶尔特舍夫——尼古拉·米哈伊洛维奇、阿尔乔姆·尼古拉耶维奇、杰尼斯·尼古拉耶维奇……别弄混了，求你们！”

店里的人已经对她有点儿不耐烦了。瓦莲京娜·维克托罗夫娜往汽车站走去。可是看了看表，发现离开车还有三个小时。

她站在那儿想了想，如何打发这三个小时。想去看看住过和工作过的地方——“可能是最后一次来了”，去图书馆瞅瞅。但她下不了决心——只要想想会见到心爱的但已经永远失去的东西，她的心里就已经隐隐作痛了，喉咙也被一团苦涩堵住了。如果真见到同事，跟他们聊，发现他们都挺好的，那会怎样……

她在市场上买了点儿熏肠、肉和干酪，没忍住又买了一个小南瓜。慢慢挪到了汽车站，坐到长凳上。她尽量不去注意周围的人，竭力忘掉现在所在的地方自己曾经生活了很多年，两个儿子也是在这里出生的。终于把车等来了。

她立马坐到了司机驾驶座后面的地方——那里没那么颠，然后又侧过脸去，不看都有什么人上车，谁坐在旁边。只是当售票员来喊买票的时候，她才把目光从玻璃窗上那个帮了她大忙的小污点上面收了回来，递过去四十卢布。瓦莲京娜·维克托罗夫娜没有办理退休人员的免费乘车证：她没力气再去找各个部门，收集和出示证明，排各种队……

天气很好，晴朗、暖和、比较舒服。周围的一切——甚至包括老旧的建筑——都在发出奇妙的光亮，就像水彩画一样。一股特别的忧愁划过内心深处，非常强烈。如果是雨水、大风、泥泞倒也罢了……从车站回家的路上，瓦莲京娜·维克托罗夫娜听到了孩子快乐的叫喊声。她一下子没反应过来，大概这是幼儿园的孩子们午睡后的娱乐时间。

虽然拎的包很沉，但她还是拐进了小巷子，朝幼儿园走去。幼儿园就在附近，大概不到两百米远……她一边走，一边感到泪水从眼眶里慢慢地流了出来，沿着皱纹往下，滑到了下巴上，又滴落下去……叫声、喊声和笑声就在近旁了。围栏并不高，正好齐胸，用的是木条。围栏里面有铁制火箭、蘑菇形凉棚、小单杠和小土坡。孩子们跑来跑去。幼儿园的两个阿姨坐在凳子上说话。

瓦莲京娜·维克托罗夫娜看着孩子们，没去做任何辨认，就是在欣赏他们，一边欣赏，一边怀念。突然之间，她的眼睛捕捉到一个五岁左右的小男孩，跟杰尼斯长得不可思议地相像。他跟杰尼斯小时候一模一样，也在指挥其他的男孩子、也那么挥着手、那么不满意地皱着眉毛。

她一下子没明白过来，这是她的孙子。

“罗季克，”她小声地叫了一声，甚至都没指望他能听到，可她不能不叫。“罗季克。”

男孩回过头来，看到了瓦莲京娜·维克托罗夫娜。他的眼神中闪过一丝光亮，这丝光亮让她觉得有权把男孩招呼到自己身边来。

“罗季克，过来，亲爱的。”

他走了过来；其他孩子显然非常高兴，因为没人指挥他们了，就都钻进了火箭。

“罗季克，我……”瓦莲京娜·维克托罗夫娜屏住呼吸说，“我是你奶奶，记得吗？”

“不记得。”

“那爸爸呢……你爸爸叫阿尔乔姆……不记得了？”

男孩又皱了皱眉。

“我爸爸叫萨沙，妈妈叫瓦因京娜①。”

“你爸爸叫阿尔乔姆。阿尔乔姆·尼古拉耶维奇·叶尔特舍夫。”瓦莲京娜·维克托罗夫娜的声音不大，但却清晰而坚决。

---

① 孩子发音不清楚，把女人名“瓦莲京娜”说成了“瓦因京娜”。

“记住，阿尔乔姆·叶尔特舍夫。你叫罗季翁·阿尔捷米耶维奇·叶尔特舍夫。”

“我不叫叶……我叫佩丘宁①。”

“你的姓是叶尔特舍夫！”瓦莲京娜·维克托罗夫娜感觉自己快要昏过去了，几近嘶喊地重复道：“叶尔——特——舍夫。”

“我叫奥季翁②·佩丘宁，”男孩坚决地回答。“我住在扎耶茨纳亚街7号……”

“你叫叶尔特舍夫。你一辈子都要记住！”瓦莲京娜·维克托罗夫娜掰开一根木条。“叶尔特舍夫！你是我最后一个亲人！”她抓住男孩的肩膀，晃动起来。“记住！……我要到法庭上去告……你可……”

两个阿姨跑过来。一个把男孩拽走，另一个冲着瓦莲京娜·维克托罗夫娜扑过来，嘟囔着把她从围栏边推开……瓦莲京娜·维克托罗夫娜的袋子掉到了地上，她抓住了那人的头发。

“他叫叶尔特舍夫！明白了？叶尔特舍夫……他是我的！”

“尼娜！”阿姨一边喊，一边挣脱开。“尼娜，快去喊村警！……孩子们，赶紧进屋去！”

瓦莲京娜·维克托罗夫娜大声地哭号着、抽噎着，倚着围栏慢慢滑到地上……过了一阵儿，她渐渐恢复了平静，想要起身，却站不起来了。双脚失去了知觉，手从栏杆上垂了下去。

幼儿园的操场和道路旁边空无一人。没人能帮她……

---

① 孩子发音不清楚，把男人姓氏“佩图宁”说成了“佩丘宁”。

② 孩子发音不清楚，把男人名“罗季翁”说成了“奥季翁”。

译后记

被文学评论界称为“三十岁一代”的作家群体无疑是当下俄罗斯文坛的生力军。这批作家出生于20世纪60年代末至70年代初，在苏联时期度过了童年和青少年时光，而心智的成熟和世界观的定型则发生在国家解体前后。年届而立，他们不断推出新作，连连获奖，展现出蓬勃的创作姿态。虽然文化立场和审美趣味趋于多元，作品的思想内涵、精神向度和话语风格各具特色，但这批作家大多尊崇现实主义的创作观念，反映对自我与社会复杂关系之体认，求索个体生存与民族发展的可能路径。

几年前，我和同事译介了“三十岁一代”代表作家之一亚历山大·伊利切夫斯基的长篇小说《马蒂斯》（2007年俄语布克奖）。主人公是一位物理学家，却为了生计沉浮于商海，日复一日，备感空虚和疲累。在各种寻求突破的尝试均告无果之后，这个典型的都市人毅然决然地摆脱羁绊，选择了以流浪的方式逃离城市的梦魇，涤荡心灵，自我解困。而这一次，在同属于“三十岁一代”作家的罗曼·先钦创作的长篇小说《叶尔特舍夫一家》（2009年俄语布克奖提名、2011年高尔基文学奖）当中，我们看到的则是一个被迫从都市回撤到农村的家庭一步步走向瓦解的不堪历程。

五十岁的叶尔特舍夫是一名就职于醒酒所的警察，因为工作的严重失误而被解职，公房也被收了回去。变故突如其来，叶尔特舍夫一家只得无奈地从西伯利亚小城市搬到了更偏远的乡下，投奔妻子年迈的姨妈。夫妇俩有两个已经成年的儿子。大儿子跟他们住在一起，整天无所事事，在家里最需要壮劳力的时候却根本指望不上，而他的婚姻也给父母添了不少乱；小儿子则在此之前因斗殴入狱。为了维持生计，叶尔特舍夫夫妇在乡下倒腾浆果、勾兑酒精当酒卖。妻子积郁成疾，患上了糖尿病。屋漏偏逢连夜雨——叶尔特舍夫心心念念的新房子没盖起来，旧屋子和用以代步的小汽车却遭盗贼洗劫……重建生活秩序的愿望像肥皂泡一般破灭，越挣扎，越凌乱。

叶尔特舍夫开始不喜欢活人了。很多住在近旁的人都是多余人，有些人成了他的敌人，或者干扰了他和亲人的生活。这一点在乡下尤其明显。争夺生存的权利，因为遭侮辱而报复——忍受欺骗，这本身就是被侮辱。

就这样，深感被欺凌与被侮辱的叶尔特舍夫居然悄无声息并且毫无悔意地接连犯下了一桩又一桩命案：因姨妈事事干涉，于是他“帮助”老太太了结了性命；欺骗成性不还钱的邻居，被他拧断了脖子；酒后的他甚至把不成器的大儿子摔倒在地，致使后者撞到铁炉子，命丧黄泉。小儿子刚从监狱出来，竟然也被村民夺去了生命。又一个万物复苏的春天来了，叶尔特舍夫却突然患病辞世，留下了孑然一身的妻子。本来小孙子是她灰暗余生仅存的牵挂，可他却根本不认识她……

事实上，自20世纪50年代起，俄苏文坛涌现出了一大批善于书写农村题材的作家，包括瓦·奥维奇金、弗·索洛乌欣、费·阿布拉莫夫、鲍·莫扎耶夫、阿·阿纳尼耶夫、瓦·别洛夫、瓦·拉斯普京、瓦·舒克申、弗·克鲁平、维·阿斯塔菲耶夫等，逐渐形成了“乡村散文”（或称“农村文学”）流派。他们要么描写平凡而宁静的乡村时光，要么揭露集体化与个人价值之间难掩的矛盾，要么挖掘农民与土地分离对其心理造成的影响，要么探索农民阶层走过的历史道路，要么提出改造农村的规划和方案……无论是对乡村沧桑变迁的史诗化叙述，还是对村落生存状况剥茧抽丝般的展示，作家们都旨在揭示非类型化主人公的性格特征、心理感受与精神世界，从道德层面窥探俄罗斯农民与农村的命运。七八十年代，由于工业文明的猛烈冲击和城市化进程的加速，农民对自我身份的认同感被明显削弱，长期以来形成的生存方式被逐渐改变。乡村文化衰败、公共生活匮乏、人与自然的关系失谐……作家们比较集中地触及农村衰败的普遍事实，揭示其面临的诸多问题，表达对农民处境和农村未来不乐观的态度。拉斯普京创作的中篇小说《最后的期限》、《告别马焦拉》和《火灾》无论名字还是内容都具有强烈的象征意义。

先钦的《叶尔特舍夫一家》无疑是对俄罗斯“乡村散文”传统的继承，为从20世纪90年代起日渐式微的这一文学流派增添了一抹亮色。他笔下的叶尔特舍夫及其家人以外来者的身份进入犹如恐怖王国的小村庄穆拉诺沃。由于缺少活计和必需的生存条件，这里不少村民丧失了本性中素有的美好品性和质朴价值观，肆意妄为地实施各种野蛮行径：酗酒、偷盗、欺诈、纵火、抢劫……人与人的隔膜加深，初来乍到的叶尔特舍夫一家陷入了不可自拔的困境，难以消解的苦闷与愤懑致使主人公走向了杀戮甚至灭亲的不归路——当生存的难题变得无解，死亡就成了彻底的解脱，不再为人所惧……作家通过触碰社会心理和伦理底线的书写方式观照俄罗斯农村的现况，凸显环境对人的奴役与吞噬，以及物质匮乏、精神贫瘠、思想空洞、道德缺失带来的无力感和衰亡感。

从城市到乡村，从拥有稳定工作的都市人到必须自给自足的农民，虽然居住地和身份都发生了变化，但刚开始叶尔特舍夫夫妇并未放弃建设新生活的念头，他们尽力适应环境，寻求工作机会，还打算克服重重困难把新房子盖起来。然而，作为在生存边缘徘徊的小人物，他们却屡遭命运的捉弄，仿佛被生活抛弃了，只能在沉重、晦暗的世界里悲楚地挣扎。一次又一次被侵犯，让他们消耗了精神的给养，却无法突破生存的壁垒，因此也注定没有未来。

跟大多数普通家庭的一家之主差不多，叶尔特舍夫没有太大的本事，只得按部就班地工作、晋升，就指望能安稳地熬到退休。可正是他的过错导致自己和家人的生活陡然之间发生了巨变，也把他的人生变成了一个极大的讽刺：曾经梦想惩凶除恶的警察变成了侥幸逃过法网的刽子手；工作中一直都是在帮别人醒酒，到头来自己却借酒消愁，耗尽了活力……短短数年，叶尔特舍夫的心态经历了从内疚、自责、渴望重新开始到麻木、冷漠、坐以待毙的转换。最令人哀伤的是，不幸如他者在残忍的世间饱尝痛苦，又往往因此对周围的人——包括自己的亲人——更加残忍和无情。

妻子瓦莲京娜·维克托罗夫娜竭力维系全家人的心，然而，远非所有的努力都有好结果，现实令她身心俱疲，甚至让她变得懦弱怕事，委曲求全。为了让家庭不至于支离破碎，也出于对丈夫的怜悯，当她意识到后者了结了姨妈的性命并且失手打死了大儿子时，她情愿选择沉默。疾病的拖累、不安的心绪让曾经非常能干的她连家务也懒得料理，除了同丈夫一道用酒精麻痹自己，就只能盯着效果奇差的电视屏幕发呆。与丈夫突然撒手人寰的结局相较，妻子的境地更是尴尬。亲情不复存在，可她却进退维谷，只能依着生活的惯性孤独终老。

她等待着死亡，呼唤着它，但同时也会按时打针；如果胰岛素没有及时送来，她就会生气。她因此斥责自己，恶狠狠地嘲笑自己——“还想活下去哦”，但她依然延续着已经一无是处的生命。她在脑海里找啊，找啊，想找到一些理由和希望，能够重现她在世间存在的意义。

如果说叶尔特舍夫夫妇的悲剧在于生活重压下的万般纠结——对现状不满却又无力改变，那么大儿子阿尔乔姆则基本上是活在自己的世界里耽于空想，一味地逃避责任。他浑浑噩噩地长大，稀里糊涂地结婚，随波逐流地混日子；他什么工作都干不长，遇事只会推诿，碰到问题就埋怨别人。婚姻触礁过后，他被迫进城打工。不过，农村人已然成了他的新身份，回到城里反而“理所当然”地受到了歧视和不公正待遇。的确，在工业化的、都市主义的现代文明的强力挤压下，农民们纷纷看轻自己的生活，转而向城里人看齐，可是，偌大的都市却未必能让他们过上更好的日子。得不到发展的机会和上升的空间，阿尔乔姆想要自力更生的愿望很快落空，他只好又回到死气沉沉的村子，维持冰冷的婚姻，怅惘度日。

小儿子杰尼斯尚在服刑，却被走投无路的父母寄予了厚望，他们期盼他的回归可以一劳永逸地解决所有问题。儿子的淡定表态似乎让父母抓到了救命稻草。可是，他甫一出狱就神秘失踪，行程令人捉摸不透。终于回到家，居然有豪车相送，而且出手阔绰。走出高墙的杰尼斯身上疑点重重，还没来得及为家里排忧解难就蹊跷地死去。所有承诺都成了无法兑现的空头支票，叶尔特舍夫一家对生活抱持的幻想消失殆尽。文中着墨并不多的杰尼斯实际上就是最后那根压垮骆驼的稻草，是对这个家庭看似偶然实则必然的致命一击。试想，把本身尚须重新适应社会的出狱人员视为万能救星的家庭，该是潜藏着怎样的精神危机?

在现实的逼迫下，一家人不敢奢望往高处走，只求多少能找回曾经的生活节奏。可是对他们而言，这就犹如沿着向下运行的扶梯往上走，徒劳无功，只能承受从希望到绝望的痛楚，就像叶尔特舍夫唠叨的那样："日子沿着斜坡往下滚得太快了！"面对不可容忍的一切，父辈无能为力，子辈迷失了自己。从父辈到子辈，在行为准则、道德标准和社会责任方面非但没有提升，反而明显退步。到了孙辈，家族的传统被忘却得更加彻底，甚至连叶尔特舍夫的姓氏也没法保全。道德力量的代代承袭就这样被中断，过去、现在和未来的良性互动就这样被割裂。

先钦用叶尔特舍夫一家的际遇辐射整个社会群体，展现当代俄罗斯农民阶层的精神实质。虽然广袤的大自然宛如水彩画一般清丽，但农村的氛围保守滞待，人心涣散，缺乏发展的内在动力，毫无生机可言。这种灰暗的末世情绪被渲染成整部作品的基调，让人看不到任何前景。对此有评论指出，《叶尔特舍夫一家》揭露人性之恶，放大心灵的阴霾与无望，可却遗漏了复杂生活的另一面，遮蔽了穿透黑暗照亮人心的那束光，也缺乏对危机产生原因的反思。甚至有人拿先钦跟善于挖掘人的精神堕落状态的陀思妥耶夫斯基做比较，认为即便是陀氏也会在描写堕落时让魔鬼与天使在精神贫瘠的深渊边界交战，利用这样的抗衡预示特别的生活能量，彰显对人的爱和信任。我们认为，先钦在这部作品中着力表现的是俄罗斯农村在社会发展特定阶段的严重困境和农民的精神创痛。残酷的事实必须用双手触碰才能切实体会，用双眼直视才能看得真切。从这个意义上说，对于生活的黑暗面毫不粉饰，而以原生态的方式书写，这恰恰是作家内省的体现，也是引发更多人从文化心理和精神道德层面进行思考的前提。就像为了更好地疗伤，有时必须先让伤口暴露出来加以检视，这绝不是为了加快其溃烂。小说结尾，去探望孙子却被其视为陌路的瓦莲京娜·维克托罗夫娜陷入了绝对的孤独。然而，残酷的现实并未在深深的无奈和疑虑中完结，怎样才能让芸芸众生完成从苦难到净化的救赎，让农村从衰败走向重生？这个问题有待于每一个同时代人思考、判断。

《叶尔特舍夫一家》是一部以农村问题为中心的社会小说，它梳理了农民在从封闭的乡土社会到市场化的现代农业社会转变过程中承受的精神重负。与此同时，作者也将主人公一家人从城市转向农村的一路颠沛视为进入当代俄罗斯现实生活的一条途径，借此把视线延伸至社会的方方面面，以文学作品描绘的景象勾连实际存在的问题。

小说让我们窥见后苏联社会大众信仰的缺失——终日被狂乱世相搅扰的人们面对宗教却难有虔诚。穆拉诺沃村的俱乐部所在地以前是教堂，俱乐部被烧毁后，几个老年人发起签名请愿，希望重建教堂，但大多数人都漠然以对。他们对教堂的印象跟瓦莲京娜·维克托罗夫娜差不多：

她无所谓——俱乐部所在地那个教堂她只是依稀还记得。没人对它太在意，二十年代它就被关了，后来慢慢地衰败了，村里人也去破坏它。拆除它的时候大家也很冷漠，就好像拆的是一个牛棚似的……城里以前的五座教堂当中只剩下了一座，在市郊，小小的，刷了白墙，毫不起眼……她不记得边疆区中心的教堂了——二三十年代的时候，也毁掉了不少；叶尼塞河畔的峭壁上有一个小教堂，可它却没被当成一座宗教建筑，而被认为是历史古迹。

虽然不少人平常总把“上帝”二字挂在嘴边，但真正的信徒却寡之又寡，人们趋之若鹜的似乎只剩下无关良心的利益。对待宗教的热情日渐衰微实则是漠视忠善之心的必然结果，若真到了人心不古的地步，重建谈何容易？

拯救精神危机的良药难觅，身体的病痛也难得到有效医治。国家的医疗保障制度堪忧，城乡缺医少药的问题明显影响到了民众的健康。阿尔乔姆牙痛，想去城里看医生，可转念一想，立刻就冒出了一连串问题：“城里又能如何啊？去哪个医院？哪个医院给农民看病啊？”他只好作罢，用家里的一小块脂油消炎、止痛。瓦莲京娜·维克托罗夫娜得了糖尿病住院打点滴，可医院里护士不够，得自己随时留意输液的情况；出院后，她为了后续治疗所需的胰岛素费尽周折，跑了几趟城里，到专门的药店碰运气，却被接待人员不耐烦地抢白。

瓦莲京娜·维克托罗夫娜想去找人说理，可是去哪儿？卫生局？……谁能保证她能达成目的？……冬天的时候她看到电视上讲过，全国的药品管理都是一团糟，有人甚至还为此举行过集会抗议。

国家的教育开支捉襟见肘，人才培养机制遭遇瓶颈。为了节约办学成本，穆拉诺沃村唯一的学校也改成了实施九年制不完全中等教育。若有学生想要接受完全中等教育并且考大学，就得投奔城里的亲戚借读，或者到中心区参加考试。如果通过函授在乡村学校完成了课程，那么从区里派考官来组织考试产生的高昂费用则让应试者难以承受。公民接受教育的权利无法得到保障，与此同时，劳动力的损失也在加剧。老姨妈回忆说，“打仗的时候我们穆拉诺沃村死了十七个男人……不过那可是打仗啊，那么多机关枪、坦克，可现在，算下来最近五年死的人还不止那么多……这算什么啊——这样下去就都死光了，自相残杀也都杀光了”。显然，非自然死亡造成的人口短缺跟经济欠景气、社会治安恶化密切相关，就连偶尔瞟一眼电视的叶尔特舍夫，也能发现屏幕上“充斥着枪战画面的电影、犯罪新闻。尤其是这些新闻最令他抓狂——各个频道都是放肆的抢劫犯、连环杀手、人贩子、拎着一箱箱现金和海洛因的毒贩……”

在接受采访时先钦曾表示，创作者不应介入作为创作对象的生活，融入得越充分，对其的接纳和包容就越多，这会导致创作力的削弱。的确，从叙事方式来看，作家把文字视为既自我又中立的历史纪录，与作品中的人物和情节保持着距离，以一种疏离的态度描摹普通人的平常状态。他把个人的情感收敛起来，既不直接流露怜惜，也不公开表达谴责，而是不动声色地娓娓道来。这种急缓有度的风格与犀利逼人的诘问不尽相同，它旨在温和地作用于读者的内心，引发人性的共鸣。这不禁让我们联想起了被誉为“俄罗斯的声音”的“乡村散文”大师别洛夫。在创作于

20 世纪60—80年代的《凡人琐事》、《木匠的故事》等一系列作品中，别洛夫选取平凡小事，朴实、自然地叙述俄罗斯农村的日常生活，不狭隘也不局促，平淡之中蕴含着强烈的感染力。

先钦在小说中同样也以传达具象的信息为主，集中笔触描绘不起眼的日常画面、捕捉人物的举手投足、发掘不经意的细微感受，以此体现具有浓厚生活气息的存在感。正如纳博科夫所言，"在高雅艺术和纯科学中，细节就是一切"。可以说，正是细节决定了《叶尔特舍夫一家》的内部节奏，由它们串联起来的情节就像一帧一帧的电影画面，琐碎而真实，杂乱而合理，平淡而有力。现如今，作家们往往会把浪漫主义的夸张与抒情、现实主义的概括与批判、后现实主义的想象与解构糅合到一起，用作切割文学文本的锋利刀刃；而先钦则以近乎自然主义的表达方式，对人物、事物、事件的本来面目进行写照，相对完整地保留了可见、可感的真实。比方说，为了生计，叶尔特舍夫夫妇干起了售卖勾兑酒精的行当。他们如何分装兑了水的酒精，如何跟院门口的酒客交易，如何把收来的钱塞进柜子里，如何把空瓶子放到柜子左下方，再从右下方掏出一整瓶拿给买主……这些细节零星地散落在文中各处，如果拼凑到一起，整个流程便清晰可见。看似简单的动作不仅再现了夫妻俩的行为轨迹，还映射了他们忐忑而谨慎的心态：保证家庭经济来源的"灰色"生意其实很有风险，因此，即便是机械性的动作也得当心，不能出纰漏。再如，阿尔乔姆在孩子快出生时显得焦虑不安：

他从来没接近过新生儿，没注意过世界上还有这种人……不，有一次他接近过，那是在公共汽车上。……他上了车，得坐好几站。他把钱付给售票员后就坐下了。车里有个孩子在哭。很小的孩子，裹在襁褓里。这孩子的哭让阿尔乔姆提前下了车，他宁肯步行。然而，哭的声音仍然刺激他的耳膜很长时间："啊——哎——啊——哎——啊——哎！……"

现在，他经常想起那一次的经历……很快，他的儿子或者女儿就会那么哭号了——所有的孩子都这样，这次无处可逃。又不能下车，已经不在公共汽车上了，也不是一名普通乘客了。

这里，阿尔乔姆以往碰到过的小事被适时地还原了出来，颇具现场感，把将为人父的不情愿和惴惴然烘托得很是真切。

言语的表现力是营造叙事效果的重要手段。《叶尔特舍夫一家》的人物语言层面（独白、对话、心理描写等）和作者语言层面均包含大量带有修辞色彩的口语、俗语、方言、行话、暗语……它们不仅增加了语言的鲜活度、趣味性和层次感，而且细腻、贴切地突出了乡村生活的特征，引领读者在复杂的叙述空间里轻松定位，拉近其与人物的距离。同时，从显性的角度来说，语言无疑是被迫迁居的叶尔特舍夫一家跟陌生的周遭世界沟通的手段；而从隐性的角度来说，语言则是他们向外界发出的妥协信号。对语言环境的适应与他们的内心被伤害、被同化的过程交织在一起，仿佛有一种无形的力量在潜移默化之中迫使他们束手就擒……譬如，刚迁到农村的叶尔特舍夫一家并不太适应当地人说话的口音，但没过多久他们就在姨妈和邻居的影响下习惯了农村方言，生于斯长于斯的瓦莲京娜·维克托罗夫娜更是轻而易举地就受到了感染，自己说话时也用上了方言词语。再如，为了融入当地年轻人的群体，阿尔乔姆装模作样地仿效他们的说话方式，虽觉别扭，交谈之中每每还会不适应，但也别无他法。

先钦有意识地对故事情节发展过程中的某些行为和场景进行重复再现，通过所谓的形象反复搭设叙述的框架，在保持清晰的文本脉络的同时刻意营造单调无趣、死气沉沉的艺术效果，让读者感受到更加真实的体验。不仅如此，作者还把这种叙事节奏隐喻化，把个人的认识和感悟附着于描绘的对象之上，以期从表面抵达实质，有效地传达思想情感。文中描绘的季节轮回便是典型一例。冷酷的冬天是穆拉诺沃村的常态，“严寒在没有被瑞雪保护的大地上扎下了根。天昏地暗，日子愁闷得难以忍受……”，由这样的句子勾勒出来的冰凉随处可感。每到这时，人们都盼着冬去春来，可是，“春天的步伐很慢，很费劲。有时春意渐浓，鲜活的春色似乎已经在大地上绽放了；可有时它又会在新一轮的寒潮中变得孱弱，甚至消失殆尽”。有一年春天来得出奇的早，大家却习惯性地认为寒气一定还会杀个回马枪。夏天的轻松时光稍纵即逝，等到秋风乍起，“天空中满是乌云，植物开始枯萎，叶子还没有黄，但它们明显已经没了生气”。一年又一年，时间就在这样的反反复复当中悄然流逝。人们似乎习惯了从绝望当中看到希望的火苗；等到火光熄灭，再回到等待的轨道上。可是，日子到头来也没有盼头，对此，他们是浑然不觉还是心知肚明？

叶尔特舍夫要建新房子的想法更是翻来覆去把这家人折腾得够呛。来来回回地备料、为了挖地基寻找各种办法……可是房子始终也没有建成，只留下了一个仿佛要吞噬一切的大坑。就如同他们梦寐以求的新生活，永远遥不可及，而真正要面对的只有千疮百孔的日子。什克罗夫斯基说过："艺术的存在就是为了使人恢复对生活的感知。"反复是生活的常态，它是大自然的循环往复，更是人类行为、习惯、情感的发展规律，先钦捕捉到了这种普遍反应，通过重复性的艺术刻画揭示作品的主题。

作为译者，我深知完美无瑕的译作不可奢求，衷心希望读者朋友们斧正译文的偏颇之处，也期待我与张春珠编辑的共同努力能带给诸位些许的感悟。但愿我们每个人在生活中都少一些像叶尔特舍夫一家人那样的周折，永远不会有类似于沿着向下运行的扶梯往上走的徒劳之感。

张俊翔

2014 年盛夏于南京仙林